1976年 結婚式場

1977年 シェンリーパーク

1974年 フォーブスアベニュー

1974年 ピッツバーグ大学

1974年 夕食（和食）に招待

1982年 鹿児島市

1976年 Anne の実家

2019年 ゴールデンゲートブリッジ

1990年 リッチモンド

1991年 ウィリストン 裏庭からの景色

国際結婚になんのメリットがあるのか?

― タブーか魅力か、何も知らずに島国を飛び出す ―

金森 優
KANAMORI Yu

文芸社

― 目 次 ―

- はじめに ――― 3
- きっかけ ――― 4
- 初期のアメリカライフ ――― 6
- カップル誕生 ――― 30
- 大学院生活 ――― 62
- 結婚生活 ――― 71
- IBM社での仕事、生活 ――― 97
- 試 練 ――― 112
- バーモントでの生活 1 ――― 137
- Anneの初の日本訪問 ――― 169
- バーモントでの生活 2 ――― 179
- 日本アサインメント ――― 199
- 日本での生活 ――― 204
- アサインメントの進展 ――― 231
- アメリカへの帰路 ――― 240
- バーモントでの生活 3 ――― 259
- アメリカ帰国後の仕事 ――― 266
- バーモントでの生活 4 ――― 275
- ピッツバーグでの友人 Nobu ――― 289
- カリフォルニアでの生活 ――― 297
- おわりに ――― 326

はじめに

　私の世代では考えられなかったが、これからの若い世代の日本では外国人との接触の機会が増え、日本人と外国人との国際結婚も選択の一つとなってきている。

　国際結婚（混合結婚）とは何か？　それは違う人種の２人が結婚することで、「では"人種"とは何か？」の質問が浮かび上がる。

　人種の違いとは肌の色の違いか？　いや、それだけではない。

　私の親は親心から、私が同じ日本人と結婚することを願っていて、それは同じ人種で一緒になることで言葉も通じ、風習、習慣、作法、食事、教育、語学、政治、宗教などなど、すべての生活環境が整い、結婚生活が楽に過ごせることを意味していた。

　親は正しい！　確かに人種の違う２人が結婚することで、新しく習うことが多く発生し、人種差別が起こったり、不快なことがあったり、危険な出来事も起こる。

　が、しかし、国際結婚（混合結婚）とは親が心配するほどタブーなことなのか？

　そして、とあるアメリカ人に「What are the benefits of Mixed Marriage？（混合結婚になんのメリットがあるのか？）」と訊かれた。

　それは良いこともつらいことも多々あるし、一言では語れないだろう。

　そこで、その答えとして東洋人の私と西洋人 Anne とがたどった人生の一端を述べ、読者に判断してもらうことにする。

きっかけ

　私は戦後の東京で育ち、小学生の頃は一人で都電のチンチン電車に乗り、板橋から豊島区の小学校まで通っていた。電車には1本の鉄の棒が運転手室と客室の仕切りに横に据えられていて、いつもその鉄棒に両腕をのせ前方をぼんやり眺めていた。

　電車の中はいつも満員で小さな私は押しつぶされ、時折運転手が運転手室に入るようにと手招きし、私は鉄棒の仕切りをくぐり運転席に入って混雑から解放された。

　ある日、いつものように鉄棒に両腕をのせ前方を見ていると、右肩を誰かが軽く手で押さえる。振り向くと数人の米駐在兵に囲まれていて、肩を押さえたのは一人の米兵で何か話しかけてきた。

　小さな私が見上げると、彼らは驚くほど背が高く身体が大きく、目も鼻も口も大きかった。白い肌と黒い肌の兵士が大声で何か分からない言葉で話していて、私は少し恐ろしさを感じ肩をすくめた。

　すると、肩を押さえていた兵士がチョコレートとキャンディーを差し出

し、戸惑っている私の手を取りそれらを握らせて何か言った。

　言葉は分からなかったが、私にくれるのだと理解し、大好きなチョコレートとキャンディーを固く胸に抱え、帽子を脱いで深くお辞儀をした。すると不思議なことに米兵士に対する恐怖が少し消えた。

　それが、最初のアメリカ人との英会話の出会いであったが、その後も英語には全く馴染めず、大学でも理工学部を選び、英語の学科が最後に残り、何とかすれすれで卒業する。

　しばらく日本の企業で働いたが、お酒を飲むと頭痛が起こり、時にはもどしてしまうこともあった。しかしサラリーマン生活でお酒が飲めないのは何かと不都合なので、将来に不安を感じていた。

　お金はほとんどなかったが、一大決心をして会社を辞め、英語と電気工学を勉強すると、アメリカの生活、風習、経済、政治、治安問題、人種差別問題などなど、何も知らずに日本を飛び出した。

　その行動はあまりお勧めできない"無謀"な選択だが、何かに挑戦をするには、その分野にすべてをつぎ込むしかない。私はその道を選んだ。

初期のアメリカライフ

渡 米

　初めに英語の学科を取得するため、「ピッツバーグ大学のリングステック・デパートメント（Pittsburgh University linguistics Department）」（言語学部）と書いた紙を持ち、1974年の真冬のある日、ロサンゼルスからピッツバーグに空路で向かった。

　ロサンゼルスを朝早く出たので、午後1時頃にはピッツバーグに着けると思っていたが、アメリカ西部と東部には3時間の時間差があるのを知らず、ピッツバーグに着くとすでに午後5時を回っていた。空港の外に出るともう暗く、ロサンゼルスとは全く違い驚くほど寒い！

　タクシー乗り場に向かい黄色いタクシーに乗り込んだものの、英語が話せず運転手に「Pittsburgh University linguistics Department」の紙を見せると、「OK」と言ってタクシーがスタートした。

　しばらく走るとトンネルの中でタクシーのボンネットから白い煙が出始め、トンネルを抜けると運転手がタクシーを道路脇に止めた。ボンネットを開けるとさらに多くの白い煙が舞い上がり、ラジエーターのオーバーヒートで水蒸気が出ているのだとすぐに分かった。

　しかし、時刻はすでに午後5時半を過ぎていて、運転手に時計を見せ片言の英語で「ハーリー」と言ったが、運転手は無線で何か話していてさっぱり理解できず、ただ時間だけが過ぎ去る。

しばらくして別の黄色いタクシーが後ろに止まったのでそのタクシーに乗ると、最初の運転手が近寄ってきて「○○○、マネー（Money）」と言って手を差し出したので、空港からここまでの料金を払えと言っているのだと理解した。
　私はアメリカのお金の価値が分からず、100ドル札（当時の価値で3万円ほど。1ドル約300円）を取り出して渡すと、運転手は「No, No, No」と言って手を振る。
　日本は現金主義で私の財布には全財産が入っていて、多くの100ドル札を持っていたが小銭はほとんどなく、紙幣を取るようにと運転手に財布の中を見せて差し出す。
　運転手は少し戸惑ったようだったが、幸いにも20ドル札があり、運転手は20ドル札を取りお釣りをよこした。
　ようやくピッツバーグ大学に着き、一つのビルディングの入り口に降ろされた。時刻はすでに午後6時を過ぎていて、入り口のドアは閉まり、全く明かりがない。
　外は暗く雪が降りだして寒く、ブルージーンズと革のジャケットを着ていたが手足が冷たくてたまらない。人影は見当たらず、言葉も話せず泊まる宿もない。
「最悪だ！」と呟いた。

出会い
　小雪の中を重いスーツケースとダッフルバッグを引きずり、ビルディングの一角の小路に入ると、一つの窓に明かりが見えた。
　"誰かいるに違いない！"と、その入り口にたどり着き、すがる思いでドアを必死に叩いた。すると、誰かがこちらに向

かって来る足音が聞こえてドアが開けられた。そこには一人の男が立っていて何か言ったが、さっぱり分からない。

お辞儀をして早口に「My name is Masayuki Hayashi」と言い、「Pittsburgh University linguistics Department」と書かれた紙を渡すと、中に入るようにと手招きし、何か言って去って行った。

するとしばらくして、若いヨーロッパ系の整った顔の女性が現れたので、再び自分の名前を言い、大学と学部名の書かれた紙を見せると彼女は何か言ったが、とにかくスピーチが早くて何も聞き取れない。

オフィスに招き入れられ何か質問されたが全く分からず、英語が理解できないことに気付いた彼女は、私のスーツケースの名札を見て日本人だと判断したようだった。

彼女はどこかへ電話をかけ始め、私に受話器を差し出した。受話器を取ると、電話の主は少し日本語が話せる中国人の女性で、「今日はリングィスティック・デパートメントが閉まっているので、明日近くのビルディングのインターナショナル・オフィスに行くように」と、何とか聞き取れた。

電話を切った後、彼女がゆっくりと「Do you understand？」と尋ねたが、いまだインターナショナル・オフィスの場所が分からず、首を少し傾け「No」と答える。

次に、彼女が「Do you have a place to stay？」とゆっくり聞いたが理解できず、再び「No」と答えると、彼女は再び電話をかけ始め、受話器を下ろして机を片づけると「Let's go！」と言い、私のダッフルバッグを取って外に出たので、私は慌てて彼女を追った。

学生用のホテルを予約してくれていて、そのホテルまでの数ブロックの雪の中を彼女がダッフルバッグを持ち、私はスーツケースを引きずりホテルへ向かって歩き始める。

　彼女の行動に感動し片言の英語で「You teach ski, I teach golf（あなたはスキーを教え、私はゴルフを教える）」と話しかけると、彼女は答えずスマイルを浮かべていた。私には寒さは感じられず、ホテルまでの道を歩くのがむしろ楽しくさえ思えてきた。

　ホテルに着くと彼女はフロントと話し、私に向かい指を上げて「two weeks？」と聞いたので頷くと、彼女は手を振り「Bye！」と言って去って行った。

　部屋に入り、持って来た即席ラーメンに蛇口の熱湯を注いだ。麺はバサバサしていたが食べ、バスを使ってベッドに入った。

　その夜はなんだか胸がときめき、期待と興奮で寝付かれず、ベッドでごろごろしているといつの間にか朝になる。

お　礼

　翌朝、外はまだ暗かったがどこに行けば良いのか分からず、早めにホテルを出て彼女のオフィスで待つことにした。

　オフィスに着くと明かりがなく、誰もいる気配がない。入り口の階段に座って待っていると、しばらくして彼女が現れ、私を見て少し驚いた様子だったが笑顔で迎えてくれ、中に入るようにと招いてくれた。

　再び持っていた「Pittsburgh University linguistics Department」の紙を彼女に渡すと、私が行くべき建物を理

解していないことに気付き、地図を書きこの建物に行くようにとゆっくり説明してくれたので、私は感謝の気持ちを込め「Thank You！」と言って別れを告げた。

地図を見ながらビルディングに向かうと、そこには多くの国々、ヨーロッパ、コロンビア、韓国、中国、アフリカ、アラビア、インド、ベトナムなどから来た学生が入学手続きをしていて、日本人一色の世界で育った私もその中の一人の人種にすぎないことを自覚した。

入学登録を終え、お礼をしようと彼女のオフィスに再び向かい「Dinner？」と尋ねると、「私の名前は Anne です」と紙に書き「Can you wait until I finish work？（仕事が終わるまでしばらく待って）」とゆっくりと答えたので何とか理解できた。

仕事を終え「Are you hungry？（お腹が空いていますか？）」と彼女が尋ねるので頷くと、「——に行きましょう」と言って席を立ち、近くのハンバーガー店に向かった。「What would you like to eat？（何を食べたいですか？）」と聞かれたが、ハンバーガーを食べたことがなく戸惑っていると彼女が2人分を注文する。

ハンバーガーが来て、その良い匂いに大きく一口で頬張り飲み込もうとしたが、味は良かったが飲み込めず、ソーダと一緒にハンバーガーを飲み込んだ。

これが私の最初のハンバーガー体験だったが、日本食ばかりで育った私には、それほど美味しいとは感じられなかった。

彼女はアパートからバスで通勤していた。外はすでに暗く

初期のアメリカライフ

雪が降り出し、持ってきた傘を彼女の頭上に伸ばしてバス停まで2人で歩き、バスの到着を待つ。しばらくしてバスが到着し、彼女は「Bye！」と言って手を振るとバスに乗り込み、私もバスが見えなくなるまで手を振って見送った。

外はとても寒く、薄い革のジャケットとブルージーンズを穿いていたが寒さは感じられず、ホテルまで"上を向いて歩こう"の口笛を吹きながら戻った。ベッドに横たわると、疲れと時差のせいか服を着たまま眠ってしまった。

朝、彼女のオフィスに向かう途中、複数の人々と路上で交差し、彼女もその中の一人だったと後日分かったが、これが私の初めての西洋人女性との出会いであって、その時分の私の目には、西洋女性は皆、目も鼻も口も大きく、乳部もお尻も大きく、白肌で脚が長く、背も高くライトカラーの髪で、なかなか個人の見分けがつかなかった。

印　象

彼女の名前はエン・エレンバーガー（Anne Ellenberger）で、ペンシルベニア州（Pennsylvania State）生まれ、バックネル大学でドイツ語の学位を取り、ピッツバーグ（Pittsburgh）で大学院の言語病理学修士号を取得中だった。

Anneはドイツ系アメリカ人で、性格が明るく親切な女性だった。その時分、日本では『アニーよ銃をとれ』というテレビ番組が人気で、彼女にカウボーイハットをかぶせるとアメリカのウエスタン・ムービーに出てくるカウガールのアニーにそっくりな美貌に見えた。

彼女の私への最初の印象は、

「他の東洋人と比べ背が高く黒髪で、革のジャケットを着てブルージーンズを穿き、茶色の革手袋をして茶色の革靴を履いていたので、一瞬フランス人かと思った。でも目の小さい東洋系の顔とスーツケースの名札を見て、日本人だとすぐ分かったわ」と後日言った。

彼女は東洋人との接触が全くなく、大学に数人の日本人学生はいたが、日本人への印象は背が低く小柄で、他の東洋人との見分けがつかなかった。東洋文化にも全く興味がなく、そして日本食や日本文化にも全く関心がなかったという。他方、私もアメリカのことを全く知らず、私たちはゼロからのスタートだった。

しかし、お互いに何か惹かれる思いを感じていた。

環　境

彼女にはユダヤ系のボーイフレンドがいたが、私にはラッキーなことに、彼は New York に仕事が決まり行ってしまい、彼女は一人 Pittsburgh に残った。別れたばかりで寂しい思いをしていた時期で、突然現れた背の比較的高い日本人は、英語は話せないが体格も良く、個性的な顔なので、彼女は興味を持ったようだった。

彼女の友達が linguistics Department の英語言語学部で教授をしていたので、彼女は早速その女教師に、私の年齢と学歴、結婚しているかを調べてもらおうとアプリケーションを見てもらったらしい。すると年齢は良いしグレードはそこそこで、メカニカルエンジニアリングを卒業していることが分かった。

アプリケーションには、「英語を学び、それからピッツバーグの大学院でエレクトリカル・エンジニアリングを学びたい」と書いてあったので、女教師は「大学院に行くには最初に英語をマスターしなければならないので、彼は英語言語学部に入るでしょう」と語ったという。

ピザ

ピザは日本でも食べたことがあったので、彼女をピザに誘う。

「いろいろなトッピングがあるけど、どれにする？」と彼女が尋ね、何とか理解し「everything（すべて）」と言い、「What size？」と聞かれて「Large」と答えると、「really, Are you sure？（本当に？　大丈夫なの？）」と彼女が聞き返したので「Yes」と答えた。

日本で食べたピザの感覚でいたので、Large ピザがテーブルにくるといろいろな肉と野菜が載っていて、とにかくピザが馬鹿でかいので度肝を抜かれる。

これで「Are you sure？」と聞かれた訳が分かり、2人で何とか半分ほど食べ終えたが、お腹がいっぱいで残りはホテルに持ち帰り、次の日は一日中ピザばかり食べて完食した。

とにかく、アメリカはすべてが大きい。人々は大きく、目も鼻も口も大きく、車も大きく、建物も大きく、家も大きく、土地は広く、道路も幅広く、ピザさえも大きいのだ。

アパート

最初に英語のクラスの学期を取る必要があるので

linguistics Departmentに向かうと、再びラッキーなことに、英語語学クラスは彼女の働いていたドイツ学部の2階にあり、彼女の友達はクラスの英語教師で、背は低いが他の誰よりも金髪なのですぐに分かった。

英語のクラス後、階段を下り彼女のオフィスに向かったが、時折彼女はオフィスにおらず、若い男性がオフィスにいて「〇〇はいないよ」と言われる。

彼女はすでにバックネル大学でドイツ語の学士号を取っていたが、言語病理学者になることを決めピッツバーグ大学院に通い、パートタイムでドイツ学部で働いていたので、クラスのある時間は彼女はオフィスにいなかったのだ。

私はアパートを見つけなければならず、午後にオフィスに出向くと彼女がいたので、安いアパートを見つけてほしいと彼女に助けを求めた。

彼女は近くの不動産業者に電話をかけ、オフィスから数ブロックの場所にアパートを見つけてくれたので、私は不動産業者と一緒にアパートに向かった。

そこは古い建物の3階の一部屋で、ベッドが置かれ、キッチンはその部屋の片隅にあった。小さな冷蔵庫と小さなバスルームがあり、料金は月額50ドル（1万5000円ほど）で暖房費が含まれていた。

数日後、私はホテルからそのアパートに引っ越した。

銀行口座

次に、鍋、食器、毛布、枕、食べ物、その他必要なものを買わなければならず、また彼女に助けを求めた。

彼女と一緒に近くの雑貨屋に向かい、日用品を選んでレジで100ドル紙幣を出すと、レジ係に「No」と言われた。財布の中を見せ紙幣を取るようにという仕種をすると、財布の中に100ドル紙幣がぎっしり詰まっているのを見た彼女が驚いた。
　私が全財産を持ち歩いていることに気付いた彼女は、「すべてのお金を持ち歩くことはアメリカではしません。少しの現金を持って残りは銀行に預けましょう」と言って、レジで支払った後、銀行に同行してくれたので口座を開いた。
　アメリカでは現金を持ち歩く習慣がなく、持っていても100ドルほどで、ほとんどチェックかクレジットカードで支払うシステムだということを知った。

白い電話
　部屋の片隅に小さな机と椅子があり、椅子に座り英語のクラスで渡された本『リップ・ヴァン・ウィンクル』（ワシントン・アーヴィングの短編小説）を読み始め、本の一字一字を日本語に訳し始めたが意味が分からず、疲れと安堵も重なりそのまま眠ってしまう。
　気が付くと真夜中で、窓から下を覗くと街路灯が誰もいない寒い雪景色を照らし、孤独感を感じる。その雪景色を見ながら、これから英語能力を上げるには日本語から極力離れ、英語一色で進まねばならないと決意を固める。
　そして、できることは何かと考え、ヒアリングの英語能力を上げるには電話を設置すれば、いつも彼女と会話ができ、聞く能力が向上すると考えた。

翌日、私は再び彼女のオフィスに行き、電話を設置できるか尋ねると、彼女は「No Problem」(問題ない)と答え、電話会社に電話をかけ、それから「あなたはどんな種類の電話が欲しいの？　通常の黒い電話か、少し値段が高い白い電話があるけど」と訊かれた。

　私は「値段が高い」が聞き取れず「White」と答えると、彼女は少し驚いた様子だったが白い電話を注文してくれる。

　そして彼女が「あなたは誰に電話をかけるの？」と尋ね、私が「You」と指さすと彼女は笑っていた。

ゴキブリ

　近くのスーパーに行き、ハム、卵、野菜などを買いアパートに戻り、日本から持ってきた即席ラーメンを作り、すべての皿を流しに置き去りにして床に就く。

　夜中にトイレに起きシンクを見ると、置き去りにした皿に何かがうじゃうじゃ動いていたが、灯(あか)りが乏しくよく見えない。

　トイレから戻り電気をつけると、たくさんのゴキブリが皿とシンクにいるのを見てびっくりした。私はゴキブリが大嫌いなので、束ねた新聞を使って多くを叩きつぶした。

　ゴキブリを駆除することを決意し、近くの店に行きバグキラー・スプレーを購入し、前日と同じように皿を流しに置き去りにする。

　深夜に起きると前日より多くのゴキブリがいるように見え、皿、シンク、そしてゴキブリがいる可能性のあるすべての領域にバグキラー・スプレーをまいた。

翌朝、新しい白い電話を使って彼女に電話をかけ、「クッキング、クッキング、コックローチ、コックローチ」と言い、「キラースプレー、キラースプレー」と話すと、彼女は「バグキラーを皿にスプレーしたの？」と尋ね、私は「Yes」と答えた。

　それから彼女は「スプレー缶の下を読める？　そこに何と書いてある？」と尋ねたので、私は缶の周りを見回し、ゆっくりと「Ｐｏｉｓｏｎ」（毒）と言った。

　私は毒をスプレーしたのだと解釈し、「I die, I die,（私は死ぬ、私は死ぬ）」と言うと、彼女は「一番良い服を着て、ベッドに横になっていて。毒物センターに電話して何をすべきか聞くから」と言って電話を切った。

　少しして彼女から電話があり、「嘔吐(おうと)はあるの？」と聞かれ「No」と答えると、「たくさんの水を飲んで横になって安静にしていて」と言われたので、水をがぶ飲みして横たわり、そのまま眠りに就いた。

　だが、幸いにも何の問題も起こらなかった。

中華料理

　彼女は次第に私に興味を持ち始め、友達との話題にもなり、友人と一緒に私のアパートの前を散歩したが、その時、私たちは出会うことはなかった。

　私を夕食に誘おうと思ったが、日本の習慣や食べ物について何も知らず、友達の中国人のドイツ語博士課程の女性学生に「日本人の男性はどんな食べ物が好きなの？」と尋ねると「もちろん中華料理」と答えたという。

彼女は中華料理を一度も食べたことがなかったが、近くの中華料理店を予約し、同じ職場で働いていた親友のゲイリー（Gary）と妻ジャン（Jane）のカップルも一緒に招待し、私たちは中華料理店に向かった。
　ウェイトレスがメニューを持ってきたが、すべて英語で、私にはメニューが分からず、しばらくメニューを見ているとウェイトレスが中国語のメニューを持ってきた。
「いい、漢字が読める」と呟き、ラーメンが食べたいと思いメニューを見たが、ラーメンのような漢字は見つからず、ウェイトレスにペンと紙を持ってきてもらい「牛肉、麺、汁」と書くと、中国人のウェイトレスは「OK」と言って去って行った。
　GaryとJaneは中華料理店を知っていて、いくつかの料理を注文していた。Garyは人懐っこい性格で、私に話しかけてきて、日本のことや私が何をしていたかなどを聞いているようだったが、私には「JAPAN」しか聞き取れず、「Yes, Yes」を繰り返す。
　ようやく中華料理が出てきたが、彼らの注文はチャーハンと鶏のから揚げ、野菜炒めで、彼女は「Good！」と言って食べていてた。私には、温かい牛肉スープ麺が届いた。
　ピッツバーグに来てから、アメリカ料理と日本から持ってきた即席ラーメンばかり食べていて、まともな食事をしていなかったので嬉しかった。大きな丼に、麺と大きな肉、薄い鶏のスープが入っていた。
　東京育ちなので塩辛いスープが好みだが、この中華版ラーメンもとっても美味しかった。

初期のアメリカライフ

名　前

　中華料理店に誘ってくれてとても嬉しく、満足した夕食だったので、私はこの温かいおもてなしに感動し、彼女がさらにとても好きになった！

　数日後、お礼に、ビルディングの角の宝石店でバラの模様の金のイヤリングを買い、彼女のオフィスに向かったが、中華料理店で会った Gary がいて彼女はいない。

　Gary は何か私に話しかけてきたが、言葉があまりにも早口でよく分からず、「アフタヌーン」だけは何とか聞き取れたので、午後にオフィスに向かうと彼女と Gary がいた。

　私が彼女の名前（Anne）はエンかアニーかと尋ねると、「エン（Anne）と呼んでね」と言い、そして、私の名前はアメリカ人には難しいので「Masa と呼ぶのはどうかしら？」と言った。

　私が「Yuki」の方が好きだと答えると、「Yuki」は「Yuck！（やだ）」に似ているので、やめた方がよいと言われて「Masa」の名前に決まる。

　アメリカではロバート（Robert）をボブ（Bob）と呼んだり、リチャード（Richard）をディック（Dick）と呼んだりする。

パーティー

　新しい人々を知る良い機会で、そして良い英語の練習になるからと、Anne がパーティーに誘ってくれた。

　パーティーにはたくさんの人が出席していて、数人が話しかけてきたが、Anne はとても早口で話していると思ってい

たが、すべてのアメリカ人がとても早く話し、何も聞きとれない。

Anneのそばから離れず会話を聞いていたが、しばらくすると疲れきって頭痛がし始め、帰りたいとAnneに頼んだ。彼女は「OK」と言って一人のアメリカ人に近寄り何事か話すと、「Let's go」と言ってパーティー会場を後にした。

次に参加したパーティーは皆が料理を持ち込むパーティーで、Anneは「ワインを買って持って行けばいい」と言ったが、私は「焼き飯の料理が得意だから作る」と言い、玉葱、人参、ハンバーグ、卵が入った焼き飯を作ることにした。

しかし、東京育ちの私は塩辛い味が好みだが、Anneは日頃からほとんど塩を使わず、塩を薄めに作ったつもりだが、Anneに味見をしてもらうと「Salty!」と言って首を振った。

そこでもう少し具材を入れて塩辛さを薄め、焼き飯を作り直すとかなりの量になった。

焼き飯を持ってパーティーに行くと、すでに多くの人が集まっていて、見たことがない料理が多く並べられていた。ベイクした物が多く、ベイクポテト、ベイクビーン、ベイクマカロニ、ベイク……といろいろ揃っていたが、その中にポツンと焼き飯があり、場違いのように映り人々は手をつけない。

これは1974年のことで、今では考えられないがアメリカには全く日本食を知らない人が多くAnneもその一人だった。

大学教授のパーティー

日本語の日系大学教授が、日本人新入生はピッツバーグ

（Pittsburgh）に来たばかりで寂しい思いをしているだろうとの配慮から、「"Welcome Party"を開催する」と連絡が来た。

　Anneを誘って訪れると玄関口で教授が待ち受けていて、アメリカに来たばかりの私がアメリカ人女性をパーティーに連れてきたことに少し驚いた顔をしながらも、「Welcome」と迎え入れてくれた。

　中に入ると複数の日本人と、日本語を勉強しているアメリカ人が会話をしている。皆、英語で会話していてAnneは複数の人々と会話をしていたが、私には理解できずAnneのそばから離れずにいると、「トイレに行ってくる」とAnneが離れていった。

　ぽつんと立っていると一人の女性が近づいてきた。女性は片言の日本語で「初めまして、私は○○です」と言い、そして「私は、日本の法律を勉強し弁護士になりたい」と言う。「それはすごい」と返答すると、「私は空手も習っていて、今度沖縄から来る空手の先生のパーティーがあります。来ませんか？」と誘われた。

　女性は小柄だが大きな乳部を広げ、確かに空手をしているような筋肉質の体型で、パーティーの日と時間、場所を紙に書いて去って行った。

　Anneが戻り「何を話していたの？」と聞くので、「空手の先生のパーティーに誘われた」と言った。「行くの？」と聞かれたので「I don't know」と答えた。

　小柄な女性はユダヤ系の女性だったらしいのだが、私にはユダヤ系だとは全くわからなかった。

空手の先生のパーティー

　中学生の頃に少し空手をしていたので興味があり、パーティーに行くことにした。そこは小さなレストランで、着くとすぐにパーティーで会った女性が迎えに来て、私を空手の先生の横に座らせると彼女も反対側に座った。

　先生も私も英語が話せず、2人は日本語で話していて、「沖縄からと聞きました。空手の道場があるのですか？」と私が尋ねると、先生は「はい、那覇で多くの生徒を教えています」と答え、「何段ですか？」と尋ねると「七段」と答えた。

　私は「それは、すごい」と言い、「先生は小柄ですが、大きな腕の長い外国人と対戦するときは、どうしますか？」と尋ねると、ただ一言「スピード」と答えた。

　横にいた彼女が「何を話しているの？」と聞いたので、私は「先生のベルトは黒帯で七段です。七段は技術的には最上級で、その上の段は名誉の段です」と、何とか英語と日本語で説明する。

　昼食を終え、先生に別れを告げて外に出ると彼女が来て、「待って、これは私の名前と電話番号です。電話をかけてください」と言い、紙を渡される。

　Anne のオフィスに向かうと Anne は女性を知っていて、「デートはどうだった？」と聞かれたので、
「空手の先生の歓迎会で、デートではない」と答えると、
「彼女は日本語を習っていて、あなたに興味を持っているみたい」と言った。私は、「彼女はあなたのように親切ではなく、優しさがないのであまり好きではない」と答えた。

Anne の友達のパーティー

次に、Anne は友達の英語教師ルイーズ（Louise）のパーティーに私を連れ出した。

Louise は小柄だが誰よりも金髪ですぐ分かり、Gary と Jane も招待していてチーズフォンデュ・ディナーが出された。

ディナーはクラッカーと前菜から始まり、サラダが次に出され、それからメインディッシュはチーズフォンデュだ。チーズフォンデュは角切りにしたパンを串に刺し、とろけたチーズに浸して食べるフランス料理だ。

私はそれまでチーズを食べたことがなく、とろけたチーズの匂いは悪臭に感じられ、試しに1つ口に入れたが、チーズの匂いに圧倒されて噛まずに飲み込んだ。

「うーん、これは食べられない」と呟き、周りを見ると、みんな美味しそうにチーズフォンデュを食べながら、楽しそうに話をしている。

私は残りのサラダを食べることにしたが、横を見ると Jane もフォンデュを食べておらず、どうやら彼女もチーズフォンデュは苦手なようだ。

サラダを食べようとするとお互いの目が合い、私はサラダボウルをつかむのが一瞬遅れて Jane にサラダを取られ、仕方なく残り物のクラッカーと前菜でお腹を満たした。

ルイーズ（Louise）は私の言語学部の英語教師で Anne の友達でもあり、いろいろ助かることになる。

黒人少年

　Anneとテニスをすることにし、大学のスポーツ・コンプレックスで午後1時に会う約束をする。

　私は日本人の時間を守る習慣が身に付いていて、10分ほど前に着いた。だが午後1時になってもAnneは現れず、5分、10分、15分と時間が過ぎても一向に現れる気配がない。「ふられたのかなあ〜」と思いながらも30分までは待つことに決め、ベンチに座って頭をしょんぼり下げていると、人影が映った。Anneだ！

　彼女は「Sorry, I was tied up with a work」(ごめんなさい、仕事で忙しかったの) と言った。30分待っていて良かった。

　スポーツ・コンプレックスの入り口に出ると、一人の黒人少年が自転車に乗って近づき、「Give me ball！（ボールをくれ！）」と言う。
「No」と答えると、その少年は東洋人の私を見て、
「Are you Kung Fu？（あなたはカンフーか？）」と尋ねるので「Yes」と答えると、「Show me！（見せろ！）」と言った。

　当時ブルース・リーのカンフー映画が大人気で、少年は東洋人を映画でしか見たことがなかったのか、私をブルース・リーだと思ったらしい。

　少し空手の練習をしていた時期があったから、両手がふさがっていたので空手キックで脚を素早く動かして、足のつま先を少年の顔の近くまで接近させて戻すと、黒人少年は目を大きく広げてとても驚き、「カンフー、カンフー、カンフ

ー！」と叫びながら自転車に乗って慌てて去って行った。

テニスコートに着いてAnneとテニスを始めると、突然十数人の黒人の子供たちがテニスコートのフェンスに集まり、私を指さし「カンフー、カンフー」と言って騒ぎだした。そのうちに数人の大人も集まり、フェンスに黒人の人だかりが出来た。

テニスを終えてフェンスの出口に向かうと、黒人の子供たちが私に近づき身体を触り始めたので、子供たちの頭を撫でながらボールを子供たちに与え、一緒にスポーツ・コンプレックスに向かった。

その後も、Anneが約束の時間より遅れることがたびたびあり、日本では信じ難いがアメリカでは10分ほどの遅れは通常だと分かった。

交通事故

Anneのドイツ語科の同僚Garyと妻のJaneが、ダウンタウンに一緒に映画を見に行こうとAnneと私を誘った。

Garyは「ダウンタウンで用事がある」と先に出向き、Anneと私はJaneの小さな2ドアクーペで向かうことにな

った。車は驚くほど小さく、Anneが助手席に座り、私はAnneの後ろの席に座ると足の置き場がなく、屈みこんで座った。

Janeがダウンタウンをドライブしていると、突然、左側の車が右に移動しJaneの車の左側にぶつかってきた。Janeは驚いて手をハンドルから離してしまい、車は歩道に乗り上げ、十字路の角にあったガソリンスタンドの給油タンクに向かった。

Janeはパニック状態でハンドルから手を離しているので、私は給油タンクに衝突すると思い、前席にいたAnneを席ごと両手で抱える。

1970年代のペンシルベニア州にはシートベルト着用の法律はなく、私たちはシートベルトを締めておらず、車はそのまま給油タンクに衝突。

ガーン！　と音がして衝撃があり、Anneは前のダッシュボードにぶつかったが、幸いにも車のスピードがかなり遅かったので怪我はないようだった。だがJaneを見ると、顔をハンドルにぶつけたのか顔から血を流していた。

車の前を見ると給油タンクがスマッシュ（破壊）され、私はガソリンが漏れ出ると思い、すぐにドアを開けてAnneを外に出し、私も外に出て、次に、Jane側のドアを開けJaneを引きずり出し、車から離れさせた。Janeの顔をよく見ると、鼻からかなり出血している。

ガソリンスタンドの店員が走ってきて、「大丈夫か？」と聞いたが、私は説明ができず、Anneが説明して救急車を呼ぶように頼んだ。

しばらくして救急車が来て、Janeを乗せて近くの救急病院に連れ去った。Anneと私はタクシーでGaryの待っている映画館に向かい、Garyに事故があったことを説明して救急病院に向かわせた。

その後の話によると、Janeは鼻の骨が折れていて、もともとJaneの鼻は高く大きかったので、「この機会にまっすぐな理想的な鼻に整形手術をしてもらった」と話していた。

ドイツ語学科博士号生レイ（Ray）

Anneはドイツ語学科の博士号学生Rayと大きな問題を抱えていた。Rayは背が高く暗い雰囲気で、奇妙な振る舞いをすることで知られていて、ドイツ語学科で秘書として働いていたAnneに好意を抱いていた。

Rayは時折Anneのオフィスに顔を見せ、何も言わずにしばらく座っていて、Anneが「何か、お助けが要りますか？」と尋ねると、スーッと立ち上がり去って行く行動を繰り返していたのだ。

しばらくしてオフィスに電話がかかり、「ドイツ語学科の部署です。何かお手伝いしましょうか？」とAnneが答えると、電話のかけ主は黙って何も応えず、Rayだと察知し「Rayですか？」と尋ねても応答がなく電話が切れた。

そして数日後、Anneは恐怖に見舞われる。

電話が鳴り、Anneはいつものように「ドイツ語学科の部署です。何かお手伝いしましょうか？」と答えると、再び電話の主は沈黙しているので、Anneは「Rayですか？」と尋ねる。

すると受話器から「カチッン、カチッン」と音が聞こえ、Anneはその音が銃のクリックする音であることに気付き、身震いして受話器を置いた。

　それ以来、AnneはRayをひどく怖がるようになった。

　Rayの足音はゆっくりだが際立って目立ち、"のしのし"と歩く。ある日ドアは閉められていたがRayの足音が近づいてくるのを聞き、Anneは鉄製の重い机をドアに向けて動かし、体を机に押しつけて息を呑んだ。

　ドアのノブがゆっくりと回りドアを開けようとしたがドアは動かず、Rayは再びノブをゆっくりと回しドアを押し開けようと試みたが、ドアは机の重さでびくともしない。

　Anneは息を呑んで重い机を必死に押さえ、ようやくRayはドアを開けるのを諦め、足音が遠ざかっていった。

　AnneはRayをとても恐れるようになり、私に「クラスの後、オフィスに来ることができないか」と尋ねたので、即座に「Yes！」と答え、それから私はAnneのライフガードとなる。

　私がAnneのオフィスでリングステックの本を読んでいると、独特のゆっくりと革靴が床に当たる"のしのし"とした音を立ててRayがオフィスに近づき、私がいるのをチラッと見るとオフィスには入らず立ち去って行った。

　Rayの印象は、背が高くドアの仕切りに頭が当たるほどで、いつも下を向き目と目を合わせることがなく、黒い服を着ている。特に極大な黒い靴が印象的で、ゆっくり"のしのし"と歩く独特の音がした。

　Rayは博士号卒業寸前だったが、ドイツ語学科の教授たち

はRayが博士号を取得するのに値するか確信がなかった。が、しかし、Rayに学位を与えればドイツ語学科内での問題ごとがなくなると判断し博士号を授与することに決め、そしてRayは大学を去って行った。

　ふうー、危機が解決された。

カップル誕生

恋　愛

　子供の頃、両親が共稼ぎだったので、時折食事の準備を助けなければならず、料理には慣れていたのでAnneを和食の夕食に招待することにする。

　アメリカ人に好まれる日本料理は何かと考え、"天ぷら"か"すき焼き"だと思い、天ぷらは少し面倒なのですき焼きを作ることにした。

　すき焼きの作り方はよく知っていたが、しかしここはアメリカで牛肉は簡単に買えたが、他の材料（醬油、豆腐、長ネギ、白菜、シイタケ、酒など）が見つからない。

　そこで、長ネギの代わりに青ネギを使い、シイタケの代わりに白いマッシュルーム、白菜の代わりにキャベツ、酒の代わりに白ワイン、そして東洋食店で醬油と豆腐（中国製）を何とか見つけた。

　仕事を終えたAnneがアパートにワインを持って現れ、牛肉は好きかと訊くと「Yes」と答えたので、すき焼きを作り始めた。

　鍋の半分ほどに牛肉を入れたら、残りの半分に他の素材を入れ、砂糖を多めにして醬油と白ワインで味付ける。そして日本から持ってきたお米と味噌でごはんとネギ豆腐の味噌汁を作り、夕食の準備が整った。

　Anneは早速牛肉から食べ始め、「これは美味しい」と言い、他の素材もすき焼きの味が染みていて「すべてが美味しい」と笑顔を浮かべて食べていた。

白いごはんは一口だけ食べたが味噌汁には手もつけず、「私は、もう満腹よ」と言って残す。

　Anneと私は持ってきたワインを飲み干し、2人ともお酒に弱く良い気持ちになってきてキスをし始めた。するとAnneの舌が私の口の中に入ってきた！

　そこで2人とも感情が高まり、そこにあったベッドに横になってしばらくキスを続けるとさらに興奮し、Anneが服を脱いだ。その肌は白く滑らかで乳部も大きく……そこで2人はカップルになる。

　Loveに言葉の壁はなかった。

交　際

　この時点でAnneと私は毎日のように会っていて、時々Anneは私のアパートに泊まった。

　部屋は3階ですべてが古く、歩くと床がきしむ音がした。部屋の下には年配の女性が住んでいた。

　ある夜、食事後一緒にベッドに飛び乗った瞬間、ベッドの枠が外れ"バーン！"と大きな音を立ててマットレスが床に落ちた。

　床に落ちたマットレスの上でお互い顔を見合わせていると、下から「SHUT UP！（黙れ！）」という叫び声が聞こえてきた。オットットット！　どうやら年配の女性はAnneがしばしば滞在していることを知っていたらしく、それ以来マットレスは床に落ちたままになる。

　ある日、Anneが「私たちはイースト菌に感染しているか

もしれない」と言い、私は「イースト菌に感染とはどういうこと？」と尋ねた。

「2人とも検査のために学生保健センターに行かなければならない」とAnneは言い、学生保健センターに行くと、学生の医者が私にパンツを脱ぐように言い、少し戸惑ったが言うとおりにした。医者は私のペニスを詳しく調べ、綿棒でペニスの先端からサンプルを取った。

後日、Anneは「私たちは大丈夫だった」と言い、私も安心した。

日本からの電話

ある深夜、母から電話があった。私が英語が話せず米国について何も知らず、孤独ではないかと心配して日本から電話をしてきたのだった。

Anneはベッドに横たわっていて、私は電話を片手で持ち、右手で電話のスピーカー部を覆って人差し指を口に当て「しーっ」とAnneに示すと、Anneは日本からの電話であることに気付き、わざとさらに騒がしくする。

もう一度人差し指を口に当て「しーっ」と示し、母に「元気にしています。新しい友達が何人か出来ているから心配しないで」と話し、当時日本からの国際電話は非常に高額だったので、「電話代が高いので手紙を書きます」と言って電話を切った。

Anneが「誰から？」と聞くので「Mother」と答えると、「お母さんは、私がここにいると思ったかしら？」と尋ねるので、私は、

カップル誕生

「英語は分からなかったけど、女性の声は聞こえたかもしれない」と答える。そして、「でも母は、アメリカと日本の時間帯が分からないから、女性が深夜に私の部屋にいたとは気が付かなかっただろうね」と片言の英語で話した。

今では考えられないが、その当時の国際電話料金は非常に高かった。

蛍光の舞

初夏のある日、Anneと私はピッツバーグ郊外にある大きな農家の夕食に招待された。

素敵な外でのバーベキューディナーで、広い芝生の上にテーブルと椅子が揃えられ、サラダ、ポテト、クッキーなどがテーブルの上に並べられている。バーベキューグリルの上にはステーキとホットドッグが焼かれていて、良い匂いが漂ってきた。

これが、アメリカでの初めてのバーベキューで、ステーキがプレートにのせられると、そのステーキのあまりの大きさに驚いた。ステーキを大きめにカットして口に入れると、肉は柔らかく、脂が適度に口の中に入り、とても美味しく、私

はアメリカにいると実感する。

夕食後、ワインが振る舞われ、空が暗くなり始めると、1つ2つと小さな明かりが空を舞い始めた。

そしてしばらくすると、それはものすごく多くの小さな明かりとなって空を舞い始め、さまざまな方向で舞を繰り広げる。その群れは私たちの周りにも集まって、光を放ちながら飛び回った。

それはアメリカで初めて見る蛍だった。

蛍は日本でも観察したことがあるが、その時に見たものより数十倍も多く飛び交い、夜空は小さな花火のように明るく照らされ、その光景は脳裏に焼き付いた。

広い芝生でのバーベキューディナーは素晴らしく、それは私にアメリカの生活への強い憧れを抱かせたのだった。

日本人の音楽学生

新しく知り合った日本人の友達は大学で音楽プログラムに所属していて、彼らはバンドを結成して、違法だが地元のレストランやバーでライブ演奏をして生活費を補っていた。

ある日、彼らは私をバーの演奏に招待してくれた。音楽は良い感じのメロディーの演奏で歌手はおらず、私は彼らの音楽を一番前のテーブルに座って聴いていた。

そこへ少し酔った男が近づいてきて、

「彼らは上手ですね。どこから来たのですか?」と尋ねた。

「日本です。彼らは音楽部の学生ですよ」と答えると、男は私も日本から来た音楽部の学生だと思ったようで、

「あなたはどんな楽器を演奏するのですか? それとも歌う

のですか?」と尋ねてきた。

　バーは騒がしく、私は男の質問がよく理解できないままに頷いた。すると男は舞台に上がり、

「この人たちはとても上手です。この人が歌います」とマイクロホンで私を紹介した。

　実は私はひどい音痴で、子供の頃から音楽に関わったことがないので足が震えてきた。が、幸いにも友人が「休憩を取ります」と言ったので私は救われた。

　Anne はスピーチ病理学の修士号を取る授業を受けていて、子供たちの歌を作成するという課題があった。

　彼女はメロディーは思いついたものの、それを曲に仕上げてくれるミュージシャンを知らず、私が音楽部の日本人の友人に助けを求めた。

　音楽室で録音をするので来るようにと言われ、Anne と音楽室に向かうと、楽器を持ったミュージシャンが数人、集まってくれていた。

　Anne のメロディーはとても短く、同じメロディーが繰り返されるもので、10分ほどでテープレコーダーに録音を終えた。

　もう一度録音したいかと彼らは尋ねたが、Anne は「いいえ、これでいい」と答え、音楽をもとに歌詞を作り、歌が出来上がった。

　そのメロディーをバックグラウンドにして、Anne は子供たちと一緒に歌詞を歌ったのだった。

「子供たちは大喜びで歌い、大成功だった」と彼女は感謝し

てくれた。

　Anneはドイツ語の学士号を取っており、コロラド州の高校でドイツ語を教えていたが、スピーチ病理学の修士号を取ろうとピッツバーグに戻り勉強していたのだった。

Anneの引っ越し

　Anneのアパートはピッツバーグ北部の動物園の近くだった。私たちはほとんど毎晩のように会っていたが、Anneは車がなかったので、私はAnneをバス停まで送っていた。

　ある週末に、私はAnneのアパートを訪ねた。

　家主はユダヤ人家族で子供の躾に厳しかった。家主の娘の部屋とAnneの部屋は2階にあり、私が夕食を作り夜遅くまで一緒に楽しい時を過ごしていたが、気が付くと最終バスの時間が過ぎてしまい、一晩泊まることになった。

　しかし、のちほど家主から私たちの行動が家主の若い娘には適していないという通知を受け、次の月にAnneはアパートから出るようにと通告された。

　Anneは大学の近くの古いビルディングの3階に、1つのベッドルーム、キッチン、リビングルームがあるアパートを見つけ、学校まで徒歩で通えるので、そこに引っ越しすることに決めた。

　しかしアパートに入ると、床が古い木材のため歪んでおり、奥の寝室の隅の床には猫のおしっこの臭いが付いていたので、床を削り取って塗り替えすることにした。

　私は大きな電気バッファーを借り、サンドブラシを電気バッファーの下に置いて床を削り始めたが、猫のおしっこは板

に染み付いていて、深く削り落とすのに時間がかかった。

　また、削り取った所だけが明るい元の木材の色になり目立つので、寝室の床全体を削り取ることにした。

　しかし、今度は寝室の床だけが綺麗な色になってしまったので、他の部屋の床も削ることにして塗装を始めた。全部のフロアが終わるまでかなりの時間を費やした。

　サンディングを終了すると、Anneは「Great Job！」と言って月の初めに引っ越した。

　その後、私はほとんど自分のアパートには戻らず、Anneのアパートに住み着くようになった。

猫のハヌカ（Chanukah）

　私はどちらかと言えば犬好きだが、Anneは猫を飼っていた。その猫「ハヌカ」は少しぽっちゃり太っていて、灰色で青い目をした、漫画のガーフィールドの体型の可愛い家猫だ。

　ハヌカの名前はAnneの以前のユダヤ系ボーイフレンドと付けたという。ユダヤの休日Chanukahからそう名付けたらしい。ハヌカは面白い猫で、驚くほど賢い猫だった。

　Anneの部屋のリビングルームに置かれた赤いソファーはコンバーチブルでベッドになるので、それをベッドとして使用していた。

　Anneは早朝に出勤するが、私は朝寝坊でしばらくはベッドに寝ていることが多かった。すると胸に重さを感じ、目を開けると大きな青い瞳が私を覗いている。

　私の胸にのって、私を見つめているのはハヌカだ。

「ハヌカ、起きたよ」と言って目を覚ますと、すでに朝9時頃で、Anneは私を起こすためにハヌカを訓練したに違いない。

そして、ハヌカは小さく丸まった紙を持ってきて私の前に落とし、遊べという。私はその紙をより丸くして、紙ボールを部屋の端に投げつける。ハヌカはダッシュして紙ボールを追いかけ、少し紙ボールで遊び回ってから紙ボールを口にくわえてベッドに飛び上がり、私の前に紙ボールを落とす。

再び紙ボールを部屋の端に投げると、ハヌカはまた追いかけ、しばらく遊んでから持ってくる。数回後、ハヌカは紙ボールを持ってくるのをやめたので遊びの時間が終わった。

ハヌカは犬のようだと感じ、私は猫好きにもなった。

ジャパニーズ・レストラン

少しお金を貯めようと、ジャパニーズ・レストランでアルバイトをすることにする。

レストランは高級ジャパニーズ・レストランで、私は典型的な日本人に見られフロントマスターとして雇われた。紺のスーツを持っていたのでそれを着ればフロントマスターとし

ても良いと思ったが、黒い靴がない。

　そこで、黒い靴墨を買って茶色の靴を黒に塗った。少し茶色が残っていたが、レストランの中は薄暗く大丈夫だと思いレストランに出向く。

　レストランは結構繁盛していて、お客さんが来るたびに「グッドイブニング」と言いテーブルに案内した。

　しばらくすると、体つきが良く背も高い人々が入ってきて、彼らは席を予約していたので奥の席に案内したが、「どこかで見た顔だな」と思っていると、ピッツバーグ・パイレーツのプロ野球選手たちと気付いた。

　有名なリッチー・ジスクもいてサインが欲しかったが、ウエイターが言うには「彼らはよく来る」とのことなので、次の機会にと諦め、彼らが食事を終えて帰る時、
「I wish you had a nice dinner.」と言った。

　アパートに戻り、レストランでピッツバーグ・パイレーツのリッチー・ジスクに会って、帰りぎわに「I wish you had a nice dinner. と言った」と Anne に話すと、笑いながら、
「次は I hope you had a nice dinner.（素敵なディナーをお楽しみいただけたと思います）と言いなさい」と言われた。
（「I wish you had a nice dinner.」は「素敵なディナーをお過ごしいただければ幸いです」なのだった）

　数日後、Anne が新聞を持ってきて、
「Masa、レストランで働くのはやめて！　移民当局が不法就労者を探していて、レストランが一番マークされやすいの。見つかったら日本に送還されるわ！」と言われる。

私は学生ビザを持っていたが就労ビザはなかったので、レストランに事情を話してアルバイトを辞めた。
　アメリカでは、今も不法滞在者の対応に問題を抱えている。

Anneの実家訪問

　Anneとしばらく交際していて、彼女は車を持っていなかったので、典型的なアメリカの中流階級の娘であると思っていた。
　Anneが「私の両親の家はピッツバーグの郊外にあるんだけど、両親は今はフロリダのコンドミニアムにいるので一緒に行かない？」と言った。
　その週末、バスを数本乗り換え、ピッツバーグ郊外にある両親の留守宅にたどり着くと、家が立派なのに驚いた。
　2つの車のガレージ、3つのベッドルーム、リビングルーム、ダイニングルーム、キッチン、そして大きな地下室があり、Anneが幼い頃から育ったベッドルームがそのまま残されていて、縫いぐるみが置かれ、いくつものAnneの写真とAnneが作った工芸品が壁に飾られていた。
　前庭は芝生で覆われ、裏庭は広く整備されて多くの木が揃っていた。ガレージの中には母親の大きな青いプリマス車が駐車してあり、「もう1台の車は父親の車で、フロリダに乗って行った」とAnneが話した。
　天気は少し涼しかったが、母親の車で公衆のゴルフコースに出かけることにした。そこは9ホールのゴルフコースで、Anneのゴルフクラブを使いコースを回る。

驚いたことに Anne のゴルフスイングはかなり良く、「ゴルフをやっていたの？」と尋ねると、「父はゴルフが好きで、時折私を父の所属するゴルフクラブに連れ出したの」と答えた。
　ゴルフを終えて家に戻り、私たちはリビングルームでロマンチックな雰囲気でキスをし始めた。すると突然 Anne はストップし、人差し指を口に当て「静かに」とのジェスチャーをする。
　彼女は裏口に異音を聞き、誰かが台所にいると感じたようだ。私たちが静かに息を呑んでいると、しばらくして台所のドアの閉まる音が聞こえ、Anne は「両親がフロリダにいる間、隣の人が家をチェックしている」と説明した。
　Anne はかなり裕福な家庭で育っていた。

人種問題
　英語に慣れるにはテレビを毎日見れば上達すると考え、小さなテレビを買って毎日アパートでテレビを見ていると、だんだんと言葉の区別ができてきた。
　ある日ニュースを見ると、黒人の子供たちがスクールバスから降りてスクールの入り口に向かう途中、両脇には白人の大人たちがいて、黒人の子供たちに叫び声を上げながら拳を上げている場面を放送していた。
　私はなぜ大人たちが子供たちに叫んでいるのか分からず、「黒人生徒が警察の誘導でバスから学校まで付き添われ、白人の大人たちが黒人生徒に向かって叫んでいたのをテレビで見た」と片言の英語で Anne に尋ねた。

Anneが説明してくれたが、どうやら複雑な問題のようで、英語力の乏しい私にはよく分からなかった。

後日、アメリカ政府がすべての公立学校を白人と黒人の混合にするように発令し、これらの黒人生徒が白人ばかりの学校に通うことになり、白人生徒の両親は黒人生徒が白人学校に通うのに反対し抗議していたと理解した。

これは「バスシッング」と呼ばれていた。

政府の方針として、白人ばかりの学校に黒人生徒を割り当てて輸送し、学校の人種分離を減らすためのものだった。

その時代、日本ではアメリカ人の駐留兵士と日本に住んでいた韓国人を除いて、他人種はほとんど見当たらず、日本では人種問題を考えたこともなかった。

アメリカの人種差別は大問題で、今も継続している。

ワシントンDCに旅行

親しくなった日本人のNobuという化学科のポストドクターがいた。

Nobuはイギリスで勉強していたのでイギリス英語のアクセントがあり、少し忘れっぽい性格だったが、人懐っこいスマイルをいつも浮かべている。

AnneとNobuと私は、Nobuの車でワシントンDCに旅行することにし、ワシントン記念塔、リンカーン記念館、スミソニアン博物館、ホワイトハウスなどを訪れた。

特にスミソニアン博物館での、歴史的なライト・ブラザーズの飛行機とスピリット・オブ・セントルイスの飛行機が天井からぶら下がっているのを見て感動する。

カップル誕生

　ワシントンDC訪問後、チンコティーグ（Chincoteague）国立野生保護区にキャンプに行き、2つのテントを張り、そして青蟹（あおがに）釣りに行くことにした。地元の人に情報を聞き、すくい網、ひも、ニワトリの首を購入し、浅い狭い川淵（かわぶち）に向かった。

　青蟹は、塩水と真水が混ざった地域に生息し、ニワトリの首を紐（ひも）で結んで泥で半分濁った水の中に入れ、しばらくじっと待つ。

　すると紐に何かの反応が感じられ、ゆっくりと紐をたぐり上げると、青蟹が鳥首を挟んでいるのが見えてくる。そこで青蟹の下にネットをゆっくりと差し入れ、素早くすくい上げた。

「スプラッシュ！」青蟹が捕れたと思いきや、ネットには青蟹は入っていない。

「逃した！」いくつかのミスを重ねて、蟹は横に素早く逃げることに気付き、網を斜め横から入れることで、ついに数匹の青蟹を捕らえた。

　青蟹は今晩食べる数を捕ったので、今度は貝を採ることにして、私たちは浅瀬の砂浜に向かう。

　最初は浅瀬を掘って探したが貝は見つからず、少し深い場所に移動して腰まで海水につかるほどの場所で掘ると、かなり大きな貝が掘り出された。Nobuに来るように合図をし、2人でいくつかの大きな貝を掘り出した。

　キャンプに戻り、キャンプファイヤーで夕食の準備を始める。ごはんと味噌汁を作り、蟹を沸騰したお湯に入れ、貝をキャンプファイヤーの上に置き、貝のふたが開いたところで

醬油を加えると、焼きはまぐりの良い香りが漂ってお腹が鳴りだした。

　しかしながら、青蟹は泥臭く、貝も砂が入っていて美味しくない。これがキャンプだなと感じたが、Anne は全く関心を示さず、蟹も貝も食べない。

　2つの小さなテントを張り、Anne と私が1つのテントで寝ていると、深夜、蚊が私の顔の周りを飛んで眠れないので、ライトをつけて蚊を追いかけていると、Anne が目を覚まし、眠そうに「Masa が一度蚊に刺されれば、蚊は飛ばなくなるわ」と言った。

　しかし蚊に刺されたくはないので、ほかにも明かりをつけ、両手で"パチン"と叩いて蚊を排除した。私は「これでやっと眠れる」と呟き、ようやく眠りに就くことができた。

　翌日は、バージニア州のブルーリッジ・マウンテン（Blue Ridge Mountain）に向かった。途中、チェサピーク湾橋を渡ったが、橋はとても長く、海のすぐ上に位置しているので美しい景色が橋の上から眺められ、海の上をドライブしている感覚だった。

　小さな食品店に立ち寄って、朝食用にベーコンと卵を買った。それから夕方まで車を走らせ、ブルーマウンテンの峰にあるキャンプ場にようやくたどり着いた。

　小さな2つのテントを張ると空はすでに真っ暗で、キャンプファイヤーを作り夕食の支度を始める。貝を焼くと焼きはまぐりの良い香りが漂い始め、みんなで夕食を食べ始めた。

　すると突然、近くにあった白いアイスボックスが空中に飛んだかと思うと地面に落下し、私たちはお互いを見合わせ

た。

　何が起こっているのか確認するためにサーチライトを持って近づくと、アイスボックスが地面に横たわり中身がばらまかれ、ベーコンのパックがなくなっている。

　ブルーリッジ・マウンテンには多くの黒熊がいることは聞いていたが、こんなに近くまで来るとは思わず、まだ近くに熊がいるのではと、私たちは火のついた丸太を片手につかみ、サーチライトを持って近くを探したが、熊はどこにも見当たらない。

　食事後、テントで寝ると熊が戻ってくるのではないかと心配で、Anneと私は車の中で少し窓を開けて眠ったが、Nobuは平気でテントで寝ていた。

　翌朝、ベーコン抜きの卵とパンで朝食を済ませ、Pittsburghに戻った。

　その後、Nobuは日本に戻り大学の教授になる。

ソフトボール

　大学には日本からの医師のポストドクターと留学生がいて、彼らはソフトボールをすることになり、プレーヤーを探して私にプレーしないかと聞いてきた。

　私は子供の頃から野球が大好きで、プロ野球選手に憧れていたからどんなポジションも守れ、特に3塁とショートストップは私のお気に入りだった。

　彼らは私の練習を見て満足し、レフトの4番でプレーするように言われた。野球場は十分な広さがあったが、レフトの脇には何のためか1mほどの高さの鉄棒が横たわっていた。

Anneも応援に来ていたので、良いところを見せようと張り切っていた。

　しばらくするとレフトの脇にフライボールが飛んできたので、私はボールの行方を見ながら、キャッチする最後の瞬間に小さなジャンプをしてボールをキャッチした。だがその時、鉄棒フェンスの上部に右胸が当たった。

　息が詰まってしゃがみ込むと、Anneとみんなが私の周りに集まってきて、Anneは私の背中を撫でて「大丈夫？」と聞いた。私はしばらくしゃがみ込んでいると息の詰まりが止まり、痛みはなかったので「OK」と言ってそのまま守りについた。

　次の回、私のバッティングの番が来て、私は左打ちでバッターボックスに入った。素振りをすると右胸の下に少し違和感があったが、そのままピッチャーの投球を待った。

　そして、よい球が来たので強くバットを振ると、右胸の下にシャープな痛みが走り、思わず地面にしゃがみ込んだ。

　驚いたAnneがすぐさま近寄ってきて、しゃがみ込んだ私を下から覗き込み、「Are you OK？」と尋ねた。私が「NO」と答えると、Anneは「ドクターはいますか？」と大声で言った。幸いにも多くの医学のポストドクターがいたので、彼

らが近寄ってきた。

　ドクター岡田が私の胸を指で押し付けて反応を調べたが、右下の胸を押すと鋭い痛みがあり、
「あなたは骨にひびが入っている可能性があるから、X線を撮る必要がある」と言う。
「私には学生保険しかない」と答えると、「私たちはドクターだから心配しないで」と言い、大学病院に向かった。

　X線室に誘導され、彼は誰かと話してすぐに胸のX線撮影がされた。

　しばらく待つとドクター岡田が現れ、
「あなたの右胸の下の骨にヘアラインのひびが入っていました。できることは休むことだけです」と告げると、大きな白い長いターバンを持ってきて、ターバンで胸をしっかり包み込み、「このターバンを2、3か月間、固く巻いている必要があります。そうすれば、骨が自然に治るはずです」と言った。

　最初はターバンを強く巻かないと、息をするたびに胸が痛んだ。だがターバンは長いので、胸にしっかり巻くのが難しく、いつもAnneの助けを必要とした。

　時折ターバンがゆるくなり、Anneがいない時にはドアの端を使ってターバンの片方の端を固定し、それから自分で回転しながらドアに近づいてターバンをきつく締めた。

　ドクター岡田が予測したとおり、治った時はすでに秋の終わりになっていた。

アメリカの治安

　当時の東京は非常に安全で、夜中でも女性が一人で歩くことができ、深刻な犯罪はほとんどなかったので、私は米国の犯罪問題について何も知らなかった。

　Anneの新しいアパートは大学には近かったが、黒人街のオークランドにも近く、治安に問題があったのだ。

　学校の帰りに、私たちが通りを歩いていると、黒人の男が私に何か言って近づいてきた。何を言っているのか理解できなかったので、彼に答えようとすると、Anneが私の腕をつかんで「答えないで。行きましょう」と言って早足で歩き始めた。すぐに大通りに出たので黒人は追ってこなかった。

　そして、次の事件が起こった。

　Anneのアパートは古い建物の3階にあり、学校からの帰りに私たちが階段の中ほどに上がると、アパートのドアが開いているのに気付いた。

　泥棒が入ったと思い、まだ中にいるかもしれないとAnneに「し〜っ」と口に指を当て「戻って」と指図し、恐る恐るドアに近づきながら耳を澄ましたが、何の音もしない。

　さらにドアに近づくと、驚いたことにドアは開けられたのではなく、脇から外され床に横たわっていた。

　用心しながら部屋の奥に入ると、泥棒はおらずベッドルームには猫のハヌカがベッドで眠っていた。Anneは学生だったのであまり持ち物がなく、盗まれたのは小さなテレビとラジオだけだった。

　後日、5階の図書館の窓際で勉強していて外を見ると、車の窓を壊して何かを取り出す黒人の男に気が付いた。黒人は

次々と車の窓を壊して何かを取り出している。

　私は何もできず、ただ目を瞠るだけだった。犯罪が進行しているのを目撃したのは初めてだったからショックを受け、アメリカは自由の国でもあるが危険な国でもあると実感した。

　数年後、Anne の両親がアパートを訪れた時、父親が Anne のアパートの前の通りに駐車して車から降りると、若い黒人の男が父親に近づき、「Give me money！（金をよこせ！）」と言って拳銃を突き付けた。

　しかし、次の父親の行動が黒人を驚かせた。

　彼は大声で「Get out！（出て行け！）」と怒鳴ったのだ。

　黒人は父親の行動に度肝を抜かれ、何もせずに立ち去った。

　父親の行動は少し乱暴だったが、両親が若い黒人に撃たれなかったことは非常に幸運だった。

　私は日本では犯罪に遭ったことがなく、これが初めての経験だった。

ジャパン・バッシング

　Pittsbough は鉄鋼の町として発展し、鉄鋼工場の煙突が立ち並び繁栄していたが、町にはスモッグが充満していて、スモッグは東京とあまり変わらなかった。

　しかし1970年代に入ると日本は高度成長期に入り、日本の鉄鋼業界が世界に市場を拡大して、アメリカの鉄鋼業界は次第に低迷し始めた。1974年には鉄鋼業界での解雇が始まり、Pittsbough では失業者が続出していた。

そのため、日本人に対して敵対心をいだく失業者が存在し、その上に第2次世界大戦で日本軍と戦ったアメリカ兵も生活していたのだ。

　ある朝、日本車に乗っていたアメリカ人学生が、
「学校に向かう途中、信号で止まっていると、鉄鋼労働者と思われる男が車に石を投げつけた」と話し、彼は大丈夫だったが車にはいくつかのへこみが出来ていた。

　その頃、日本製の車は鉄鋼労働者のターゲットになっていて、ジャパン・バッシングは日々悪化し、地元の新聞も鉄鋼業界の労働者の失業を毎日報じていた。

　数日後、最悪の事態が新聞に報道された。
「韓国人学生がダウンタウンで暴行を受け、鉄鋼労働者に殺された」「鉄鋼労働者は東洋人を見て日本人だと思い襲った」
　その記事を見たAnneに、
「Masa、あなたの外出を禁じます。絶対に日本人だとは知らせないこと！」と釘を刺されて外出禁止となる。

Anneのクッキング

　Anneはクッキングが得意ではなく、朝はベーグルスにチーズをのせ、オレンジジュースとコーヒーで済ませ、昼は大学の食堂で食べ、夜はホットドッグかハンバーガーとサラダで済ますのが日課だった。

　1974年、Anneは私のアメリカでの初のサンクスギビングデー（感謝祭）祝いにターキーディナーを作ると言い、2人では食べ切れないので小柄なターキーを買ってきた。

　料理の本を見ながら「ターキーが焼き上がるまで3、4時

間かかる」と言い、ターキーをオーブンに入れる。

6時頃になり、私はお腹が空いてきたので、「ターキーの様子はどう？」と聞くと、Anne は「まだまだ、あと1時間ほど」と答え、しばらくしてチーンと音がして、ターキーが焼き上がったようだ。

Anne はその他の素材も用意していて、サラダ、クランベリー、ポテト、そして私の好きなピコーンパイが並べられ、そこに焼き上がったターキーが真ん中に置かれた。

「ターキーをカットして」と言われ、ターキーの胸にナイフを入れると、ナイフの切れが悪いのかターキーがスムーズにカットできない。

やっとのことで4枚ほどのスライスを切り取り、Anne と私のお皿にのせ、サンクスギビングのターキーディナーが始まった。

ターキーを口に入れると、肉はぱさぱさで飲み込めず、コーラと一緒に飲み込んだ。小さなターキーなのにオーブンの時間が長すぎたのだ。

せっかく Anne が作ってくれたターキーディナーは美味しいとは言えなかったが、Anne のおもてなしが嬉しかった。

その後も Anne は、ごはんの炊き方、味噌汁の作り方、海苔巻きの作り方を習い、たまに作ってくれたのだった。

運転免許証

1年間有効な国際運転免許証を持っていたが、米国の運転免許証を取得することにした。東京でかなり運転していたので、広い通りのアメリカでのドライブには何の問題もなかっ

た。

　運転免許の試験は、最初に筆記試験があり選択問題で、交通標識はほとんどが日本と同じだったから、自信満々で試験場に向かった

　しかし、トラクターの問題で戸惑った。日本でのトラクターの問題の記憶がなく、トラクターの通常道路の運行、追い越し、指示他で、予測で答えを選択し、後日手紙が来て２、３のミスがあったが何とか筆記試験に合格できた。

　運転実技試験の日程が設定され、審査官がバインダーを持って助手席に座り、始める前に、
「Where are you from？（あなたはどこから来たか？）」と尋ねられ、「Tokyo Japan」と答えると、審査官は「ああ、私は海軍で横浜にいた」と言う。
「横浜は東京にとても近い」と答え、それから彼は「東京にいた時に車を運転していましたか？」と尋ねるので「YES」と答えると、「東京で運転していたならば、あなたはここでは何の問題もないでしょう」と審査官は言った。

　次に、審査官が「私がRight、Left、Straightを日本語で言いますから、日本語を教えてください」と言うので、「みぎ、ひだり、まっすぐ」と答えた。

　運転をし始めて交差点に近づくと、審査官は「みぎ」と言ったので、私は車を右に動かし、そして次の交差点で審査官は「まっすぐ」と言い、車をまっすぐ進めると、「No, No, あなたは左に行かなければならない！」と審査官が言う。
「あなたが『まっすぐ』と言った」と答えると、「『Left』と言うつもりだったので、まあ、走り回って戻りましょう」と

カップル誕生

言って、次に「パーキングをしますから、その4つの赤いコーンの間に駐車してください」と指示した。

東京での密集した駐車を経験していた私には、その4つの赤いコーンの間隔はかなりあり、一発で車をパーキングさせることができた。

試験は終了し、審査官が「簡単でしたか？」と尋ねるので「YES」と言って合格点をもらい、審査官は「Goodbye！」と言うと微笑みを浮かべていた。

しかし、日本は左側通行で米国は右側通行、唯一の問題は一方通行から出て双方通行の道路に入る時で、数回戸惑った。

駐車違反の裁判

クリスマスも近い12月の終わりに、Anneの両親がフロリダにいる時、車を借りてクラスに向かった。

メインストリートは車で混んでいたが、道路脇にパーキングメーターの設置された空きを見つけ、最大1時間半の駐車時間のコインをメーターに入れクラスに向かった。

しかし、車に戻ると1時間半の有効時間が切れる前で、まだパーキングメーターは動いていたのに車の窓には駐車違反の貼り紙が貼られ、戸惑いながら駐車券を取り、これは何かの間違いだと思いつつアパートに戻った。

何が起こったのか経緯をAnneに説明すると、「あなたが正しいと信じるなら裁判所に行き抗議しましょう」と言ったので私は驚いた。

チケットを見ると審判日が示されていて、Anneは、

「異議があるなら木曜日の午後2時に、あなたはダウンタウンの裁判所に行き申し立てしましょう」と言う。

今まで日本に住んでいて、ほとんどの日本人と同様に一度も裁判所に関わったことがなく、裁判所に行き抗議するなど考えてもみなかった。

そしてAnneは「私も一緒に行く」と言い、当日少し早めにダウンタウンの裁判所に着くと、大勢の人がベンチチェアに座り自分の順番を待っていて、Anneが「順番のチケットを取る必要がある」と言い、チケットを取りベンチチェアの端に座った。

待っていると時々警官が現れ、警官は裁判官の質問に答え、次に裁判官はその男に「Case closed, Next！（事件は解決しました、次へ！）」と言い、その判決された男は納得いかない振る舞いで脇に移動し、ドアから去って行った。

裁判は初めての経験なので、徐々に私の番号に近づくと胸がどきどきし始め、私の番号が呼ばれて前に進むと警備員が横に立ち、裁判官は黒いガウンを着て高い位置にいるのでさらに威圧感を感じる。

しかし裁判官の前に恐る恐る立つと、他のケースとは違い警官は現れず、裁判官は私の駐車違反の切符を見ながら「あなたの申し立ては何ですか？」と言った。

私は片言の英語で、
「メイン通りに駐車し、パーキングメーターがあったので、十分な時間のお金をメーターに入れました。車に戻ったら時間はまだ残っていてメーターもカチカチ音を立てていたのに、この駐車違反の切符が車に付いていたのです。私は駐車

違反をしていません」と言った。

　裁判官は「サー。メーターにいくらお金を入れても、あの通りは午後4時から7時まではノー・パーキングゾーンです。通りに看板があったのが見えませんでしたか？」と言ったが、私には理解できず、

「申し訳ありませんが、もう一度お願いします」と答える。

　裁判官は、私の英語の理解力が未熟だと感じたようで、

「あなたを免除します。あなたは行っていいです」と言い、それから「メリークリスマス」と言った。

　Anne を振り向いて見ると、私に来るように手招きし、

「裁判官はあなたを解放したから、違反料金を支払う必要はないわ」と言った。

　きっと裁判官は、この愚かな外国人は交通規則を理解していないと思い、クリスマスプレゼントをくれたのだ。

英語能力

　英語言語学の授業で『リップ・ヴァン・ウィンクル』の本を読んで、レポートを書くようにと課題が与えられ、英文から日本語に一語一語翻訳したが、話を理解するのに頭を悩ませていた。

　"ある男が20年間眠って起きたら、他のすべての人々は高齢であった" という話のようだが、男は歳を取らず、私の科学的な頭では理解できないでいた。

　Anne に助けを求めると、笑いながらレポートを引き継ぎ、外国人が書いたように見せるため、英文があまり上手にならないように気を付けて簡単な文章でレポートを完成し

た。

　先生が「間違いなくよく書けています。話はどうだった？」と尋ね、返事をためらっていたが、
「男は歳を取らず、話が変で意味が通じません」と答えた。

　しばらくの間、英語を理解するのに悩んでいたが、なるべく日本語から離れてAnneと一緒にいたせいか、しばらくするとある日突然、聴覚の理解が向上し、アメリカ人の会話が少しずつ区別でき始めた。

　日本人はLとRの発音の区別ができず、私も発音に苦労していて、Anneは「REFRIGERATORの発音の練習を毎日してください」と言い、そして、LとRの発音の口と舌の違いを特訓される。

　英語が上手になるには、英語を話す人々との接触が必要で多くの試練が必要だが、しかし分からなくても我慢して毎日英語との接触を続けると、ある日突然、英語能力がジャンプした。

　これは、聞くだけでなく読む、書く、そしてスピーキングにも当てはまり、数学を学ぶのとは異なり、英語が上達するのはステップ関数で私の英語力は向上していった。

以前のボーイフレンド

　Anneの以前のボーイフレンド、レス（Les）は背の低いユダヤ人で、彼はニューヨークの会社から仕事を得てニューヨークに行ってしまったが、Anneはピッツバーグに残った。

　ある日、一緒にAnneのアパートにいると、Lesから電話が来てAnneはしばらく話していたが、受話器を下ろした

Anneの雰囲気がとても暗かったので心配し、「何かあったの？」と尋ねた。

「Lesが、ニューヨークに来ないかと言ってきたの」と言い、「彼には過食症があって、何かを食べると嘔吐してしまう。そのため彼はとても痩せていて、すべてのお金を食べ物に費やすので、常にお金に窮しているの」

「でも彼は頭が良くて、とても優秀なテニスプレーヤーでもあるわ」と言い、

「彼は私にニューヨークに来てほしいと言っていて、私は彼を助けるために何かできないか見つけなければならない」と話した。最後に、

「私はLesが何をしているか、そして私がLesをどのように感じているかを確かめる必要がある」と言い、ニューヨークに行くことを決めると、数日後Anneはグレイハウンドバスでニューヨークに向かった。

　Anneが戻ってくるか、それともLesと一緒にニューヨークで暮らすのか、私は居ても立ってもいられず、一日中Anneのアパートに滞在し、電話を待って勉強に手が付かずにいる。

　初日、2日目、3日目と電話はなく、そして4日目の朝早く電話が鳴り、私は慌てて受話器を取る。

　電話はAnneからで、「今、ニューヨークのグレイハウンドのバス停にいるの。午後遅くにピッツバーグに到着するわ」と言い、「大丈夫？」と尋ねると、「私は大丈夫よ。あとであなたに話すわ」と言って電話を切った。

　午後遅くにダウンタウンのグレイハウンドのバス停に行き

Anneを待ったが、バスが遅れているようで、空が暗くなるなか今か今かと待っていたがバスはなかなか現れない。

それでもしばらく待つと、バスらしい2つの明かりが見えてきてバスが到着した。

Anneが現れたが気落ちしている様子で、Anneの肩を抱き締めて「大丈夫？」と尋ねると、

「Lesはいまだに過食症でとても痩せていて、食べては吐き食べては吐きを繰り返していた。でも私はLesに何の感情も抱かなかった。彼に幾ばくかのお金を与え、ピッツバーグに戻ると言ったの」と話し、「終わったわ」と言った。

Anneの肩を強く抱き締めて「帰ろう」と言い、アパートに戻った。

以前のボーイフレンドの母親

AnneはいまだにLesの母親と友好関係があり、その母親は2度目の結婚をしていてピッツバーグの郊外に住んでいた。

Anneはある日、「私があなたのことをLesの母親に話したら、ぜひ、家に来て日本食を作ってほしいと言っていたの。一緒に行ってくれるかしら？」と言う。

私は、答えを躊躇したが、「いつ？」と尋ねると、「次の土曜日の夜は？」と言う。

私は少し考えてから、

「OK、じゃあ天ぷらを作るから、エビと野菜を用意してくれるかな。米と味噌は僕が持って行くから」と返答した。

土曜日の夕方、Lesの母親の家に着いた。母親はAnneと

Lesが別れたことをとても残念がっていたが、彼女と彼女の義理の父親は、Anneと私を快く迎えてくれた。

私は料理の支度を始め、ごはんを炊き、味噌汁を作り、次に天ぷらの用意を始めた。野菜をカットし、エビの殻をむくと、大きな鍋に油を入れ火をつけた。

油が熱くなってきたので、Anneに「ごはんと味噌汁を配って」と言って、天ぷらを揚げ始めた。そして「揚げた天ぷらを温かいうちに配って」と言い、すべての食卓は揃った。だが、彼らは食べ始めず、私が席に着くのを待っている。

私はまだ天ぷらを揚げている最中で「先に始めてください」と言ったが、アメリカの夕食の習慣は、皆が席に着きお祈りをして始めるので、私に席に座るようにと言われる。

油の火を止めずに席に座り、義理の父親が祈りの言葉を始めると、突然キッチンから火の手が上がり、私は慌てて席を飛び出し、近くに置いてあった鍋の蓋を取り、火の手の油の上にかぶせガスを切った。

なんとか火の手は収まったが、煙の臭いが部屋中に充満してしまい、窓を開ける。

ふ～、もう少しで火事を起こすところだった。

ユダヤ教のウエディング

Anneの友達にユダヤ系の女性がいて、そのウエディングに私たちは招待された。

お祝いにウエディングギフトを持って、少し遅れて教会に着くと、ウエディングはすでに始まっていた。

教会に入る際、男性はヤマカの帽子をかぶるのがユダヤ教

の習わしだ。通常、教会の入り口にヤマカが置かれているが、私たちが最後のゲストでヤマカの帽子はすでになくなっていて、私は、仕方なくヤマカなしで教会に入った。

　中は多くの人で満杯で、誰にも気付かれないように一番後ろのベンチにそっと座った。

　ウエディングは順調に進行し、2人の誓いのキスの後、ワイングラスが床の上の白いタオルの上に置かれ、タオルをかぶせ花嫁が靴のヒールで叩きつぶした。

　Anneに聞くと「これは、昔、ユダヤの教会が壊されたことを意味するシンボルで、そこから立ち上がる意志を表しているの」と説明してくれた。

　次に思わぬことが起きた。

　披露宴の場所は教会の前方にあり、なぜか私たちが座っていた後ろの席から順番に前へと教会の中央を通って導かれ、私がヤマカの帽子をかぶっていないのが皆に丸見えでじろじろ視線を感じる。

　しかし、披露宴に入ると皆、陽気で、親しく踊り回り、私にも踊るように催促してきた。Anneは上手に踊っていたが、私はリズム感がなくぎごちない踊りだ。

　昭和生まれの私は、音痴で、ダンスもできず、英語が苦手で、三拍子揃っていた。

英学科論文

　語学学期の終わりに、最終的な論文を発表するように割り当てられ、書いて説明できる良い主題を見つけるのに悩んでいたが、科学的な主題が良いと考え、得意なロータリーエン

ジン(ワンクルエンジン)を論文の主題として選んだ。

ロータリーエンジンはドイツのワンクル(Wankel)教授によって発明され、主題はよく理解していたが、英語で論文を書くのが問題で、またAnneの助けを必要とした。

限られた英語でどのようにワンクルエンジンが機能するかについてAnneに説明し、次に複数の絵を書いてコンセプトやメカニズムを説明する。

が、文科系のAnneにはなかなか理解するのが難しく、Anneの文章を見ながら「No, No, No,」と言っていたが、Anneは、

「心配しないで。文科系の多くの人々はワンクルエンジンを理解できないから」と言い、

「自分で、できるだけ多くの英語で書いて。そうすれば私が正しい英語に修正するわ」と言った。

最終論文は、ワンクルエンジンのコンセプトもメカニズムも少し違ったが、文科系の先生たちには分からず、英文は完璧で論文は承認された。

英学科卒業後、Anneの親友のLouise先生は、論文はAnneが書き直したことをすべて知っていた。

やれやれ、助かった!

大学院生活

クレイマー教授

　クレイマー教授との面会が許された。教授はエレクトリカル・エンジニアリング（EE）部のチェアマンを務めていた。

　私とAnneはクレイマー教授のオフィスを訪れた。私は日本から持ってきた少しきつい紺のスーツを着て、日本人らしく背中をピンと伸ばし椅子に座る。

　クレイマー教授は私の大学での成績表、仕事歴、英学科卒業を見て、驚いたことに「Do you need money?」と聞いた。

　それは私には全く予期していなかった言葉で、聞き間違いだと思い、私は「Do you need money now?」と返答する。

　と、横に座っていたAnneが私の腕を押さえ、すぐさま「Yes, Thank you very much.」と返答した。

　そして、クレイマー教授は私に奨学金とラボ・アシスタントの仕事を与えてくれ、日本の母からの毎月3万円の送金で大学院生活の目途がついた（が、しかし、この頃1ドル300円ほどとかなりの円安で、アメリカでの暮らしは厳しかった）。

　クレイマー教授のクラスを取っていたものの、私の英語の知識はまだ進行中だったから、黒板に書かれていることを理解し、よく聞き取れるように、いつもクラスの一番前に座り、そして多くの場合、授業の前に英語の文字を日本語の文字に翻訳して本に書き写していた。

　クレイマー教授は優秀なエンジニアの才能を持っていたが、少し忘れっぽいところもあって、教室に入ってきた教授

が本を持っていないときがあり、一番前に座っていた私の前に来て「Masa、Can I borrow your book？（本を貸してくれるかい？）」と言い、私の翻訳された本を取って授業を始める。

教授に「No」とは言えず、黒板に書かれた方程式を見ながら授業を受けたが、幸いにほとんどの記述は数学の方程式が多く、すでに何度か本を読んで方程式を事前に理解していたので黒板の内容が理解できた。

クレイマー教授はとても明るく、私も教授と親しくなった。教授はコミュニケーション担当官として、太平洋で日本軍と戦っていたことが後日分かった。

彼が中国に駐留していたある日、中国人の家族が彼を夕食に招待したくさんの料理が出されたが、中国の家族とのコミュニケーションが取れず、料理を食べて「good, good」と言っていた。特に一つの肉料理は美味しく、肉料理を指して、その鳴き声を出してコミュニケーションを試みた。

最初に鶏の鳴き声の「クククク？」と。すると中国人が顔を横に振り、次に牛の鳴き声「ムー、ムー、ムー？」と音を出すと、またも中国人は顔を横に振り、最後に豚の鳴き声「ブー、ブー、ブー？」と鳴き声を出すと、中国人は再び顔を横に振った。

何の肉なのか見当がつかず肉を指さすと、中国人は「ワン、ワン、ワン」と声を出したという。
「肉が何だかは分かったが、すっかり食欲をなくした」と彼は言った。

奨学金とラボ・アシスタントの仕事で授業料も本代も無料

で、大学院生活の目途がついた。

学生生活

　英語能力がまだまだ未熟だったので、それからの大学院生活は厳しく、ほとんど眠る時間も惜しんで勉強する困難な日々が続いた。最初は新しい分野のEEの英単語を一字一字日本語に訳して、1ページを翻訳するのに数時間かかった。

　また、さらに内容を理解するのにページを何度も何度も読み返し、方程式と英語の意味を理解するのに長い時間がかかったので、多くの場合、私は4、5時間ほどしか寝ていなかった。

　しかし、最初の50ページほどを何度も何度も読み返すと、同じ単語が繰り返し出てきて方程式も理解でき、日本語への単語の翻訳の頻度が徐々に減ってきて、100ページを超えると翻訳の必要が少なくなり、本の内容の理解がより簡単になってきた。

　いくつかのクラスを取っていたので、他のクラスの本も同様で、新しい分野のクラスでは初期は理解するのに時間がかかったが、分かる単語が増え始め、徐々に本の翻訳が少なくなってきた。

　特に方程式は翻訳する必要がなく、微分、積分、その他も知っていたので、徐々に内容が理解できるようになり興味が湧いてきた。

　アメリカでの数学科、理科系の教育は日本の教育より少し遅れており、それに私の得意な科目でもあったので、翻訳すると内容が徐々に把握できたのだった。

ラボ・アシスタントシップ

　ラボ・アシスタントシップを手に入れて、もう一人のアシスタント Doug とラボの隅に小さなオフィスが与えられる。

　アシスタントシップのラボの授業は週2回、朝7時に始まり、教授は通常8時頃に現れた。最初の1時間は私一人でラボを担当していたが、その当時、私は夜遅くまで勉強していてラボの日は睡眠時間がほとんどなかったので、つらい日々が続いた。

　ある朝、まだしっかり目覚めておらず、午前7時に220ボルトを使用するエレクトリック・マシーン・ラボを開け、学生たちに教授に指示されていた課題を片言の英語で説明したが、しばらくしてひと組の学生たちが間違った接続をして回路が作動せず、助けを求めて手を挙げた。

　学生たちの回路ミスには慣れていたので、何も考えずに回路の再接続を試みようとワイヤーの一方の端をボードに差し込み、もう一方の端をラボ・コネクターに差し込んだ。

　次の瞬間、"バーン！"ワイヤーをつかんでいた左手に大きな火花と煙が発生した。220ボルトの直接ショートだ。

　左親指に鋭い痛みを感じて眠気が覚め、見ると左親指が真っ黒だ。幸いにもワイヤーの端を持っていたため直接220ボルトの身体へのショートは免れたが、ショートでのスパークで左親指は真っ黒に焼けている。

　それから教授が入ってきて「少し焦げくさい臭いがするが、何かあったか？」と尋ね、教授に親指を見せて何が起こったのか説明すると、「すぐに大学の医療局に行きなさい」と言われ、学生診療所に向かい治療を受けた。

オフィスに戻ると教授が「大丈夫か？」と現れたので、私は包帯で巻かれた左親指をあげて「大丈夫です」と強がった。

アシスタントシップは経済的には助かったが、朝早くラボ詰めのその日の授業はつらかった〜。

50ドル（1万5000円）の車

車が欲しかったが、しかし、お金がない。ふと学校の掲示板を見たら、安い車が売られていて、その中で一番安い車の価格は50ドルで、車は1965年の「ランブラーアメリカン」と書いてあった。

アメリカの車の名前はよく知っていたが、この車の名前は聞いたことがなく、一番安いので連絡する。

車は全体が白色で4ドア、前と後ろにベンチシートがあり、そして、冬に路上が凍るため路上に塩をまいて解凍していたので、この車の左前部のボディーには錆びた穴が空いていた。

車のボンネットを開けて中を覗いてみると、エンジンルームはスカスカだったが、ストレート4気筒エンジン、キャブレター、ラジエーター、ギアボックスが見られ、手動シフトで、パワーブレーキも、パワーステアリングもラジオも何もない。

キーを借りてエンジンを動かすと、エンジンはよく起動し、少し周りをドライブすると、左手と右手の違いはあったものの、日本で手動シフトで運転していたのでシフトに問題はなかった。しかし、ハンドルとブレーキ操作にはかなり力

が必要だった。

　それでもボディーの錆びた穴以外はしっかりしていて、タイヤも良い状態で冬用のスパイクタイヤもあったので、50ドルで購入する。

　あとは州の登録料だけだと思ったが、学生の車保険料があまりにも高いのに驚いた。

　が、仕方ない、アメリカでは車は必需品だ。

　車のラジエーターが機能していないのか、ヒーターからほとんど熱が出ず、寒い冬は特に足が冷たく、つま先の感覚がなくなる。

　そこで、温度を上げるためにラジエーターの前を段ボールでふさぎ、ラジエーターの温度を上げる試みをしたが、少しだけ温度が上がったようだがあまり効果はなかった。

　穴が空いた50ドルの車は、大学院生活の間使用し、再び50ドルで売却する。

橋の凍結

　冬には滑り止めのために、車のタイヤは金属製の釘が付いた冬用タイヤに付け替える。それで道路を走ると釘が路面に当たる独特の音がする。

　ある冬晴れの非常に寒い早朝に、ピッツバーグの郊外を運転していた。路上には雪もなく他の車はどこにも見当たらず、釘が路面に当たる独特の音がミュージックのように聞こえる。

　車にはラジオがないので、車内には日本から唯一持ってきたアメリカで使用できる Sony の携帯ラジオを積んでいた。

ラジオをオンにして良い受信を得るため、シートの上にあった携帯ラジオをちょっと見下ろしてダイヤルを回していると、前方に橋が見えてきた。そして橋の上にさしかかると、車が徐々に左に移動し始めた。

　自分の車線に戻ろうとしてハンドルを少し右に回すと、ハンドルに感覚がない。本能的に道路が凍っていると感じ、ブレーキを踏まずガスペダルを足から離し、ハンドルだけで徐々に右に回し車を右車線に戻した。

　幸いにも反対側から車が来ず衝突は避けられた。道路は橋の上の路面が最初に凍ることが分かり、またもや初体験だ。

　ふ〜、危機一髪だ！　もしもブレーキを踏んでいたら、スピンして橋から落ちていたかもしれなかった。

黒人のクラスメイト

　毎晩、図書館で閉館時間まで勉強していて、この頃ほとんど寝る時間も惜しみ、いつも眠いままクラスに通い、すべてのクラスを通過できるか不安で動揺していた時期で、冬の雪の中を「ケーセラセラ」を口ずさんで通学していた。

　図書館で勉強していると、一人の少し年配の黒人クラスメイトに会い、彼も毎日図書館に通っているので話を聞くと、彼は元ベトナム兵で、ベトナムの美しい浜辺のこと、そしてベトナム戦争で失われた友達について話した。

　それから彼は話題を変え、
「大学の授業料は政府によって支払われ、そして私は民間企業で少し働いたので追加の報酬を政府から受け取っている」
と語る。

大学院生活

　そして、彼には若いガールフレンドがいて、ガールフレンドは彼を「シュガーダディー（sugar daddy）と呼んでいる」と語った。
　「シュガーダディーとはどういう意味？」と尋ねると、彼は微笑んで「若いガールフレンドを持っていて、すべての費用をサポートしている中年の男だよ」と答えたので、私は彼を指さし「お前はシュガーダディーだ！」と言い、2人で大笑いした。
　毎晩、一緒にノートを比べ勉強することで学科の成果がどんどん上がっていった。

腎臓結石

　週に2回、午前7時にラボ・アシスタントの仕事があったので、ラボの日は午前5時に起床する必要があり、また通常は午前9時から授業が始まったので、午前7時に起きなければならず、私はあまり睡眠を取っていなかった。
　目を覚ますために、母から送られた緑茶をたくさん飲んで勉強していた。
　ある日、Anneのアパートのソファーに座って勉強していると、突然、通常のお腹の痛みとは違う、非常に強い腹部の鋭い痛みを感じ、うなりながら横になり汗をかき始めた。
　Anneは私に緊急治療室に行こうと言い、一緒に向かった。受付でサインすると、私の前に何人かが待っていて、私は椅子に腰掛けていたが痛みがひどく、あまりの痛みに床を転がり回った。
　そばにいた人が私を見て、フロントデスクに「最初に彼の

世話をしてください」と話してくれる。

　診察室に誘導される途中、「トイレは使えますか？」と尋ね、トイレに行っておしっこをすると赤い色のおしっこが出た。すると激しい痛みがうそのように消えた。

　ドクターが私の腹部を押しながら痛みを感じるかを調べると、少しの痛みを感じたが先ほどの痛みは全く消えていて、ドクターは、「あなたの尿に血が混じっていて、腎臓結石があったのではないかと思います。トイレに行ったとき、結石が通過したに違いありません」と言った。

　ドクターが「いつもティーを飲みますか？」と尋ねるので、「はい、目を覚ますため緑茶をたくさん飲んでいます」と答えると、ドクターは、「結石が出てしまったので、結石の内容を分析することはできませんが、緑茶の結石の可能性が高いです。緑茶の消費を減らすことはできますか？」と尋ねた。

「緑茶を飲まないと起きていられません」と答えると、医師は「それでは、コーヒーを飲みなさい」と言った。

　緑茶を飲むのをやめコーヒーに替えると、それ以来、腎臓結石の症状はなくなった。

結婚生活

婚　約

　Anneと私は3年ほど付き合っていたが、Anneの助けと猛勉強と、いくつかの幸運な出来事もあり、大学院の学位が取れる見通しがついてきた。

　そこでAnneにプロポーズすると、Anneは快く「Yes」と言ってくれた。しかしこれは人種の違う2人の国際結婚であり、双方の両親にどうやって了解を得るかが最大の課題だ。

　次男坊の私は外に出てもそれほど問題はないと思ったが、さすがに異国人との結婚は問題視されると思い、母には申し訳ないが結婚後に知らせることにする。

　しかし、Anneの両親には必ず反対されると分かっていた。なぜなら父親の生涯の悔いは、オイル関係の仕事をしていたため第2次世界大戦では徴兵されず兵隊として戦わなかったことで、「娘が敵国だった日本人と結婚するなんてとんでもない」と答えるのは明白だった。

　いろいろなシナリオを考えたが良い案は何も浮かばず、率直に話すことにする。

　ある日、Anneは母親に「私の日本人の友人を夕食に誘いたいので、この週末に夕食の準備をしておいてね」と頼み、婚約の件は話さずピッツバーグ郊外にある両親の家に向かった。

　50ドルで買ったボディーに穴がある古い車で両親の家に着くと、錆びて穴が空いた車を家の前に駐車するのは躊躇わ

れ、車を木の陰に隠す。

入り口のドアベルを鳴らすと母親が出迎えてくれたので挨拶し、リビングルームに入ると父親が深い椅子から立ち上がり握手を交わした。

両親は、私をただの Anne の友達の一人にすぎないと思っていて、私たちが来た本当の理由など知る由もなく、快く歓迎してくれたのだった。

料理は典型的なアメリカン・ステーキディナーで、両親は健康には気を使い、アルコールは飲まずタバコも吸わず、塩もほとんど使わない。ステーキは中までよく火が通り焼けていて肉が硬い。

デザートのアップルパイが出て夕食中は楽しく語り合ったが、夕食を終え、訪れた理由を両親に話す時が来て少し緊張していた。

両親に居間に来るように Anne が言い、私は話し始めるのを少し躊躇いながら、大学院で取っている科目の成績もまあまあで、あと少しでエレクトリカル・エンジニアリング（EE）の修士号が取れると話す。

すると父親は、「息子 Andy は IBM でマネージャーをしている」と誇らしげに語ったので私は頷き、意を決して、
「私たちは3年ほど付き合っていて、結婚したいと思っているのです」と持ち出すと部屋の空気が一変し、しばらく沈黙が流れた。

返事がないので、大学院で何をしているかさらに説明し、
「私は良いエンジニアリングの仕事を見つけることができます」と話す。

すると母親は、「West and East never meet（西洋と東洋は決して出会わない）」と言い、父親は立ち上がり部屋を出て行った。

父親は、Anne の以前のユダヤ人のボーイフレンドと面会していて、2人はすべてについて争い、特に政治の問題ではお互いに正反対の意見を持ち、父親はニクソン大統領を好み、ボーイフレンドは嫌っていたのだ。

ところがそれどころか、次はアメリカと戦った日本人の子供からの娘との結婚の申し出で、両親は驚いたに違いない。「うーん、これはうまくいかない」と思い、両親の了解は断念しなければならないと覚悟する。

しばらくして父親が戻ってきた。そして、
「You are not taking my daughter to Japan !（娘を日本に連れて行くな！）」と言った。

これはどういう意味かと考え、"結婚しても良いが娘を日本に連れて行くな"と解釈し、
「結婚すると私は永住権が取れ、アメリカで働くことができるので日本に戻るつもりはありません」と答えた。

父親は立ち上がり、「日本に戻るつもりはないな！」と繰り返すので、「YES」と返答した。

どうやら EE の背景が功を奏したのか、私たちがアメリカで暮らすことで、父親は Anne と私の結婚を許したようだ。

結　婚
2週間後に結婚式の日を決め、最低限のゲストを招待し小さな結婚式を執り行うことにする。

Anne は両親と兄の Andy、友達の Gary と Jane、英語の先生の Luise と旦那の John を招待し、私は日本人の友人をベストマンとして招待し、友人のガールフレンドも招待した。

　そして、私は日本人の宝石商に結婚指輪を頼んで、結婚式の日のためにスリーピースのスーツを買った。Anne は、「白いドレスと、それにマッチする黒いオーバーコートを持っているので、それを結婚式の日に着る」と言う。

　プロテスタントの教会で結婚式を行うので、私はプロテスタントの結婚式の誓いの言葉を何回も何回も練習した。

　結婚式の日は1976年12月18日で、私の錆びた古い車で Anne の実家まで行くと、両親と兄 Andy が待っていた。Andy とは前に一度会っていて、彼はとても無口で IBM で働いていることは知っていた。

　それは、まだ私がアメリカに来て間もない頃で、私が EE (Electrical engineering) の大学院を志望していると知ったとき、Andy が1つだけ私に数学の質問をした。
「Differential equation（微分方程式）と Integral equation（積分方程式）を知っているか？」

　私はそれらの方程式は知っていたが、英語の「Differential equation」と「Integral equation」の言葉が分からず、その時はただ頭をひねるだけだった。

　結婚式には花も音楽もなく、カメラマンもいなかったから、Andy はそれを知りカメラマンを受け持つことにしてくれた。

　Anne は白いドレスの上に黒いコートを着て非常に美しく

見え、私は購入したばかりの茶色のスリーピースのスーツを着ていた。

　両親と実家の外に出ると、父親は私の錆びた古い車を見て「私の車で行く」と言う。

　2台のクライスラー車があり、両親は父親の車で向かい、Andyは母親の車をドライブし、私たちは後部座席に座って教会に向かった。

　Anneと私が教会に着くと、プリースト（牧師）が入り口で迎えてくれたが、

「I didn't expect you to show up today.（今日、あなたたちが現れるとは思わなかった）」と意外なことを言った。

　後日、プリーストはAnneの遠い親戚で私たちの結婚を快く思っていなかったことを知り、その言葉の意味が分かった。

　次に、メインチャペルの隣にある小さな結婚式場に導かれると、すべてのゲストが私たちを待っていて、牧師の言葉が告げられ結婚式が始まる。

　しばらくして、私が誓いの言葉を話す時が来て牧師の言葉に従った。

　牧師が「私、Masa Hayashiは」と言って、私も「私、Masa Hayashiは」と従い、牧師が「あなたはAnne Ellenbergerと結婚し、Wifeとします。私は、この結婚を神の導きによるものだと受け取り、その教えに従って、Husbandとしての役割を果たし、常にWifeを愛し、敬い、慰め、助けて、変わることなく、その健やかなるときも、病めるときも、富めるときも、貧しきときも、死が2人を分か

つときまで、命の灯の続く限り、私の Wife に対して、固く節操を守ることを誓います。」と続けた。

　私は何とか誓いの言葉をファローアップして最後の言葉になり、牧師が「In the name of Holy Spirit（聖霊の神の名において）」と言った時、私は「In the name of Holy experience（聖の経験の名において）」と言ってしまった。

　牧師がちょっと躊躇したが、「これは私の荘厳な誓いです」と私のミスを無視して続けた。

　その後、Anne は問題なく誓いの言葉を述べて、私たちは指輪を交換し、牧師が「あなたたちの愛の誓いを目撃した。Anne Ellenberger と Masa Hayashi は、夫婦となりました。ここに集まったすべての人にあなた方を紹介することが私の喜びです。あなたは花嫁にキスすることができます」と言い、私たちはキスをして結婚を誓った。

　父親は近くの高級ゴルフクラブに所属しており、そのレストランを予約していて、父親が正座に座り、ステーキの素敵なフルコースディナーが出された。それが私たちの結婚披露宴であった。

　それから私たちは皆に別れを告げて両親の家に戻り、Andy はさらに私たちの写真を撮ってくれた。

　あとになって、多くの写真がうまく撮れておらず、良い写真があまりないことが分かったが、まあ、少なくともいくつかの写真があったので良かった。

　双方の親とプリーストには100％歓迎されなかったが、Anne と私は何とかピッツバーグで結婚式を挙げたのだった。

　結婚式後 Anne のアパートに戻ると、2人で赤いソファー

に座り、ねずみ色のポチャッとした灰色の猫ハヌカと一緒に小さなテレビを見ていた。日本では結婚すると女性が食事を作るのが普通で、これはアメリカでも同じだが、Anne が夕食を作るものと思いソファーに座っているうちに 6 時になり、お腹が空いてきた。

だが 6 時半になっても Anne は全く動かず、ついに 7 時になりかなりお腹が空いてきて、Anne を見たがまだテレビを見ていて一向に動く気配がない。

仕方なく簡単な野菜炒めを作ることにして立ち上がり、一歩を踏み出した。

しかし、その第一歩で結婚生活において私が生涯シェフになることになってしまう。

まあ、それでもいいか、日本食を食べるには私が料理を作るしかなかったのだから。

婚姻届

Anne と結婚することで永住権（グリーンカード）が取得でき、アメリカで働くことが許可されるので、正式な婚姻届を出すためピッツバーグ・ダウンタウンの市役所に出向いた。

しかし、その頃アメリカの永住権を取得するために、お金を払ってアメリカ人と偽装結婚届を出す手口が頻発しており、私たちは別々の部屋に通され、個々に質問が始まった。

役員は「何年間の付き合いか？」と尋ね、「凡そ 3 年」と答える。「何か、証拠はありますか？」「今、持っていないが初期の写真がどこかにある」「生い立ちは？　いつアメリカ

に来たか？　どのように知り合ったか？」などなどを聞かれ、難なく答えた。

しかし、「あなたの奥さんになる女性のミドルネーム（Middle name）は何と言いますか？」と訊かれる。

日本人にはミドルネームがないので、Anne にミドルネームがあることなど知らず、息が詰まり「知らない」と答えた。

すると役員に「これでインタビューは終わりです。部屋の外に戻ってください」と言われる。

外で待っていると聞き慣れた Anne の明るい笑い声が聞こえ、こちらに歩いてきて「どうだった？」と訊くので、
「君のミドルネームを訊かれたが、知らずに答えられなかった」と答える。
「私のミドルネームはルイーズ（Louise）よ。私のインタビューはうまくいったので大丈夫」と言った。

しばらくして女性の役員が現れ、部屋に通されて「婚姻届に2人でサインしてください」と言うので Anne と私がサインすると、「Congratulation！」と女性が言って私たちは正式に結婚した。

日本の母にいかに知らせるかが次の課題だ。

日本へ結婚連絡

次は母親に結婚の連絡をしなければならない。

両親は私が中学の頃に別れ、母は学校の先生を続けて3年間のアメリカの生活費をサポートしてくれていた。

アメリカ人のガールフレンドがいることは母に話しておら

結婚生活

ず、どうやって結婚を知らせるか考え、1週間かけて戦略を練った。

いよいよ母に電話をした。まず学校でどれだけの成果を上げているかを話し、「あと少しで卒業することができると思う」と伝える。

そして、「僕にはアメリカ人のガールフレンドがいる」と告げ、「彼女の名前は Anne で、Anne の助けがなければここまで学業を成し遂げることはできなかった」と話した。

母は少し躊躇してから、「Anne さんに、息子の世話をしてくれて本当にありがとうと伝えてね」と言ったので、「Anne はとても明るい性格で親切な人なので、いつか会ってほしい」と話すと、「それはいいわよ」と答えた。

そして、次に「僕たちはお互いを愛しているので先週結婚した」と告げると、電話からの返事がない。「もしもし？」と聞いたが沈黙したままだ。

兄は結婚して米子市に移り、母は東京で小学校の教師をして一人で暮らしていて、私がアメリカで大学を卒業すれば家に戻ると思っていたのだろう。

まだ「沈黙」が続いていたが、「僕が日本にいた時、日本社会は非常に制限的であることを感じていて、アメリカに渡り生活することで僕の視野が広がった」と話す。

そして、「一般的に日本人は西洋人より劣ると思いがちだけれど、僕はその劣等感を変えたい。日本人が西洋人と対等になるには、米国でアメリカ人と同等に働く必要があるんだ」と言った。

母は私が変わったと感じたようで「好きにしなさい」と言

ったが、「結婚おめでとう」とは言わなかった。

ハネムーン

　Anne の両親はフロリダ州にコンドミニアムを持っており、冬が近づくとピッツバーグからフロリダに車で移動していた。

　そこで、私たちのハネムーンは両親と共にフロリダのコンドミニアムにドライブすることとなった。

　両親は歳をとっていたので私が運転することになり、父親が助手席に、Anne と母親が後部席に座り、母親は冷蔵庫から残り物を取り出して車に載せ、運転席のバックミラーからは後ろが見えないほどの荷物が Anne と母親の間に置かれていた。

　父親は口頭で「左車線」「右車線」「スピードを落とす」など常に指示していたので、しばらく運転すると私は疲れてきて、次の休憩場所に立ち寄ることを提案する。

　レストランに入り昼食を摂ってからドライブを続け、その後、数回立ち止まりリッチモンド市周辺に近づいた。すると父親が「デイズ・インの看板を探せ」と言う。どうやら彼らのお気に入りは「デイズ・イン・モーテル」で、毎年同じ場所に立ち寄っているようだ。

　ドライブしながら「デイズ・イン」の看板を見つけると、父親が「ここに泊まる」と指さし、車を駐車場に停めた。2 部屋を借りて、持ち込んだ一部の食品を部屋の小型冷蔵庫に移し替える。

　近くのレストランに向かい夕食を食べて部屋に戻ったが、

結婚生活

　私はすっかり疲れ切っていて、ベッドの上に横になると服を着たまま眠ってしまった。目が覚めたのは真夜中で、毛布が私の上に掛けられていて Anne は隣で眠っていた。

　そっとトイレに行き再び眠りに就き、次の朝早く電話が鳴り私たちは起こされた。Anne が電話を取ると両親からで、年寄りはとにかく朝が早い。

　私がシャワーを先に浴び、次に Anne にシャワーの使い方や温度の調整の仕方を教え、朝食に行く準備ができたのは7時頃だった。両親の部屋のドアをノックし部屋に入るとスーツケースがパックされていて、すでに出かける準備ができていた。

　朝食を摂り、Anne と私がスーツケースのパックを終えてモーテルの部屋を出たのはすでに8時半近くになっていた。

　両親はうずうずして父親が「Let's go！」と言い、その後私は車を2日間運転し、3日目のお昼過ぎにフロリダ・スチュアート市の両親のコンドミニアムにたどり着く。

　父親はその頃、すでにアルツハイマー病の症状があり、毎年行っていたコンドミニアムの鉄格子を開ける手順に戸惑っていたので、私が助けると不機嫌な様子になった。

　お昼は近くのレストラン「モーリス・カフェテリア」に行くのが日常で、私がドライブしている間、父親がまた運転手順を指示し始め、後日これは父親が忘れないため自分に言い聞かせていたのだと自答する。

　私と Anne の2人だけ先に帰途に就くことにした。その時は知らなかったが、Anne は飛行機に乗るのを恐れていた。

　ウエストパームビーチ市から飛び立ち、アトランタ経由で

ピッツバーグに飛行中、少しでも音がすると「何の音？」と聞くので、「車輪が格納庫に入る音だ」などと安心させていたが、Anne はずっと私の右腕にしがみ付き、ピッツバーグ空港に着いた時は私の右腕に血が回っていなかった。

　これが私たちのハネムーンだった。

初のけんか

　結婚後、最初のけんかは日本男子とアメリカ女子の習慣の違いで生じた。

　Anne が「あなたはなぜ"I love you"と言わないの？ アメリカの夫婦は毎日"I love you"と言い交わし、お互いの愛を誓っているのよ」と言った。

　昭和生まれの日本人男子の私は、"愛"などの大事な言葉は日常的に使う言葉ではなく尊重するべきと思っていたから、私の口から簡単には出ない。そのため Anne は、私の愛情の表現が少ないことに物足りなさを感じていたのだ。

　Anne の気持ちは分かっていた。しかし"I love you"の言葉は、私からはなかなか出てこなかった。

ムスタング車の盗難

　1967年製ムスタングを、Anne の友達 Gary と Jane から結婚祝いに贈られた。少し錆はあったものの、赤いボディーに2つの白いストライプが前から後ろへと塗装されていた。V8エンジンと自動シフトを備えていて、ガスペダルを踏むとどんどん加速した。

　Anne のアパートには駐車場がないので、通りに空間を見

つけて車を駐車していたのだが、ある朝「昨夜ムスタングが私の車にぶつかり、ダメージを受けたので、損害賠償を払ってくれ」と主張する電話が来た。
「昨夜車を動かさなかったので、それはあり得ない」と言い、昨夜駐車した場所に行くと、たしかに駐車したはずのムスタングが見当たらない。
　私は車が盗まれたと、電話の主に説明したが、
「私の車に塗料が付いているので、それを検査すれば、ムスタングの塗料だと分かる」と主張する。
「それは盗んだ者の仕業だから、あなたの車の損傷は私の責任ではない」と答えたが、それでも電話の主は納得できず「あとで連絡する」と言って電話を切った。
　警察に行き車が盗まれたと盗難届を出すと、警察官に、
「盗まれる車はかなり多く、見つかる可能性は低い」と言われる。
　男からまた電話がかかって来て、
「研究室で働いていて、塗料サンプルを分析することができる」と言ったが、私は、
「ムスタングは盗まれたもので、警察に盗難届を提出したので、あなたの車の損傷については責任を負いません」と答えた。
　数日後「オークランドの空き地でムスタングが見つかった」と警察から電話があった。オークランドはピッツバーグ大学とダウンタウンの間にある黒人街で、治安が悪くいつも避けていた地域だ。
　車のドアをロックし、オークランドのメインストリートを

進むと、複数の黒人が家の前の階段に座りアルコールを飲んでいるらしく、私たちをじろじろ見つめている様子が感じられる。

指定された空き地に着くと、ムスタングがぽつんと駐車されていた。トランクの鍵が壊され、中にあったテント、釣り竿（ざお）などがなくなっていたが、ほかにスタータースイッチがバイパスされた以外は車内の破損はなく、スイッチを入れるとエンジンがスタートした。

そのまま近くの警察に行き車の盗難届の取り消しを行い、戻ってこないと分かっていたが、テント、釣り竿などの盗難届を出した。

黒人社会では、家族コンセプトは重要視されず父親が存在しないケースが多く、失業率も高く犯罪に走る若者が多い。

新しい家族との付き合い

Anneの両親はバレエダンスのシーズンチケットを持っていて、これが母親の一番の楽しみで、私たちは毎月末に出席するようにと招待された。

私はバレエダンスを見たことがなく、あまり興味はなかったが、新しい家族の一員になったので対応する必要があった。

１日目は伝統的な『白鳥の湖』で、テレビで見たことがあったが内容が全然分からなかった。しかし、次の月は『屋上のフィドラー』という題目のミュージカルで、内容も何とか分かり楽しくなった。

それから行くたびに『ジェット』や『マイフェアレディ』

のような違うミュージカルショーが演奏され、最初は終わりまで見ているのに苦労していたが、シーズンの終わりには楽しむようになっていた。

　その夏、ピッツバーグ郊外でAnneの家の親戚が集まるピクニックに私たちが招待された。総勢30名ほどで、私は新家族メンバーとして紹介される。
　誰もが親切で私を歓迎し、名前を言ったが名前が記憶できず、一人で離れてベンチに座っていると背の高い男が近づいてきて「私の名前はDaleです」と言って隣に座った。
「あなたの名前は？」と尋ねるので「Masaです」と答えると、「あなたは何を勉強していますか？」と聞かれ、
「エレクトリカル・エンジニアリングの修士号です」と誇らしげに返答すると、彼は誰かに呼ばれ「Best of luck to you！（あなたに幸運を！）」と言って去って行った。
　後日、図書館から本を借りてAnneのアパートで本を読んでいると、「その本は誰が書いたか知っている？」と聞かれ、私は作家の名前には関心はなかったが、名前を見ると「Dale」は読めたが「Critchlow」は何と読むか分からなかった。
　本の主題と内容を見てこの本を選んだので「知らない」と答えると、Anneは「デール・クリッチローというのよ」と言い、
「Daleは親戚の一人で、あなたは親戚の集まりで会っているわ。背の高い人で、あなたの横に座った人よ」と言った。
「ああ、あの背の高い人？」と言うと、

「ええ、彼はIBMリサーチのヨークタウンで働いているの」と言う。

「うーん、あの時もっと質問しておけばよかった！」

その後、Daleとは長い付き合いになる。

Anneの就職

Anneはピッツバーグ大学で言語病理学修士号を取得し、オハイオ州スチューベンビル市（Steubenville）に就職が決まった。スチューベンビル市はオハイオ川の港町で、ピッツバーグ市からは45分ほどの所にあった。

丘の上の地下室がある古い家を借り、Anneの両親が昔使っていた古くて重いスチール製のストーブオーブンを提供してくれたが、それは非常に重く、男4人でやっとのことキッチンに運び入れた。

それから地下室に行くと、家を支える2本の主柱が腐っていてびっくりし、

「うわー、キッチンに重いオーブンを置くことができてラッキーだった」と呟いた。

金物屋に行き2本の伸び縮みできる鉄製支柱を購入し、腐った2つの主柱の脇に設置して補助し、「これで、安心して眠れる」とAnneに話す。

家には小さな芝生があり、父親が手押し芝刈り機を提供してくれたので、芝刈り機を押して芝生を刈り始めると、隣の同様な小さな家から若い女性が長い椅子を持って出てきて芝生に座った。

彼女はビキニ姿でサングラスを掛け大きな帽子をかぶり、

白く長い脚と身体に日焼け止めローションを塗り始め、ちらっと見て目が合ったので軽く挨拶を交わす。

　芝生を刈り続けたがあまり集中できず、彼女をなるべく見ないようにして芝生を刈り終え、軽く挨拶して家に入った。

　その後、その家には夜になると車が毎晩のように来て、しばらくすると車が去って行く。Anneに隣の若い女性のことを話すと、「彼女は"夜に働く女性"よ」と言った。

　ある日、スチューベンビル市のピザハット・レストランで、高い仕切りで区切られたブースに座ってピザを食べていると、ブースの後ろに4、5歳の男の子と女の子がいる家族が座っていた。

　Anneが後ろを見るようにと指さしたので振り返ると、私の背後に座っていた男の子がブースの仕切りから乗り出し、頭を逆さまにして私を覗いている。

「どうしたの？」と尋ねると、男の子は私を眺めながらゆっくりと席に戻った。

　次に女の子が横に来て、私が食べるのを見ているので、「ピザ、食べるかい？」と聞くと、女の子は微笑んでテーブルに戻った。今度は男の子が来て手で顔を隠しかくれんぼをすると、父親が来て子供を席に戻した。

　これは1977年のことで、子供たちは東洋人を見るのが珍しく好奇心があった。どうやらスチューベンビルでは東洋人は私一人なのか？

貸家での出来事

　私はアパートを探さなければならず、大学の掲示板を見ると家賃月55ドル（1万4900円ほど。1ドル約270円）の貸家があったので、その一部屋を見て契約し、月の初めに移った。

　全部で4部屋の古い2階建ての貸家で、韓国人男性の学生、韓国人女性の学生、スーパーマーケットで働いていた白人の男性Joeと、私が部屋を占めていて、キッチンを共有していた。

　Joeは良い体格をしていたが、精神障害者で少し育ちが遅れていて、近くのショップでショッピングカートを集める仕事をしていた。

　ある日、韓国人女学生が「大きなナイフが見つからない」と大騒ぎをしていて、韓国人男性が、
「Joeがナイフを持っているに違いない。自分の部屋に入ったら、ドアの鍵を閉めよう」と言う。

　韓国人女性はJoeが大きなナイフで何をするのか心配していて、「キャンパス警察に報告するべきですか？」と私に聞いた。

　私は少し考え、「Joeが帰宅したら、私がJoeと話をしましょう」と答える。

　その夜、Joeが台所にいるのを見て近づき、
「こんばんはJoe、元気ですか？　仕事はどうですか？　すべてうまく行っていますか？」と尋ねると、Joeは笑顔で頭をかいて「OK」と答えた。

　それから「韓国人女性の大きなナイフがなくなって、見つ

からないことを知っていますか？」と尋ねると、Joe は頭を横に振って「NO」と答える。
「OK Joe、みんなでナイフを探しています。もしもナイフが見つかったら、キッチンのカウンターの上に置いてください。お礼に20ドル（約5400円）をあげます。私も探しますので、これはあなたと私との競争です」と言った。

　翌朝、韓国人の女学生が私の部屋にやって来て「Masa、ナイフが台所にある」と言い、「おー、Joe にナイフを見つけたかどうか聞いてみよう」と言い、ドアを叩き「Joe、ナイフを見つけたの？」と尋ねた。

　Joe は頭を上下に動かしたので、「Joe、よくやった、君の勝ちだ」と言って20ドルを渡した。

　その頃の私には20ドルは厳しかったが、この場合はそれだけの価値があると感じた。

　韓国人の女学生はとても感謝して、韓国料理の「プルコギ」を作ってくれた。私にはちょっと辛かったが、とても美味しかった。

手助け

　Anne はスピーチ障害病の仕事に就き、週に一度、炭鉱の小さな町カディス（Cadiz）を訪問していて、
「子供たちがピンポンゲームをしているんだけど、正しい卓球プレーを子供たちに教えてほしいの」と言ってきた。

　私は中学生の頃、少し卓球をしていたから「OK」と答え、カディスの町へと向かった。

　町の入り口に真っ黒な小屋が建っていて「あれは何？」と

Anne に尋ねると、「Coal House」と言う。「石炭の家？」と驚いて車を駐車し、真っ黒い小屋を見に行く。

「うわー」小屋は完全に石炭で作られていて、屋根、壁、テーブル、椅子、すべてが真っ黒だ。

入り口と窓から光が入るだけで電源はなく、椅子に座ると冷たく、立ち上がるとズボンに黒い炭が付いた。

この小屋が火事にならないことを願って外に出て、子供たちが待つカディス・クリニックへと向かう。

子供たちは卓球の最高選手は東洋人であることを知っていて、私が現れると東洋人が珍しいらしく、子供たちの目は大きく開かれ、興奮してざわめきながら迎えられる。

その時代はペンホルダー・グリップのラケットが全盛期で、子供たちにペンホルダーのグリップの持ち方を見せる。しかしクリニックには握手型のラケットしかないので、握手型の正しいグリップを教えることにする。

次に、サーブする方法、ボールをカットする方法、リターンする方法、トップスピンする方法、最後にボールをスマッシュする方法を教えた。子供たちがプレーするのをしばらく見て教えながら、私のお気に入りのショットで、体を開いてテーブルの右端をスマッシュする技を見せると、子供たちは喜んで大きく手を叩いた。

これで、私の手助けは終わった。

1967年製ムスタング車

ある大雨の日、1967年製ムスタングで大学に向かっていると、突然ムスタングが路上の水たまりに入って水が飛び上が

結婚生活

り、しばらくして車のエンジンが止まった。

車が止まった場所はスチューベンビルから少し離れていて、ヒッチハイクをして戻ろうと思ったが、Anneの働く診療所がそれほど遠くないことを思い出し、歩いて診療所に向かうことにした。

30分間ほどかかって診療所にたどり着いたが、全身びしょ濡れになっていて、フロントデスクで「私はAnneのハズバンドで、近くで車のエンジンが止まった。Anneに連絡してください」と頼む。

髪も服もずぶ濡れの私を見たAnneは、タオルを持ってきて「どうしたの？」と聞いた。私はムスタングの故障を話し、オフィスからAAA（米国自動車協会）に電話をかけて、ムスタングが立ち往生している場所を伝える。

Anneにムスタングのある場所まで送ってもらい、ムスタングの中で待っていると、まもなくトレーラー車がやって来て、ドライバーはムスタングにチェーンを掛け始めた。

「車を修理するのにどれくらいの費用がかかりますか？」と尋ねると、

「電気系統に問題がある可能性があるから、配線を含むすべての電気部品をチェックしなければならない」と言う。

「50ドル（約1万3500円）未満？」と尋ねると、「原因を把握するまで分からない」と答えた。

Anneはプリムス車を持っていて、私の古い50ドルの車も含め3台所有していたから、ムスタングを処分することを決め、「分かりました、50ドルで車を買いませんか？」と尋ねると、彼は「OK」と言って所有権文書に署名し、50ドルで

1967年型のV8ムスタングを引き渡した。

それ以来、1966年か1967年の良いシェープのムスタングに憧れていた。

Anne が風邪をひく

私は電話代の節約のため、「毎日決まった時間に電話をし、3回ベルが鳴ったら受話器を切れば、電話代がかからずに無事が確かめられる」と提案する。

最初の数日はこの提案が機能していたが、数日後に電話をかけるとAnneが2回のベルで受話器を取ってしまい、電話代節約提案は破棄されてしまった。

ある寒い冬の夜、Anneから電話が来て、
「風邪をひいて、とても惨めよ！」とくしゃみを繰り返している。

「大丈夫？」と聞くと、「寒気がする」と言い、「鶏のスープを飲むと良い」と言うと、「戻しそうで、何も口に入らない」と答えた。

もうすでに夜10時近くだったが、Anneを慰めるために40マイル離れたスチューベンビルまでドライブすることを決め、車のヒーターが機能していなかったので、足にプラスチックバッグと新聞紙を何重にも重ねて巻き付けた。

雪が降っていて視界が悪い吹雪の中をドライブし、幹線道路から外れて2車線の道路に入った。しばらくドライブしていると前が見えず、車は雪が積もった横溝に突入した。

車を止めると雪に埋もれて止まってしまうと瞬間的に思い、ハンドルを左に回しながらアクセルをフロアまで踏み込

んだ。

　積雪が高く前方は何も見えなかったが、車には十分な勢いがあり、幸いなことに右側から脇道が入り込んでいて、車はその脇道に乗り上げた。

　車を止めて外に出てみると、雪はボンネットと車の屋根の上にも積もり、車が脇溝を走った跡が残っている。

　雪を取り除きドライブを続けて、やっとのことでスチューベンビルにたどり着きドアを開けた。Anne はとても気分が悪いようだったが、私の顔を見て安心したのか、私の前で"ぶわ～"と吐いた。

　私の足は冷たくてつま先を感じることができなかったが、Anne に温かい鶏のスープを作って飲ませ、励ます。

　次の日、Anne の気分は少し回復し、私はクラスがあったので早朝に家を出て大学に戻った。

最後の科目

　エレクトリカル・エンジニアリングの大学院の学位を取得するのにさらに1年かかり、その間ほとんど図書館の閉館時間まで勉強し、その後家に戻って午前2時から3時まで勉強していた。

　卒業するのに必要なすべてのエレクトリカル・エンジニアリングのクラスはほぼ終わりかけていたが、卒業するには工学系ではない1つの他分野のクラスを取らなければならず、経済のクラスを選ぶ。

　工学系用語や英文字は上達していたが、経済の本には経済独自の言葉や英文字があり、経済学の本を読むのに日本語に

翻訳しなければならず、また一からやり直しだ。

　何とか経済のクラスを終え、最終試験は論文を書くことになり、論文には日本経済とアメリカ経済の違いを選んだ。

　私が英文で日本経済とアメリカ経済の違いを書くのには時間がかかり、間違いも多かったので、Anneに口頭で説明し、彼女に日本経済との違いの論文を書いてもらうことにした。

　もちろん英語の間違いはなく、オリジナルの論文でA-のグレードを受け取り「A-を取った！」とAnneに話すと、
「その論文を書いたのは私で、A-は私が取った！」と返ってきて。
「Yes、この経済科目のA-のグレードは君が取った」と答える。

　ようやくすべてのクラスが修了した。嬉しさにビートルズの曲を流し、口ずさむ！

IBM社面接

　EE理工学部のすべての科目が終わりに近づき、就職の面接が行われた。IBM社は世界一のテクノロジー社で多くの学生の憧れの会社でもあり、入れるかどうか疑問だったが面接を受けることにする。

　結婚式で使用したスリーピースのスーツを着て、緊張してIBMのインタビュアーの前に日本人らしく背中をまっすぐに伸ばして座る。

　インタビュアーは成績書とアプリケーションを見ながら、「あなたは、日本人ですか？」と訊く。

「yes、日本で育ち大学も日本で出ています。アメリカ人女性と結婚し永住権を持っています」と答えた。

次に、面接官は履歴書を見て「あなたは、以前日本企業で働いていましたが、日本の会社ではどのように働きましたか？」と尋ねる。

「規定の仕事時間は午前8時から9時頃に始まり午後5時頃までですが、通常、サラリーマンはもっと長く仕事を続け、午後8時または9時頃まで働き、上司が去るまで帰りません」と言った。

「その後、同僚は一緒に飲み屋に行き、夜遅くまで酒を飲み、家に帰るのは深夜です」と話し、

「しかし、私はアルコールに非常に弱く飲めず、飲酒には参加しませんでした」と続けた。

次に面接官は「日本ではどんな仕事をしていましたか？なぜアメリカに来たのですか？」と尋ねる。

「機械工学の学士号を取得しましたが、これからは電気工学と英語が必要で、両方を達成するためにアメリカの大学で勉強しようと決断したのです」と話すと、

「ありがとう、のちほど連絡します」と言い、インタビューが終わった。

IBMの返事を今か今かと待ちわびていたが、数か月後に一通の手紙が届き、開けると複数のIBMサイトからエンジニアリングポジションを提供され、給料は年収3万ドルほど（約600万円。1ドル約200円）で、「やった！」と叫んだ。

「どのIBMサイトを選んだらいいかな？」とAnneに尋ねると、「バーモント（Vermont）」と答える。

だが、私はバーモントについて何も知らず、
「バーモント市はどこの州なの？」と尋ねると、
「バーモントは市ではなく州よ」と言う。
 地図を見ると、カナダと国境を接している北の州なので、
「なぜバーモント？」と聞くと、
「兄のアンディー（Andy）がバーモント州のIBMサイトで働いているから」と答えた。
 初めから、私に選択の余地はなかった。

卒業式
 卒業式の朝、私は黒いガウンを着て大学院のたすきを掛けて帽子をかぶり、Anneと卒業式会場に向かった。
 そこには多くの卒業生と家族が来ていて、体育館は満員で、卒業生は真ん中に座り家族が周りを囲んで座っている。
 一人一人、席の置かれた順番に前に進み、並びながら高台に上がり、名前を呼ばれて前に進み、卒業証書を受け取り、そして、私は帽子の房を右に回す。
 卒業生皆が席に戻り、チェアマンが「おめでとう！」と叫ぶと、みな立ち上がり、帽子を空高く飛ばし、
「万歳！ ついにやり遂げた！」と叫んだ。
「ふー！」Anneのおかげで長い厳しい学生生活が終結した。しかし、これから本当の試練が待っていた。

IBM社での仕事、生活

仕事の選択

　1970年代、IBM社のメモリーチップはIBMバーモント州バーリントン（Vermont, Burlington）工場で作られ、ロジックチップはIBMバージニア州マナサス（Virginia, Manassas）工場で作られていた。

　それらのロジックチップとメモリーチップ両方をIBMバーモント州バーリントン工場で作成することが決まり、新入社員を採用し、すべてのロジック・エンジニアリングを学ばせるため、3か月間マナサス・サイトに送ったのだ。

　初日、新入社員は一人ずつ写真室に案内されると、撮影後に社員番号とIDカードが配られ、次に大きな部屋に移動して着席するように指示され、マナサス工場長がIBM社の歴史、誇り、業績などを述べた。

　次に、契約サインをするため多くの書類が配布され、書類には会社の方針、行動規範、合意、組合は認められない、服装、などについて書かれていたが、1つの契約"IBM社員の発明は、会社の事業に関連が有るかないかにかかわらず、すべてIBM社に属します"と書かれた書類が目に留まった。

　白いガウンと帽子を付けて、シリコン製造工場内（クリーンルーム）に入ると、内部はとても綺麗で、数人の白いガウンを着た人々が働いており、端末で作業する人、炉で作業する人、ウエハーをチェックする人、ウエハーを運搬する人などが従事していたが、大きな空間にあまり人は見当たらない。

その後、白いガウンと帽子を脱ぎテストルームに案内されると、そこにはモジュールが置かれ、テストに 2 人のエンジニアが働いていて説明を受ける。
「今、私たちはロジック回路の問題解明をしているところです。解明にはテスト工程を理解しテストを実行するテストエンジニア（TE）と、そしてロジックデザインを理解したプロダクト・エンジニア（PE）の 2 人のエンジニアが必要です」と説明した。

　子供の頃から物がどうやって動くかに興味があり、時計を分解したり、ラジオを分解したり、最後には兄の買ったばかりのミニオートバイを解体し組み直したが、パーツが残ってしまい元に直せずにかなり怒られた。

　しかし、問題を解決するのは楽しく思えて好きだったので、プロダクト・エンジニア（PE）がとても興味深く、パズルを解くようで面白いプロダクト・エンジニア課に所属することに決める。

　その後、プロダクト・エンジニア（PE）の選択は、大きな障害に直面することになる。

プロダクト・エンジニア（PE）課

　次の日、プロダクト・エンジニアのマネージャーと面会し、他の 2 人の新人エンジニアと数人の経験豊富なエンジニアが紹介された。一人の新人エンジニア Phil は背が高く大きく、もう一人のエンジニア Bob は分析的で知的だった。

　新人エンジニア 3 人は同部屋に入り、それぞれに机と椅子が与えられ、経験豊富なエンジニアが本を持ってきて読むよ

うにとデスク上に複数の本を置く。

本は『Fortran』と呼ばれるソフトウェアの本で、このコンピュータ・プログラミング言語は IBM によって開発され、後日シリコンプロセスの科学的分析に大きく役立つことになる。

工学的な質問があると Bob が立ち上がり、黒板に方程式を書いて説明し、Phil も加わり話し合っていたが、彼らは名のある大学を出ているトップクラスの優秀な学生で、私は付いて行けるか心配になった。

次の本は『シリコン・プロセスガイド』と呼ばれるシリコンプロセス設計、製造ガイドで、"エンジニアの聖書"と呼ばれて、シリコンプロセスの詳細、プロセス・パラメータと方程式が書かれていて、Fortran プログラミングを使いどのプロセス・パラメータをどの方向に動かせば、どのような結果につながるかが書いてある重要な本となる。

驚いたことに、この本は Anne の家族のピクニックで会った親戚の Dale（デール）によって書かれたものだった。その頃 Dale はニューヨークの IBM ヨークタウン研究所で働いていたが、数年後に Dale と家族はバーモントに引っ越して私たちと親しくなり、しばしば行動を共にした。

その当時、デスクには電話機があるだけで端末はなく、端末はコンピューター室（ターミナルルーム）に配置され、キーボードとディスプレーだけでワイヤーでメインコンピューターに接続されていた。

科学的分析が必要な場合には Fortran プログラミングコードがキーボードから入力され、中央に配置されたメインフレ

ームコンピュータで計算したが、結果が出るまでに一晩かかるのが通常で、結果は紙にプリントされた。

これは1978年のことで、その技術は最先端だった。

バーモント州に移動

1978年7月、3か月間のトレーニングが終わり、Anneが待っていたピッツバーグに戻り、バーモント州への引っ越しのため、持ち物を1台の車にぎっしり満杯に詰め込んだ。

引っ越しに1週間ほどの有給があったので、バーモント州に向かう途中ナイアガラの滝（Niagara Falls）に立ち寄り、国境を渡りカナダ側で宿泊する。

ナイアガラの滝を観覧し、観光船に乗って滝の下に近寄ると、水の量は信じられないほどに多く、船はさらに滝に接近し、観覧客は薄い防水着を着てはいたが、水しぶきを頭から浴びると「わ〜！」と叫び声を上げる。

夏の時期だったので、濡れても気にならずいい気持ちだった。ガイドが「ナイアガラの滝から飛び降りて、生き延びた人が数人います」と説明した。

翌日、ナイアガラの滝を満喫した後、アメリカに戻るため国境に着き米国永住権（グリーンカード）を国境警備員に差し出すと、国境警備員はグリーンカードを注意深く見て、満杯の車の中を見ながら「どこに行くのか？」と尋ねる。

「バーモントにIBMの仕事が決まり、その途中でナイアガラに寄った」と答えると、国境警備員はAnneを見て、

「あなたは？」と聞き、「私はアメリカ人です」と答えると「OK」と言い、国境を無事通過したかに思われた。

IBM 社での仕事、生活

　ところが少しハイウェイを運転していると、突然大きなサイレンと赤い点滅ライトが後ろから迫ってきた。
「Masa、スピード違反じゃない？」とAnneが訊いたので、
「制限速度を10マイルほど上回っているだけで、今まで問題はなかった」と答える。

　車を路上脇に止めると、背後からポリスが近づき、
「運転免許証を見せて。どこに行くのか？」と尋ねた。

　運転免許を渡し、
「私は、バーモント州のIBMサイトで仕事を得て、ピッツバーグから引っ越しの途中で、観光のためにナイアガラの滝に立ち寄った」と答え、「スピード違反ですか？」と尋ねたがポリスは答えない。

　車内には荷物がぎっしりと詰まっていて、ポリスは後ろのドアを開けて調べ、次にトランクを開けるようにと指示した。

　トランクを開けたが、トランクの中も荷物がいっぱいで調べるのが難しく、再び「どこに行くのか？」とポリスが訊いたので、グリーンカードと臨時のIBMカード、そしてIBM就職認定の手紙を見せ、
「私たちはバーモント州に引っ越しの途中で、車の中には荷物がいっぱいある」と説明すると、
「OK、行って良い」と指図した。

　再び運転を始め「あれは何だ？」とAnneに訊くと、
「米国には多くの不法移民が密入国しているから、荷物が満載で違う人種の顔つきのあなたを見て、ポリスは不法移民ではないかと思い車を止めたんじゃないかしら」と話した。

私は「そうか、これも一種の人種差別か〜」と呟いた。

7月3日にバーモント州のバーリントン市（Burlington）にたどり着き、アパートが見つかるまでシャンプレーン湖（Champlain lake）のほとりにあるシェルトンホテルに宿泊する。

ホテルはダウンタウンのチャーチ・ストリートに近く、多くの小さな店やレストラン、デパートが存在し、ちょうど7月4日はアメリカの独立記念日だったので、ストリートの両側にはアメリカの国旗が飾られ賑わっていた。

バーリントン市はバーモント州立大学の街で、多くの学生が歩いたり、おしゃべりしたり、レストランで食事をしたりしていて、私たちも歩き回り、イタリアン・レストランに入り夕食をとる。

そして、空が薄暗くなるとホテルの前のシャンプレーン湖でアメリカの独立記念日の華やかな花火が上がり、部屋から花火が目の前に眺められた。

いよいよバーモント州IBM社での素晴らしいスタートが始まると感じられた。

バーモント州ニューイングランドの背景

シャンプレーン湖は米国で6番目に大きい湖で、琵琶湖の2倍ほどの大きさだ。夏にはレイクサーモン、レイクトラウト、バスなどを釣りにボートが出、ヨットで楽しむこともできる。

そしてビーチもあるが、泳いでいると浅瀬は温かいが少し深くなると急に冷たくなり、長く泳ぐことはできない。

シャンプレーン湖は冬は凍結するが、人々は氷に穴を開けて釣りを楽しみ、対岸のニューヨーク州に渡る連絡船の海路は解氷されて往来できた。

そして、バーモント州には多くの素晴らしいスキー場があることでも有名で、ボルトンバレー・スキー場まで30分、ストウ（Stowe）・スキー場まで1時間の距離、そして、クロスカントリー・スキーも楽しめた。

IBMプラントの側面に沿ってオニオン（Onion）川がS字カーブで流れていて、下流に小さなダムがあり、ダムの下にはイチゴ畑のある広い平坦な農地が広がっている。イチゴは小粒だが、冬は寒く春が短いため甘さが凝縮され、イチゴ畑に向かい数箱の収穫をして甘いイチゴを楽しめる。

9月から10月までは最高の紅葉シーズンで、紅葉を見に多くの人々が州外から訪れ、この季節はホテルも満杯で、時折Anneの親戚や友達が家に泊まり、Anneの昔話で賑わう。

農家がカボチャを生産していて、秋の終わりには何百もの黄色、赤、ピンク、白、緑のカボチャが地面に並べられる。農家の納屋庫と庭の地面に置かれた何百ものカラフルなカボチャは、素晴らしい秋の風物詩だ。

家の裏側にはマンスフィールド山（Mount Mansfield）の風景が広がり、特に冬の雪が積もったマンスフィールド山は絶景で、その裾野の小さなウィルストン村には屋根のとがった教会があり、ニューイングランドの村の風景が広がっていた。

シェルバーン・ファーム（Shelburne Farm）は19世紀後半に開拓され、農場全盛期時代の「装飾農場」の保存状態の

良い例として重要な国家歴史登録財に登録され、国定歴史建造物地区に指定されている。

　夏の間、シェルバーン・ファームでは音楽祭が開催されて、屋外の芝生に座って音楽や食事、飲み物を満喫できた。

　そして、空が暗くなると花火が始まるが、風向きが変わると煙が充満し火の粉が頭上に降り注いでくるので、観客は頭を抱えて芝生から避難し、少し離れた場所で花火を楽しんだ。

アパートに引っ越し

　1978年頃のバーモント州の人種はほとんどが白人で、この地域に日本人は見当たらなかった。

　その夏、IBMエセックス・ジャンクション（Essex Junction）工場から5分ほどのオニオン川沿いにアパートを見つけ、ハヌカ（太った灰色の猫）とアパートに引っ越す。

　ある日の夕方、誰かがドアをノックしたので開けると、若いカップルが立っていた。彼らは贈り物を持っていて「隣人です。どうぞよろしく」と挨拶した。

　アメリカの引っ越し挨拶の風習は日本とは反対で、隣人の方が新しく引っ越してきた家族に手土産を持って挨拶するのが習わしだ。

　その隣人は教師で冒険家でもあり、夏休みにはアフリカ、アマゾン、南アメリカ、ヨーロッパなどを旅行したが、日本には行ったことがないという。彼らにとって日本はあまり冒険的な場所ではなかったようだ。

　しかし、日本の歴史やライフスタイル、文化、作法、食事

などを説明すると、とても興味を持ち、
「次の旅行には必ず日本に行く」と話した。

　ある朝、寝室のドアで"パン、パン"と音がするので目覚め、ドアを開けると小さなボールが寝室に転がってきて、猫のハヌカが入ってきた。

　"パン、パン"の音は、ハヌカがドアにボールを当てていた音で、その後この音は朝の同じ時間に定期的に発生し、ハヌカが私たちを起こし、朝ごはんの時間だと知らせていたのだ。

　この猫は賢い！

　オニオン川沿いに車で家に帰る途中、高い茂みの中を大きな角を持つ動物が歩いているのを見た。バーモントにはムースがいるとは聞いていたが、野生のムースを目撃したのはこれが初めてだった。

　翌朝、裏庭を見るとすぐ近くで大きなムースが立って草を食べており、「うわー！」と驚いた。ムースは巨大で馬のようだ。

　バーモントの人はムース狩りをすると聞いていたが、ムースを仕留めた後、ムースがあまりにも大きく重いため、トラックに積むのに困難を極め、「丘からムースを連れ出す時に心臓麻痺で亡くなった」と新聞に報じられていた。

　また、バーモントの鹿狩りシーズンが11月に始まり、
「ニューヨークから来たハンターが、牛を鹿と間違えて射殺した」との新聞記事も載っていた。

　ニューヨーク人は鹿と牛の見分けがつかなかったのか？

仕事始め

　IBM エセックス・ジャンクション（Essex Junction）製造ラインは、最新のシリコン工場とマスク製造施設があり、メモリーチップを専門に製造していたが、工場を改良しロジックチップの製造も始め、テクノロジーは10cm ウエハーで5層のメタルゲート（現在はポリゲート）のチップが製造されていた。

　工場の入り口にゲートがあり、警備員に車の中からIBM身分証カードを見せると敷地に入るよう指示され、建物の入り口で他の新入社員と合流し、新しいIDカード用に写真を撮られる。

　次に大きな会場に案内され、管理職者が、
「あなた方の組織はロジックのデザイン、デザインシステム、製造、テスト、製品、製品サポートのグループです」と言い、私たちの名前が組織図の一番下に書かれていた。

　多くのIBM社員がバーモントに引っ越し、臨時オフィスが設備されていた。IBMのオフィスの構成は多くが個室で仕切られていたが、新入社員は3、4人が一つの部屋を共有し、私は3人の新入社員、Phil（フィル）、Ed（エド）、Bobby（ボビー）と同じ部屋に入り挨拶を交わす。

　部屋の一角に机と椅子が与えられ、ASIC（Application Specific Integrated Circuit）プロダクト・エンジニア（PE）課に所属し、問題のあるASICチップを解決する仕事で、一人の経験豊富なエンジニアが「読むように」と複数の分厚い本を持ってきてデスクに置いた。

　すべての本のページの下部に"IBM機密"と書かれ、2

冊の本にはより大きな"IBM機密"がすべてのページの中央にスタンプされている。

　一つの分厚い本はバインダーで覆われたASIC設計システムのハンドブックで、読み始めると本のページには略語が多く簡単に読むことができず、略語を解釈することから始めたが、あまりの多さに略語の辞書を作り始める。

　毎日、これらのマニュアルを読んでいるととても眠くなり、ある日私はウトウトして隣のデスクを見るとBobbyが目を閉じていたので、机の引き出しから輪ゴムを取り出しBobbyに撃った。

　輪ゴムがBobbyに当たり、目を開けゆっくりとこちらを見たので、再び次の輪ゴムを撃つと、Bobbyは首をすくめて輪ゴムをよけ、次に私に向かって輪ゴムを撃ち返し、ゴムバンドの撃ち合いになる。

　多くのIBM社員が白人だったが、Bobbyはニューヨークの中華街で育った中国系アメリカ人で、カスタムデザインPEとして割り当てられていたのだ。

　これが始まりで東洋人のBobbyと私が親友になる。

車の失速

　学生時代に50ドルで買ったボディーに錆び穴があった車を見かねたのか、父親がクライスラー製の1977年型プリマス・ヴォラーレを就職祝いのギフトとして提供してくれていた。

　ヴォラーレ車は、初期の排気ガス公害を減らす試みが設備されていて、排気ガスの一部がキャブレターに再分配される仕組みで、車をゆっくり加速すれば問題はなかったが、速く

加速すると失速する。

横道からメイン道路に合流して早く加速しなければならないときが危険で、特に朝、オニオン川沿いのメイン道路に入ってたびたび失速し、後ろから来た車が急ブレーキをかけて止まる出来事が何度も起こった。

あまりにも危ないので車をカーショップに運び、問題を店主のJohn（ジョン）に話すと、Johnは「汚染防止フィードバック・パイプを外しましょう」と言う。
「フィードバックを外すのは違法ではないのですか？」と聞くと、Johnは手を振って「すべて完了」と言った。

それ以来、車が失速することはなくなった。

カナダ・モントリオール市（Montreal）への訪問

1978年夏、車で2時間ほどのカナダの首都モントリオールへ訪れ、マウントロイヤル、市内観光、大聖堂教会を回った。それから古いダウンタウンを探して何人かのカナダ人に方角を尋ねたが、何の返答もなく、「うわー、カナダ人は友好的ではない」と感じた。

案内標識を見て建物の部屋に入ると、女性が流暢（りゅうちょう）な英語で「古いダウンタウンはすぐそこですから私が案内しましょう」と言った。

モントリオールの古いセクションを案内してもらいながら、
「カナダ人の何人かに方角を尋ねたが友好的ではなかった」
と話すと、
「フランス語を話すカナダ人のほとんどがカナダから離れ独

IBM 社での仕事、生活

立した国を作りたいと思っていて、それで英語を話す人々に対しては友好的ではないのです」と説明してくれた。そして、「ここがモントリオールのダウンタウンです、写真を撮りましょうか？ キスをしてください」と言われ、キスの写真を撮る。

当時カナダでは、フランス語を話すカナダ人地域で、英語を話すカナダ人地域からの独立運動が行われていて、モントリオールはフランス系カナダ人の首都なのだった。今では考えられないが、そんな時代もカナダにはあった。

ベンとジェリー（Ben and Jerry's）アイスクリーム

しばしばバーリントン市のダウンタウンに夕食に出かけたが、メイン道路のチャーチ・ストリートは、イタリア料理、中華料理、ステーキハウス、シーフード、日本料理、ピザなど多くのレストランで繁栄していて、特に「Rusty Scoffers」と呼ばれるレストランのツインロブスターがお気に入りでよく通った。

夕食後、チャーチ・ストリートを歩き、Anne がモールでショッピングを楽しんだ後、次の通りの一角に古いガソリンスタンドを改造した「Ben and Jerry's」と名付けたアイスク

リーム屋が開業したばかりで「美味しい」との評判なので、そこに向かう。

古い元ガソリンスタンドの店内には、電動モーターにベルトが付いた昔ながらのアイスクリーム製造機1台が音をたてて動いていて、その機械でアイスクリームを作り、数人がアイスクリームをすくっていて、そのうちの2人がBenとJerryだったと思う。

お気に入りはチョコレート・バニラ・アイスクリームで、私には少し甘すぎたがAnneにはちょうど良い甘さで「美味しい」と言い、アメリカ人にはこのくらい甘いアイスクリームの方が好まれるようだ。

そして、アイスクリーム屋の前には小さな駐車場があり、その横に古いレンガ造りの4階建てビルディングが建っていて、空が薄暗くなるとBen and Jerry's店がその建物のレンガの壁に映画を上映し、多くの人々が集まりアイスクリーム店は繁盛していた。

その映画のこともあってかアイスクリーム店は非常に人気になり、その後「Ben and Jerry's」は有名になり、世界中に浸透した最も成功したアイスクリームメーカーとなる。

こんな寒いバーモントでアイスクリーム店が繁盛するとは考えもしなかった。開業時にBen and Jerry'sの株を買っておけば良かった！

オイルの凍結

1979年の冬に－28℃が1週間続いた。

外に止めてあった車を始動させようとキーを入れスタータ

ーを回すと「グーー、グーー、グーー」とゆっくり回転したがエンジンが始動しない。

あまりの寒さにアパートに戻り、
「一晩、外に車を止めておいたので車のオイルが凍って、エンジンがスタートしない。メイン・ロードまで歩き、IBM プラントまでヒッチハイクしなければならない」と Anne に告げた。

頭までかぶる厚いダウンのジャケットを着て、厚い手袋と靴下を着け防寒用の靴を履いてメイン・ロードまで歩くと、あまりの寒さで手足に痛みを感じ、流れる鼻水が凍ってきた。

道路脇で親指を上げヒッチハイクのサインを出すと、すぐに IBM プラントに向かう車が停止し、プラントまで乗せてくれた。

正午に少し暖かくなったので友人に家に送ってもらい、エンジンの下にヒーターを設置してオイルを温め、何とか車をスタートさせカーショップにたどり着く。

朝の出来事を説明すると、整備士は「40/40 のオイルを使用し添加物を追加すると凍結します。30/40 のオイルに交換し添加物を取り除きます」と話した。

バーモントでの生活の一つを学んだ。

試　練

日本人への偏見

　そして、全く予期しない出来事が始まった。

　IBMマナサスで面接を受けたマネージャーは2ndライン・マネージャーに昇格していて、1stラインのマネージャーの席が空白で、しばらくして1stライン・マネージャーがニューヨーク州から移動してきた。

　名前はBillyと聞いていて、何か連絡があるかとしばらく待ったが何も連絡がなく、少しおかしいなと思い、新任のマネージャーBillyに挨拶に行くことにして彼のオフィスに向かった。

　オフィスは個室でドアが開いており、中を覗くとマネージャーBillyは両足を机の上にのせ、椅子を半ば斜めに倒し、踏ん反り返って壁を見ていた。

　その姿は日本では全く見られない信じられない光景で、私は息を呑んだ。

　入り口で「Masa Hayashiです。あなたの下で働きます。よろしくお願いします」と挨拶をする。

　Billyは踏ん反り返った姿勢を崩さずに、チラッと私を振り向いてから顔を壁に戻し、一息して、

「I don't buy a Japanese car！（私は、日本車は買わない！）」と言った。

　その瞬間、その言葉が何を意味しているかが私にはすぐ分かり、あまりの突然の言葉にびっくりしてショックを受け、青ざめた顔で「失礼します」と言いBillyのオフィスから立

ち去った。

世界で一番の憧れのテクノロジー社 IBM に入社して誇らしく思っていた矢先に、日本人に偏見を持った人物が IBM 社の中にいるとは！

非常にがっかりし、それが私の最初のマネージャーだという不運に愕然(がくぜん)とした。

この時から、私の全く予期しなかった格闘が始まったのだ。

Anne が IBM で働く

Anne は言語病理学修士号を取得していて、近くの地域で仕事を探し、バーモント州の首都モンペリエ市（Montpelier）でスピーチ病理学の仕事を見つけた。

しかし、車で片道50分ほどかかるうえ、給与は年収1万ドル（約200万円）と安かった。

しばらくして IBM 秘書職の雇用募集があり、給与はスピーチ病理学の仕事のほぼ2倍で、私は Billy の対応に困っていて Anne の助けを必要としていたので、秘書職の面接を受けるようにと Anne の背中を押す。

しかし修士号を取得している Anne は秘書職の資格をはるかに超えており、秘書職の面接を受けると「あなたは修士号を持っているので、秘書職には向いていない」と面接官に言われたという。

「私は英語能力、言語力、スピーチ、タイピングのスキルがあるので素晴らしい秘書になる」と Anne が説得すると、驚いたことに Anne はゼネラルマネージャーの秘書として雇わ

れることになったのだった。

のちにその秘書職が、私のIBMエンジニアリング人生の大きな救いとなる。

PE（プロダクト・エンジニア）の業務

当時、IBMバーリントン工場はメモリーチップを専門に製造していたが、製造工程を改良してロジックチップの製造を始めたばかりで多くの問題が発生しており、その問題解決をするPEの業務に私は充てられた。

PEの仕事は、ASIC（専用集積回路）システムでデザインされたロジックチップが何らかの理由で起動せず、その原因を把握し解決する仕事であった。

その原因は、ロジックデザイン、テストパターン、デザインシステム（CAD）、テスター、テスター・プロブ、マスク、マスク作成工程、チッププロセス、塵埃（じんあい）・汚染などなど多岐にわたり、かなりの経験とスキルを必要とした。

私は右も左も分からず戸惑ったが、最初にテストエンジニアを訪ねて状況を聞きテスト過程を把握し、そしてASICシステム・デザイナーに電話をかけてロジックデザイン過程を習い、製造工程はIBM機密の本を読んで徐々に工程全般の理解ができるようになっていった。

起動しないASICチップが山ほど積もっていたので、最初に分析と解決が容易と思われるチップを選択して一歩一歩解析プロセスを進めることにする。

新しく採用されたテスト・エンジニアのMikeと、"IBM LTE"と呼ばれる最新のテスターの前に腰を下ろした。

最初に経験豊富なエンジニアからガイダンスがあるのかと思っていたが、新採用の私が一人でチップの問題を解決する仕事が割り当てられたのだ。

多数の問題解決

その後、がむしゃらに働き、テスターの問題、マスクの問題、デザインの問題、レース・コンディション（レース・コンディションとは、2つのシグナルの1つが、計画していたシグナルより先にロジックブロックに入り、正しいロジックのアウトプットが得られない現象）、小さな埃(ほこり)の問題、プロセスの問題などなどを次々に解決して、他のエンジニアリング部署にも私の働きが知られてきていた。

IBMに入社して10か月ほど過ぎたある日、経験豊富なPEエンジニアが私のオフィスにやって来て言った。
「私たちはしばらくの間この製品の問題に取り組んできましたが、いまだに解決できていないので手伝ってくれませんか？　テストパターン、設計、期待される出力値、ウェーハ、マスクを調べたのですが問題はありませんでした。それでもいくつかのテストパターンが落ちているのです」

私は「解決できると約束はできませんが、見てみます」と答え「調査結果を再確認してもいいですか？」と聞いた。

時間をかけて再度チェックをしたが調査結果はすべて確認され、簡単な答えではなく解決策を見つけられず苦労しているとボスのBillyがオフィスに現れ「解決はできたか？」と訊き「No、This is difficult」と答えると笑みを浮かべ去って行った。

テストパターンのプリントアウトに埋もれた複数の落ちるテストパターンを調べて、「落ちるパターンに共通するのは何か」と机に座り自問する。

　紙に一つ一つの落ちるパターンと予定のパターンを集計し、すべての落ちるパターンの共通点を調べると、いくつかの共通点が出てきた。

　一つは、すべての落ちるアウトプット・ピンは入力および出力が可能なピン（コモン I/O）で、次に、この I/O ピンがアウトプット・ドントケア「X」の値からインプット「0」の値に変化する時点でフェイルが起きており、「X」の値から「1」の値に変わる時点では落ちていない。そして、「では、テスターで実際のピンの電圧を測定しよう」と呟いてテスターに向かい、テストエンジニアに「オシロスコープで落ちるパターンのアウトプットを測定してみて」と言い、測定すると、確かにアウトプットは間違った値を示している。

　次に、この I/O ピンがドントケア「X」からロジックゼロ（「0」）に変更した瞬間、スコープに電圧スパイクが見つかり「これだ！」と叫んだ。

　このスパイクが「1」のインプットを入力し、アウトプットが間違った値（バリュー）に代わるのが原因だった。

　これは新しいテスター（LTF）の問題で解決は難しかったが、この結果を経験豊富な PE エンジニアに通知すると「Thank you」と言ったが、ただそれだけだった。

　そして、経験豊富な PE エンジニアはこの問題の解決をマネージャー Billy に報告し、自分の経過報告書に記入したが、

Masaが解決したとは報告しなかった。

　経験豊富なIBMエンジニアのプライドがあったのだろうか。少し寂しい思いがしたがマネージャーBillyは私がこの問題の解決を受け持っていることを知っていたので良しとした。

マネージャーBillyによる1年目の衝撃的な評価

　多くの問題の解決は困難だったが、1年間がむしゃらに働き、その時点で43のASICロジックチップの問題を解決していた。

　私の働きが知られてきて、テストフロアに入ると「おー、Masaが来た。チップに問題があるぞ」とエンジニアが話すようになり、他の部署のマネージャーにも知られてきていた。

　そして、ついに1年目の評価の日が訪れ、Billyにオフィスに来るようにと呼ばれる。かなりの業績を残したので、良い評価がもらえると期待してBillyのオフィスに行き椅子に座った。

　Billyがいろいろな項目を読み上げ、最後に「君の1年間の評価は"5"だ」と言った。評価は1から5まであり、1が最上級で5が最悪だった。私は最悪の評価を受けたのだ！

　これにはさすがの私も「う〜ん」と唸った。

　そしてBillyは「次の半年以内に改善しなければ解雇する」と続け、これで「I don't buy a Japanese car！（私は、日本車は買わない！）」と言った根本を知った。

　これは明らかに私が日本人であることへの偏見で、IBM

での将来が真っ暗になり「これが憧れていた世界一のテクノロジー社IBMか！」と愕然とする。

助けの手

アパートに戻り、
「多くのチップの問題を解決したが"5"の評価をもらった。Billyは半年以内に向上しなければ解雇すると言い、どのように改善したらいいのか分からない」とAnneに話すと、「大丈夫、あなたの働きはディレクターも聞いていて、多くのマネージャーが知っているわ」と慰めてくれた。

数日後、ディレクターのオフィスでライン・マネージャー会議が行われたが、会議後、一人のマネージャーRichardがディレクター秘書Anneのデスクに立ち止まり、
「あなたのハズバンドMasaは"1"の評価を得たでしょう？」と話しかけてきた。
「いいえ、Richard、Masaは"5"の評価で、半年で解雇されるかもしれません」とAnneが答えると、Richardの顔色が変わり、
「そんなことはあり得ない！ あんなに多くの問題を解決したエンジニアは過去にいない。何とかする！」と言い、ディレクターと話し、廊下を足早に去って行った。

数週間後、Billyに呼ばれオフィスに出向くと、
「2ndライン・マネージャーと再度話し合った結果、君の評価は"4"とする」と言う。
私は「"4"でもいい、解雇から逃れた」と呟いた。
その後2年間はBillyの下で働いたが、いくら良い成果を

上げても"4"の評価は変わらなかった。Billyが私の最初のマネージャーだったことは不運で、IBMでの昇進にかなり出遅れた。

しかし、そのBillyの下で働いた3年間は厳しい期間ではあったが、最もIBMでの仕事の習得が得られた期間でもあった。

家の建設

1980年、IBMでの仕事が続けられる見通しがつき、アパートの隣に住宅開発が行われていたので、家のモデルを見ることにする。

ケープコッド・スタイルの家で、敷地、レイアウト、色、電化製品、造園が選択でき、価格は6万4000ドル（1470万円ほど／1ドル約230円）で、頭金は20％、金利は歴史上最も高い12％であった。

2人とも働いていたので月々の支払いは問題がなかったが、頭金の十分な貯蓄がなく「頭金が足りない」とAnneに話すと、

「じゃあ、両親に訊いてみる」と言い、1万ドル（230万円）を両親が補助してくれることになった。

住宅開発地にはいくつかの空き地が存在し、ドライブして見て回り、少し丘の上の平らな敷地の大きなメープルツリー（サトウカエデ）が生えた土地を選んだ。

Anneが家の選択、色、電化製品、部屋のレイアウト、造園を決め、デザインセンスが全くない私は建設構造とその機能を受け持つ。

工事が遅れ、真冬にコンクリートの基礎造りが始まった。タープをコンクリートの基礎の上にかぶせ、熱風をタープの中に吹き込んでコンクリートの基礎固めを行う。私は驚いた。
「うわー、これが冬のバーモントの基礎工事か！」
　数週間後、コンクリートの基礎が固まると、厳冬の中、家の建設が始まった。
　5月1日に引っ越すと、ベースメントの底にコンクリートの床がなく、不動産屋に電話をして「ベースメントのコンクリートの床が完成していない。いつ入るのか？」と聞くと、「ベースメントのセメントが固まるには温度が低すぎたので、後日埋めます」という答えだった。
　数週間後、コンクリートトラックが現れ、長い柔軟な筒のシュートを使用してベースメントをコンクリートで埋めたが、その後はすべてのドアと窓を開けコンクリートを乾かさなければならない。
　だがここはバーモントだ。春になってもまだ寒く、家の中でしばらくブルブルと震えて暮らしていた。
　次に、暖炉の棚が装飾のない平凡な平らな板だったのでAnneは気に入らず、
「暖炉の棚がモデルの家とは全然違う。変更するように」と強く要求し、何度も電話を不動産屋にかけたが一向に誰も現れない。
　住宅の開発現場ではまだ他の家が建てられていて、Anneは「カーペンター（大工）に直接話す」と言い、ビールのケースを購入しカーペンターと直接交渉する。

試 練

するとすぐにカーペンターが来て、素敵な装飾の暖炉の棚を作り「これでいいか？」と訊く。Anne は「Good！」と言って満足していた。やったね、Anne！

家全体の色はクリーム色だが、玄関のドアまでクリーム色で、Anne はその色を好まなかった。
「ライトブルーにペイントする」と言ってペイントを買いドアを塗ったが、ライトブルーにも満足せず濃いブルーに塗り替えた。

それでも Anne はまだドアの色を気にしていて、今度は「ライトグリーンに塗り替える」と言い、また塗り替えた。すでに4度塗り替えたが、ライトグリーンにも満足しなかった。

そして「近所をドライブして好きな色を見つけたい」と言い、近所のいくつかの住宅改築地域を見て回ったが、満足する色は見つからない。

しばらくしてバーリントン・ダウンタウンへとドライブすると「ストップ、ストップ、好きな色を見つけた！」と Anne が言い、車をUターンさせゆっくり進めると「ここ」と指さし、パーキングに入るとそこはモーテルだ。

フロントのドアを見ると渋い緑色のペイントで、「この色

を探していた！」とAnneが言い、私たちはドアを開けて中に入った。

　受付の女性が「Welcome」と迎えてくれたが、Anneが、「すみません、私たちはお客ではありません。実はフロントのドアの色が好きで、あれは何という色で、どこであのペイントを購入できるか教えていただけませんか？」と尋ねると、女性は親切に、
「あれはアンティーク・グリーンという色で、Shelburne市のカントリー・ストアで買えますよ」と教えてくれた。
「Thank You！」と言って、そのカントリー・ストアに向かう。

　そのストアはタイムスリップしたような印象の古い造りで、木で出来たドアを開けると"ギィー"と音がして、中に入ると左には長いカウンターがあり、右の壁にはいろいろな品物が飾られていた。そこでアンティーク・グリーンのペイントを手に入れることができた。

　玄関ドアのペイントをアンティーク・グリーンに塗り替えると、Anneは少し離れて家全体を見ていた。
「色は満足か？」と訊くと、親指を上げ「Good!」と言い、5層のペイントを塗った後、やっとAnneの好きな正面ドアの色が完成した。

　これはアメリカ女性一般に言えることだが、自分のオピニオン（信念）をはっきり持っているようにうかがえる。

家族バーベキュー
　前庭には大きなメープルツリーがあり、木の幹は2人で抱

えても手が届かないほどだった。この木からたくさんのメープルシロップが採れると思ったが、シロップは長く煮詰めなくてはならず、買った方が手早いので、メープルシロップを作ることはなかった。

メープルツリーは夏に緑色の葉が日陰を提供し、秋には葉の色が素敵な黄色に変わり、良い風景が眺められた。

しかし晩秋には落ち葉が庭全体を覆うので、毎週末は落ち葉をかき集め、小さなマウンドのように積み重ねた。そこへ2人の姪、CindyとCarolynが遊びに来て、積み重ねられた葉の中に埋もれ、かくれんぼをして遊び、楽しんだ。

2人の姪が遊び終えると、Anneの父Richard、母Louise、と兄家族Andy、Kathy、Cindy、Carolynで、新しく作ったデッキの上でバーベキューを行う。

ステーキ、ホットドッグ、ハンバーガー、パン、サラダ、ポテトチップ、野菜、デザート、そして飲み物を用意したが、両親はアルコールを禁止しているのでアルコールの飲み物はなく、Andyの家族がデザートを持ってきていた。

ここで問題が起きた。小さな丸い炭火グリルでバーベキューをしたが、一度に8人分のステーキを焼くことができず、特に両親はよく焼けた肉を好むので少し時間がかかる。

私がすべての肉を焼き終えて座ると、サラダがほとんどなく、サラダ・ドレッシングに浸かった残りのサラダを集めて食べ、「うーん、次回はもっと大きなグリルが必要だ」と嘆きながら、秋の少し肌寒い屋外でバーベキューを楽しんだ。

冬はグリルをガレージの中に入れ、ガレージドアを開けて行うバーモント・スタイルのバーベキューだ。

暖　炉

　とても寒い冬の朝、リビングルームには暖炉があり、白樺(しらかば)の木を燃やして部屋を暖かくしたが、床のレンガを見ると白い霜が出来ていて、手を近づけると冷たい風を感じる。そのためリビングルームは寒く、常に毛布をかぶりテレビを見ていた。

　初夏、暖炉に断熱材を敷き詰めることにし、暖炉の外壁に穴を開けたが、中は真っ暗で何も見えないので、長い延長コードをつなぎライトで照らし、中に入って断熱材を敷き詰めていると、突然ライトが消えた。

　手探りで外に出て何が原因かと調べると、Anne が外で芝刈りをしていて、延長コードに気付かず芝刈り機でコードを切ってしまっていたのだ。

　ライブの電源コードが芝生の上に横たわっていたが、Anne は気付かずに芝刈りを続けており、大声で「Anne！ストップ、ストップ、ストップ！」と叫んだが芝刈り機の音が大きく聞こえない。Anne の直前に突進し「ストップ、ストップ！」と両手を振り上げるとやっと芝刈り機を止めた。「延長コードが切れていてコードはまだライブで危ないので、コードに触れないように」と説明すると、

「全然気が付かなかった」と言い、私はライブの延長コードを外した。

予備のコードがないので、ハードウエア・ショップに行き50フィートの延長コードを買って、暖炉の断熱材の敷き詰めを完了した。

次の冬は、もう暖炉のレンガに白い霜の降りることはない暖かいリビングルームになり、毛布の必要もなくなって、もう一つのバーモントでの生活の問題を解決した。

フロリダ州にある両親のコンドミニアムへ訪問

私たちはバーモント州に引っ越したが、兄 Andy 家族もバーモントに住んでいて、Anne の両親もバーリントン市にコンドミニアムを買いピッツバーグから引っ越してきた。両親は夏はバーモント州で暮らし、冬は暖かいフロリダに住んでいた。

1980年、Anne と私はクリスマス休暇にフロリダの両親を訪ねることにして、すでに航空券を買ってすべて旅行の準備が整っていた。

旅行日前日の真夜中、深い眠りに就いていると、突然揺さぶり起こされた。

「どうした？　明日は朝早いから寝なきゃだめだ」と言うと、

「飛行機に乗りたくない！」と言う。

「もう航空券を買ってあるんだよ」と目をつぶりながら言うと、Anne は「私は飛行機で飛ぶのが嫌！」と再び私を揺する。

「なんだって⁉　明日の朝出発なんだよ？」と言うと、
「知ってるわ。だけど飛びたくない！」と答える。
「あー、君はいまさら何を言うんだ」
「でも飛ぶのは嫌なの！」とまた私を揺さぶり起こした。
　私は完全に目が覚め、少し考えて、
「OK、じゃあ車で行こう。タイヤの空気圧、オイル、ラジエーターを確認してくるよ」と嫌々応じ、車のチェックをして眠りに就いた。
　早朝、早起きしてガソリンタンクを満タンにしバーモント州からフロリダ州へと出発したが、これは私たちが経験した最悪のドライブとなる。
　車はオールシーズン・タイヤを備えていたが、天候は悪く、寒くて雪が降っていた。バーモントの裏道には雪が残っていて滑りやすく、スピードを落としてゆっくりと進む。Anne は助手席で眠っている。

　ニューヨーク州アルバニー市に着き、高速道路に入ると雪は除雪されていたが、この高速道路には多くの大型トラックが走っていて、しばしば大型トラックの後ろになり、塩で融雪された泥水がフロントガラスに飛びかかった。
　ワイパーではすべての泥を拭うことができず、サイドミラーもあまり見えない。これは危険だと感じ、次のサービスエリアで止まってガスを入れ、前後のガラスとサイドミラーを綺麗にする。
　再びフロリダに向かったが、しかしすぐにフロントガラスが泥水で覆われ、サイドミラーも同じで前も後ろも視界を失

い、たびたびサービスエリアに止まらざるを得なかった。

　夕方になりボルチモア市（Baltimore）に近づくと、雨が降り始めて道路が凍りつき、車はフィッシュテイル（スリップで尻を振る）をし始めたので、再び危険を感じモーテルのサインを見て一晩泊まることにする。

　部屋に落ち着くと、ラジオで「凍りつく雨のためボルチモア市周辺で100件ほどの事故が起きている」と報告していて、「ここでストップしたのは正解だ」と胸を撫で下ろし、ベッドに横たわると疲れでいつの間にか眠ってしまった。

　次の日は良い天気でドライブは順調に進んだ。座席を見るとAnneがうとうとと眠っていて、私もひどい眠気に襲われ片目を開けて運転していたが、これは危険だと高速道路の脇に車を止めた。するとAnneが目覚め、「どうしたの？」と聞く。
「あまりの眠さで運転が続けられない」と答えると、
「じゃあ私が運転する」と言い、Anneが運転し始めた。
　私は助手席に座って仮眠を取ろうとしたが、どういうわけかAnneの運転が心配になり眠気が飛んでしまい、
「次のサービスエリアに止めて」と言い、私がまた運転する。
　その後、ジョージア州にたどり着きモーテルに泊まり、3日目の午後、ついにフロリダ州スチュアート市の両親のコンドミニアムにやっとのことでたどり着いた。
「疲れた！」とため息をついたが、まだ試練があった。

父親の運転

　父親のアルツハイマー病が進んでいて、運転能力がかなり低下していたのだ。

　父親が運転し、皆で近くのスーパーに買い物に向かったが、路上に駐車してあった車にぶつかる寸前の出来事が起こった。

　Anneは父親に運転をやめさせる必要があると気付き、買い物を終えて戻ろうとした時「Masaが運転します」と父親に言ったが、父親は「運転する！」と言って譲らない。

　次の日、再び父親が運転すると主張し、ランチに近くのモリソン食堂に向かったが、カーブで中央線を越え、反対車線の車にぶつかりそうになった。幸い事故は起こらなかったが、また危ない場面だった。

　帰り道に、「Masaが運転する」とAnneが父親に強く主張して、父親はしぶしぶ助手席に座る。

　が、父親は「ここは左に行け」「センターラインに寄れ」「右に移動しろ」「止まれ」などなど細かい指示を出す。うるさかったが、私は父親が自分自身に確かめているのだと言い聞かせ、彼の指示どおり運転して何とかコンドミニアムにたどり着いた。

　再び「疲れたー」と私は呟いた。

照り焼き

「Masaは料理が上手だ」とAnneが両親に言い、今晩「日本料理を作って」と頼まれた。

　両親の食事は、よく焼けたステーキ、マッシュポテト、コ

試練

ーン、ゆでた野菜、そしてアイスクリームまたはクッキーといった、典型的なアメリカンフードだった。そこで、照り焼きステーキを作ることにする。

そのためには醬油、酒、ステーキ、野菜などを購入する必要があり、食材の仕入れに近くのスーパーに向かった。すると、なんと醬油があるではないか！　しかし酒は見つからないので白ワインで代用する。

スーパーから出てくると、父親は入り口で新聞売りの男と話していて、見ていると父親は両方のポケットを外に引っぱり出して裏返しにし、「私はお金がありません」と男にジェスチャーしている。

新聞売りは貧しい年寄りと思ったのか、「お金はいりません、この新聞を持って行きなさい」と言って、父親に無料で新聞を渡した。

しかし、この時は知らなかったが晩年、父親は多額の富を持っていることが判明し驚かされる。

さて、照り焼きソースを作ろうと、醬油、お酒の代わりにワインは用意できたので、次は砂糖と見渡したが砂糖が見当たらない。「砂糖が見つからない」とAnneに話すと、彼女は母親に「砂糖はどこ？」と尋ねた。すると、
「砂糖は家では使わないので、ありません」という答えが返ってきた。

通常、アメリカではどこの家でも砂糖を使うので、両親が砂糖を使わないとは知らずスーパーマーケットで砂糖を買わなかったのだ。

するとAnneが、「蜂蜜ならあるわ。砂糖の代わりに使え

ないかしら？」と訊いたので、
「照り焼きに蜂蜜を使ったことはないけど、時間がないので使ってみようか」と答え、蜂蜜入りの照り焼きソースを作りステーキをマリネした。

　しばらくして照り焼きステーキが出来上がり、サラダ、コーンを添えた。デザートはアップルパイを買っていて、皆が食卓に着くとすべてのディナーが揃い、父親が晩餐(ばんさん)の言葉を述べ食事が始まる。

　サラダとコーンは順調だったが、両親はステーキを食べるのに苦労している様子だ。私がステーキを味わうと、
「うわー！」それはレバーのような味だった！

　蜂蜜を砂糖の代わりに使ったことで、学生時代によく食べた安いレバー焼きの味がする。

　すると父親が「素晴らしい牛肉だったが、肉が台無しになった」と言い、母親も照り焼きを食べ残した。
「失敗だ！」これは両親が初めて味わった日本食だった。

ジャパニーズ・レストラン"紅花"

　日本食がうまく出来なかったので、Anne が「両親を日本のステーキハウスレストラン"紅花"に連れて行こう」と提案した。"紅花"は近くの橋の向こう側にあり、両親はしぶしぶレストランに行くことに同意した。

　大きなバーベキューテーブルの前に座ってメニューが配られたが、両親は日本料理が分からず、Anne がステーキディナーのオーダーをした。

　初めにシェフが肉や野菜を持ってきてテーブルの前でお辞

儀する。シェフは東洋人だが日本人ではなかった。

　彼はバーベキュー料理を始め、へらを空中に投げる技を見せながら料理を続け、両親はその演技を見たことがないのかじっと見ていた。次にシェフはミートの一切れを皆の皿に次々にトスし、残りのミートと調理した野菜を皆の皿に盛った。

　両親にはこれが初めてのジャパニーズ・レストランでの経験なので、「どうですか？」と聞いて父親の反応をチェックしたがコメントはなし。だが食べ続けていたので「OK、これは良い兆候だ」。

"照り焼き"は失敗だったが、どうやら両親は「紅花レストラン」のジャパニーズ・フードは受け入れたようだ。

父親とのゴルフ

　父親はフロリダでカントリー・ゴルフクラブに所属していて、Anneと私をゴルフコースに招待した。

　このコースには多くの池があり、その年はフロリダ州でも寒かったので、ところどころでワニが陸に揚がり身体を温めていた。

　大きな池のあるホールでプレーしていると、父親は視力が悪化し遠くを見ることができないのだが、ボールをまっすぐに打ち、フェアウェイにボールが飛んだ。

　だがボールはあまり遠くには飛ばず、2打目のショットを打ちボールに近づくと、それは父親の2打目のショットで、私の1打目のボールはまだ先にあった。

　父親は機嫌を損ねたのか、次のショットを激しく打つと、

ボールは左の池の方向に飛び、その池の脇の芝生で身体を温めていた大きなワニの近くに止まった。

すると、突然父親がゴルフカートで近づき、降りてゴルフクラブを振り回してワニに接近したので、私は、
「Anne！　父親を見て、止めろ！」と叫んだが、父親はすでにワニのすぐ近くに迫っていた。

Anneは「Stop！」と叫んだが、父親はゴルフクラブがワニに当たるほどに近づいた。

すると、驚いたことに大きなワニが飛び跳ね、「バシャーン！」と音を立てて池に戻った。
「フー！　良かった」とため息をつく。

ディズニーワールド

次の週、ディズニーワールドを訪問したが、クリスマスの時期とあって家族連れで非常に混んでいて、どの乗り物もエキシビションも長い列が並び、一つのエキシビションを回るのにかなりの時間がかかった。

スペース・マウンテン・ジェットコースターに乗ることにしたが、そこも長い列で、ビルディングに入ると中は暗く、"妊婦は許可されない"という警告サインが表示されていて、今までで最も怖いジェットコースターに乗ることになる。

スペース・マウンテンは屋内での暗い宇宙をテーマにしたジェットコースターで、ほとんど明かりがなく、ジェットコースターがどちらに曲がるか、下降するか、上昇するか推測ができない。

試　練

　カートは 2 人用のボブスレーの形で Anne が前席、私が後席に座ったが、Anne はとても怖がっていて、私の脚の上に横たわりハンドルをつかんで準備が整った。

　が、しかし、私はまだ後部席のハンドルが見つからず手探りで探しているうちに、ジェットコースターは真っ暗な中を動き始め、どんどん上昇してトップに着いた。

　次に急降下し始めたが、私はまだハンドルを探していて、ジェットコースターのスピードがだんだんと速くなり、仕方なくコースターのサイドパネルを脇で締めて押さえ、しばらく耐えていた。

　目の前は暗く何も見えず、コースターは上下左右とあらゆる方向に移動するので、サイドパネルの締めつけが持続できず両手が空中に浮いたが、幸いにも安全ベルトをつけていたのでコースターから投げ出されずにいた。

　ジェットコースターのライドはとても長く感じられ、何回も空間に投げ出されるのではと感じたが、しばらくして明かりが見え、やっとのことで止まり"ふ〜っ"とため息をついた。

　コースターの中を見ると、Anne が私の膝の上に横たわり後席のハンドルを握っていて、前席のハンドルは Anne の足元にあったのだ。

「怖かった？」と Anne に聞くと「それほどでもなかった」と答えるので、「君が僕のハンドルを握っていたから、握るハンドルがなく放り出されるところだったよ。今までで一番恐ろしかった！」と話す。

　次に、エプコットセンターを歩き回りレストランを探した

が、すべてのレストランが満員で、唯一受け入れられたのは中東料理を提供するエジプト料理のレストランだけだった。

　夕食を待っていると音楽が始まってベリーダンサーが踊り始め、夕食が配られると音楽のテンポが速まりベリーダンサーはより速く動き、止まり、また踊り始める。それだけかと思ったが音楽と踊りは夕食の間続き、「わあ、これほど長く踊るのは大変だ！」と感心する。

　外に出ると空は薄暗くなってきて、突然、パーン、パーン、パーンと花火が空を照らし、素晴らしい眺めの中、恐ろしかったディズニーワールドの一日が終わったのだった。

ケネディ・スペースセンター

　スペースシャトルがケネディ・スペースセンターから打ち上げられると新聞で知り、次の日、ケネディ・スペースセンターに向かった。

　ケネディ・センターに着くと長い車の列が続き、車に乗ったままビーチサイドの土手に導かれ駐車すると、遠くの海岸線沿いにスペースシャトルが発射台に連結されているのが小さく見え、私たちは土手に座って発射を待つ。

　しばらくするとカウントダウンが始まり、「3、2、1、リフトオフ」の放送が聞こえ、白い煙がスペースシャトルを覆った。それから途方もない音"ドドドドド〜"が聞こえるとスペースシャトルが白い煙の中からゆっくりと現れ、徐々に空中に上がり、スペースシャトルはオレンジ色の炎を出しながら空をどんどんと昇っていった。

　スペースシャトルが見えなくなり白い煙の跡だけが残り、

試練

そこにいた人々は興奮し、皆手を叩いて「USA. USA. USA.」と歓声を上げていた。

これは、生涯に一度しか見られない素晴らしい光景だ！

バーモントへの帰途

フロリダ訪問を終え、1泊2日でバーモントに帰る予定で朝早く両親のコンドミニアムを出発した。初日の運転は順調で、その夜は高速道路の横にあるモーテルに泊まり、1日目は無事に終わる。

が、しかし、翌日は雪で道路は滑りやすく、高速道路を走ると大きなトラックで渋滞し、小さな車はトラックとトラックに挟まれて前後が全く見えず、なかなか進むことができない。

ブレーキをかけるとタイヤがスリップするので、ギアシフトをしてエンジンブレーキをかけ前車との距離を置いて運転し、何回も休憩所に止まりながら、真夜中にやっとのことでバーモントにたどり着いた。

車から降りると長い船旅から降りたような感覚で、頭と足がふらついていて、これは長い運転経歴の中でも最悪の経験であった。

「バーモント州からフロリダ州まで車を運転していくのは危険だ」とAnneに話すと彼女も同意し、それ以来、フロリダへの旅行は飛行機を利用することになる。
　その後、Anneの飛行機恐怖症は徐々に解消されていった。

バーモントでの生活 1

初 春

　バーモントの冬はとても長く、初春（4月中旬）になると外に出たくてうずうずする。木々の芽が出てきていたが地面はまだ半分凍っていて、庭を歩き回ると泥が靴にこびり付き最も憂鬱な時期だ。

　特にゴルフのマスターズをテレビで見ていると憂鬱で、プロゴルファーは緑の風景とツツジの満開を背景にプレーしているのに、家の外を見ると地面には白い雪の固まりが残っている。バーモントの春はまだまだ先だ。

　4月の終わりにやっとゴルフコースがオープンしたが、まだ寒く、ゴルフ手袋を両手にはめてプレーした。しかしコースは芝生の氷が溶けたばかりのびしゃびしゃで、ボールをフェアウェイに打っても芝生にのめり込み、見つからないということがしばしば起こる。

　ゴルフシューズには防水処理がしてあったが役に立たず、靴下もびしょびしょで足が冷たかったが、頑固なバーモント人に成り済まして毎春バーモントでのゴルフを続けた。

　フェアウェイでボールを探すシーンは、バーモントでのゴルフ風景だ。

ベストフレンドとの出会い

　背が低くやや太ったテニスプレーヤーに出会った。少し太っていたのでテニスプレーヤーとしてどれほど上手か疑問だったが、プレーをすると驚いた。

彼のボールは非常に重く速くリターンし、私は汗をかきながら苦労して、"簡単なボールを与えるとボールは非常に速く戻るので、最初に彼を動かしてから反対側にボールを打とう"と作戦を考えた。

　彼の左側に大きなスペースがあったとしても右側にボールを打ち、その逆も行い、試合は緊迫したゲームだったが、ようやく戦略が機能して何とか勝利する。

　この最初の試合以来、彼Dickと私は何度もテニスの試合をしてベスト・フレンドになっていった。

　バーモント州の夏は短く、冬期には屋内テニスクラブに所属することにし、Dickと私はクラブで他の2人のテニスプレーヤーと共に週に一度ダブルスプレーを行い、時折地区の試合にも参加した。

　Dick、彼の妻Nancy、Anneと私でミックスダブルス・テニスをすることもしばしばで、Dickにはシングルスで勝っていて、Anneもそれなりにテニスが上手で速いサーブもリターンし、特にフォアハンドは強いボールが返ってきた。

　しかし、Anneと私のペアとDickとNancyのペアで試合をすると、なぜか私たちはいつも負ける。

　試合を分析すると、Anneがアグレッシブにボールをアタックして負けるケースが多いので、ついに、
「僕がすべてのコートをカバーするから、君はシングルス・ラインの外側とダブルス・ラインの内側をカバーしてくれ」
と言ってしまった。

　この言葉にAnneは強く反発し、より激しくボールをアタックしてまたセットを取られた。

次のセットで Dick と Anne がネットにいて、Dick の頭を越そうと私がラボをしたが、それは短く、Dick が強いオーバーヘッド・スマッシュをして、ネットにいた Anne の太股にボールが当たり Anne が屈み込んだ。

テニス用のショートパンツを履いていた Anne の太股には丸い黒と青のあざが出来、彼女は「大丈夫」と言ったが、私たちはテニスをやめイタリアン・レストランに行き、早めのピザディナーにすることにした。

冬の間、Dick と私は一緒にテニスをし、夏にはゴルフ、旅行も一緒にして、私たちは一番の友人になった。Anne と Nancy も仲の良い友人になり、夕食に一緒にレストランに行くことが日課となる。

背の低いちょっと太ったアメリカ人と日本人とのベストフレンドを、「奇妙なカップル」と呼ぶ人もいた。

Dick の家での夕食

Dick と Nancy はニューヨーク州の小さな町で育ち、高校生同士の恋人で結ばれた。Nancy は料理が上手で、Anne と私を夕食に招待してくれた。

2人の子供がいて、長男の Richard は中学生で Dick と体型は似ていたが、背は高く親しみやすく、いつもスマイルを浮かべていた。

長女の Stephany は高校生で、夕食に参加できなかった。しかし"夕食に同席できないのでとても残念です"と書いた素敵な手紙を残していて、ティーンエイジャーがこのような手紙を残すとは良い家族だとすぐ分かった。

Nancyは伝統的なアメリカのステーキディナーを作り、Dickは「ステーキは近くの肉屋で、私が肉のチャンクを選び、次に肉屋がステーキにカットした」と言い、サラダ、マッシュポテト、野菜、ステーキ、パイなどたくさんの料理が出される。

　夕食は美味しく、ステーキはとても厚く良い色に焼かれていた。ステーキを外側から切り始め、次に中を切ると生のステーキのジュースが赤く溜まり始めたが、戦後育ちの私は食べ物を残すことがタブーと言い聞かせられていたので残すことはできなかった。

　が、日本人の味覚としてジューシーな血の混ざった生のステーキを食べる習慣がなく、どうやって食べ終わらせるか戸惑っていた。

　しかし、Anneはアメリカ人の多くがそうであるように、ジューシーで少し生のステーキが大好きで喜んで食べている。

　ステーキを食べるのを戸惑っていると、Nancyが気付き、「肉をもう少し調理しましょうか？」と言ったので「Thank you！」と皿を渡すと、Nancyがステーキにさらに火を入れてくれ、無事食べ終えることができた。

　アメリカ人は半生のステーキを平気で食べるが、生の魚は苦手のようだ。

和食ディナー

　夕食のお返しにと、DickとNancyを日本食の夕食に招待した。

彼らの通常の食事はステーキかイタリアの食事で、日本食は食べたことがなく中華料理も食べたことがないという典型的なアメリカ人だ。

　Dickはファストフード店のフライドポテトが好きなので、天ぷらを作ることにし、エビ、ジャガイモ、野菜、そして、サラダ、ごはん、豆腐とわかめの味噌汁を用意して、デザートにアップルパイを買った。

　皆に箸を用意したが、Anneが「DickとNancyにはフォークとナイフも必要よ」と言ってテーブルセットを揃えると、皆に座るようにと言い、サラダ、ごはん、豆腐の味噌汁を用意した。

　天ぷらを作り始め、エビの天ぷら、次に野菜の天ぷらを作りながら、Anneに「冷めないうちにテーブルに出して、スタートして」と言ったが、Lesの母親のときと同様、アメリカの習慣で食事の前に皆がテーブルに集まり"神に食事の感謝の言葉"を捧げることが必要で、私に「テーブルに座って」と言う。

　天ぷらは温かいうちに食べないと美味しくなくなるので、やきもきしながら椅子に座り、Dickに神の言葉を頼み、「冷めないうちに早く食べてね」と催促する。

　Dickは太っていたが食べ物にはこだわるタイプで、指をさして「これは何？」と尋ねるので「エビの天ぷらだよ」と答えると、一口食べて「これは美味しい！」と言った。

　次に、「これは何？」「サツマイモの天ぷら」と返答すると、

「ケチャップはあるかい？」と尋ね、ケチャップをかけ、

「ああ、いいね」と言って食べていた。

　天ぷらはすべて美味しそうに食べ、それから味噌汁を手に取り「これは何？」と聞くので「日本の味噌スープ」と答えると、中から白い四角い物をすくい上げ、また「これは何？」と尋ねるので「豆腐」と答える。

　当時、日本食はなかなか見つからず、やっとのことダウンタウンにある東洋食料品店で中国豆腐を見つけたのだ。少し硬かったが大豆ベースなので日本の豆腐とあまり違いはない。

　それから Dick は平らな黒い物を味噌汁からすくい上げ、「これは何？」と聞く。「それは海藻だよ」と答えたが、豆腐を口に入れると「うわぁ！」と言って口から出した。

　味噌汁はうまくいかなかったが、残りのエビの天ぷらをすべて食べ終えて夕食を済ませると、Dick は、
「天ぷらは美味しかったけど、味噌汁は食べられない」と言うので、私は、
「OK, Dick、Anne は最初、味噌汁を食べることができなかったけど、今では味噌汁を作ることができるよ」と言う。

　が、しかし、その後も Dick は東洋食に馴染むことはなく、私たちはいつもイタリアンかアメリカン・レストランに出向いた。

ケープコッド（Cape Cod）

　Dick、Nancy、Anne とケープコッド（Cape Cod）に旅行し、ハイアニス市（Hyannis）に一晩泊まる。

　ハイアニス市はケネディ（Kennedy）の家があることで有

名で、AnneとNancyは市内にショッピングに行き、Dickと私はキャプテンズ・ゴルフコースに向かった。

一つ一つのホールに有名なキャプテンの名前が付いていて、ケープコッドにしては急斜面があり、驚くほど難しいゴルフコースだった。

次の日、プロヴィンス・タウン市（Provincetown）に向かい、街を歩くと男性と男性が手をつなぎ、女性と女性も手をつないで歩いているのに気付いた。奇妙なカップルはひと組だけではなく、街には同性者のカップルが多い。

むしろ私たちが奇妙なカップルなので、手はつながなかったがDickと私が一緒に歩き、NancyとAnneが一緒に歩き、プロヴィンス・タウンの市民のように振る舞った。

翌日は自転車を借りて、広い砂地で海岸沿いに歩道があるケープコッドのビーチをサイクリングして楽しみ、ケープコッドの真ん中の北側にある夕日が有名なメイフラワービーチ（Mayflower beach）のホテルに泊まった。

夕食を摂り始めると、海に沈む赤い太陽の絶景が素晴らしく、私はなぜかイギリス・バンド「アニマルズ」の歌"朝日のあたる家"を思い出し、真っ赤な太陽が沈む風景に酔っていた。

大きなバンでキャンピング

私とAnneはニューイングランド周辺のキャンピングに行くことを決め、中古の大きなGMCバンを購入する。

2人で眠るのに十分なルームがあったが、燃費が悪く1リットルで11kmほどで、最初の旅はメイン州のアカディア国

立公園に行くことにした。

　道のりは裏道をたどりAnneはトイレにしばしば立ち寄り、マクドナルドかバーガーキング店を探して途中で昼食も摂り、バンゴー（Bangor）市に近づいてきた。

　道端で何かが調理されていて、看板には「ロブスター」と書かれている。「うわー！　道端でロブスターを売っている」。

　Anneが「次の看板で止まろう」と言った矢先、また看板が出てきて車を止めると、価格はロブスター1匹が7ドル（約1600円）だった。熱湯が用意されロブスター2匹を調理するように頼み、冷ましたロブスターをアイスボックスに入れるとアカディア国立公園のキャンプ場に向かった。

　キャンプ場は一晩25ドル（約5800円）で、電気、水、トイレが設備されていた。料理には持ってきた小さなガスレンジを使用し素敵なロブスター・ディナーを作り、初日を終え良いスタートに思えた。

　GMCバンの中は広く、2つの寝袋を敷いて眠りに就いたが、しばらくして深い眠りの中、突然揺り起こされた。「トイレに行きたい。でも一人で行くのは怖いからMasaが一緒に来て」とAnneが言い、「今何時？」と訊くと「12時」。「じゃあ行こう」サーチライトをつかんでキャンプ内のトイレに向かう。

　戻ってきて再び深い眠りに就いたが、Anneがまた私を揺り起こし、「どうした？」と尋ねると、「またトイレに行きたい」「今何時？」「2時」「OK、行こう」。

　再びサーチライトをつかみキャンプ場のトイレに向かった。

そしてまた再び揺り起こされてトイレに行き、結局その夜は4回ほど起こされた。

　十分な睡眠を取ることができず、
「キャンプは私たちには向いていないので、これからはモーテルに泊まろう」と提案すると、「それは良いアイデアだ！」とAnneは賛成した。

　キャンプのために大きなGMCバンを買ったのは無駄になった。

自動車事故

　ミドルベリー市（Middlebury）は大学で知られていて、バーリントン市から1時間ほどの距離にあり、歴史的なニューイングランド地方の小さな町の風景が広がっている。

　素敵なレストラン、ギフトショップ、アンティーク・ショップ、小川、屋根付きの橋、スイミングエリア、ゴルフコースが存在し、そしてAnneの従弟のDaveがミドルベリー大学の教授として住んでいた。

　ある秋の日、ミドルベリー市に向かう途中、2車線道路のルート7を南に向かい、少し坂を下って運転していると、干し草の束をたくさん積んだトラクターが反対側からこちらに向かってきて、積んでいた1つの束が私たちの車線に落ちた。

　1台前の車が急ブレーキの音を響かせて止まり、私も急ブレーキをかけて車を止めた。が、しかし、バックミラーを見ると後ろの車がまだ速く迫ってくるのが見える。

　とっさにAnneに「気をつけろ！」と叫んで、インパクト

のために身を固め車のハンドルを右に向けた。

次の瞬間、急ブレーキをかけるタイヤの音がし、「ブーン！」車は後ろからぶつけられ、ハンドルを右に向けていたので右側の土手に、前の車と並行に止まった。

Anneに「大丈夫？」と訊くと首を抱えていて、「首が少し痛い」と言い、外に出て車を見ると後ろのバンパーとトランクがクラッシュされている。運転手に話を聞くと、「下り坂だったので止められなかった」と話した。

運転手免許と保険の情報を交換し、「私が保険会社に何が起こったか連絡します」と話す。車の後ろはつぶれていたが、ガソリンの臭いはなく車はまだ運転できる状態だったので、トランクを紐で縛り付け、家まで運転して戻った。

Anneは首のフラッシュバックで、3か月間ネックブレスをして暮らすことになる。

モントリオール市のチャイナタウン

カナダ・モントリオール市には大きなチャイナタウンが存在し、時折冬期の日曜日に2時間ほどドライブし、デムスン（Dim sum）ランチを食べに向かった。

デムスンは小さなお皿にいろいろな中華料理が置かれて、店員がカートに中華料理を載せ客の間を回り、客は好きな物を選ぶことができるのでAnneと私には最適の料理だ。

ある中華料理店のデムスンが人気で、いつも外に列が出来、座るまで20分ほど待った。テーブルに座ると店員が1種類の食べ物を小さなカートに載せて近づき、その食べ物に興味があればウェイトレスに合図を送る。

バーモントでの生活　1

　1種類の食べ物の量は少ないので、私とAnneは好きなものを選択し、すぐにテーブルは多くの種類の中華料理で埋め尽くされた。
　私たちは食べ始めてしばらくするとお腹がいっぱいになってしまい、テーブルの上には注文した料理が残ることがしばしばあった。
　バーモント州まで車で2時間ほどかかり、途中で眠くなることがあるので、モントリオール市のプラネタリウムに立ち寄って星を見ながら仮眠をとり、そしていつも北京ダックとバーベキューポークを購入して帰路に就いた。
　米国の国境に着き、グリーンカード（永住権）を国境警備官に見せると、「カナダから何か買ってきましたか？」と尋ねられる。
　「Yes」と答え、「何を買いましたか？」「北京ダック2匹とバーベキューポーク」とパッケージを見せると良い匂いがして、「美味しそうだ。行っていいです」と言われ、国境を無事通過する。
　家に戻ると、北京ダックとバーベキューポークはオーブンで再加熱すると元の味で食べられるので、Anneも北京ダックが好きだった。DickとNancyも好きだと思い、翌日、北京ダックをDickの家に持って行った。
　「これは北京ダックと呼ばれる中華料理で、オーブンで10分ほど再加熱すると、とても美味しく食べられるよ」と渡し、翌日、Dickに「北京ダックはどうだった？」と尋ねると、「僕たちには食べられなかったので、捨ててしまった」と答えた。

どうやら、彼らには北京ダック1匹の、特に頭、目、くちばしを食卓で見る習慣がないので、食欲が湧かずに手を付けなかったようだ。

惜しいことをした。知らせてくれれば北京ダックを取りに行ったのに。

イランによるアメリカ人人質

1980年頃のバーモント州では東洋人はほとんど見当たらず、アメリカ人の東洋人男子（日本人も含めて）への印象は、背が低く、身体が小さく、目が小さく、髪が黒く、髭(ひげ)はほとんどないと思われていた。

その夏、イランによるアメリカ人人質事件に関するニュースが毎日のように報道され、イラン人は髭が濃いと知られていた。

私は髭が濃く、Anneは好まなかったが髭を伸ばしていて、黒い髭はかなり伸びて顔全体を覆っていた。

ある日、地域の交通合流地点として知られるエセックス・ジャンクションと言われる5路が交差する交差点で停車し、信号待ちをしていた。

窓を大きく開けてAnneと話をしていると、突然歩行者が、

「IRANIAN GO HOME！（イラン人、家に帰れ！）」と叫んだ。

おそらく、その男は髭の濃い私を見てイラン人と間違えたのだろう。私は驚いて「僕の小さな目を見ればイラン人ではないと分かるのに」と呟くと、

「濃い髭のせいよ。髭を剃（そ）りなさい」と Anne に言われ、その夜しぶしぶ髭を剃った。

Anne は、私の髭が濃いのは「北海道生まれでアイヌの血を引いているからだ」と言っていたが、それはないと思う。

スポーツ

その時分、アメリカ人の日本人に対する印象は、勤勉でインテリジェントで礼儀正しいが、小柄でスポーツは全くできないと思われていた。

私は日本人としては比較的良い体格で、身長179cm、体重75kg、子供の頃からスポーツが大好きで毎日のように野球をして育ち、運動神経も良く何のスポーツもすぐ上達した。

アメリカではインテリジェントだけでなくスポーツが上手なことも尊敬されるので、日本人の私がスポーツが上手なのでアメリカ人は驚き、スポーツを通して多くのアメリカ人の友達を作ることにつながった。

ソフトボール

もう一人の大学院でのアシスタント Doug も IBM で働いていて、「ソフトボールができるか？」と訊かれ、「子供の頃から野球をして育ったのでできる」と答えた。

「チームに入ってくれるか？」と誘われ「Yes」と答えると、「ポジションを決めるので、5時にグラウンドに来てくれ」と言われる。

　グラウンドに行くと複数の人々が集まっていて皆に紹介されたが、そのうちの一人に「Do you know baseball？（ベースボールを知っているか？）」と訊かれ、日本人の私にあまり期待している様子がない。

　練習が始まり、キャッチボール、フライボール、ゴロ、そしてバッティングと進み、私が左利きで1打目にいきなりライト選手の頭を越すボールを放つと、この打撃には皆驚いた様子で、次の打席から外野手に「バック、バック」と指示する。

　練習後4番バッターでサードに指名され、最初のゲームに向かい、そのゲームでは1本のホームランを放ち、その後の試合でもホームランを打ち続けた。一つの試合で3本のホームランを打ったこともあり、チームメンバーがホームに集まってわいわい騒ぎながら私を迎え入れた。

　ソフトボールの試合には多くのエンジニア、テクニシャン、マニファクチャーの人々が参加していて、ある日Anneがカフェテリアで昼食を摂っていると、隣に座っていたマニファクチャーの人々の話し声が聞こえてきた。

「信じられるか？　東洋人でベースボールがうまく、1試合で3本のホームランを打った奴がいる」と話していて、彼らはAnneが私の妻だとは知らず、Anneにはその東洋人が私であることがすぐ分かり、「笑みを浮かべて話を聞いていた」と語った。

このソフトボールゲームで多くのエンジニアと知り合い、友達の輪が広がり、PE の仕事での問題解決に役立った。

ゴルフ

4人の新人エンジニアのオフィスの隣に、エンジニア Pete のプライベートオフィスがあった。

ある日、Pete が私の机に立ち寄り「ゴルフをしますか？」と訊いたので、「Yes」と答えると、「私の友人と日曜日にゴルフをします。参加できます？」と誘われ、「妻に確認する必要がありますが、とりあえず Yes です」と答えた。

その週末からゴルフの仲間入りをし、3人でゴルフを始めたが、その後友人の Dick を誘い4人組になり、毎週日曜日には午前8時にクウィニアスカ（Kwiniaska）ゴルフコースに集まり、7.5ドル（1700円ほど）で一日中ゴルフができた。

ゴルフバッグを担いで通常27ホールをプレーしたが、午前8時から夜8時まで36ホールのプレーを行った日もたびたびあり、ゴルフバッグの重さで左肩が痛くなり、あざが出来ていた。

私は近くの Wilston ゴルフコースに所属し、夕食後7時過ぎには Anne と2人で毎晩ゴルフコースに向かったが、日差しはまだ明るく、9ホールを回ることができた。

そして、金曜の夕方に IBM 9ホール・ゴルフリーグがあり、リーグには Anne と Dick の妻 Nancy、そして Pete も加わってプレーを行い、ゴルフの後には総勢8人ほどでレストランに行き、リラックスした金曜日のディナーを楽しんだ。

Peteはまだ独身で、いつも穏やかで静かな性格だった。ロブスターが大好きで、ツインロブスターを注文しゆっくり食べる。

　皆がロブスターを食べ終え、デザートを終えてもPeteはまだロブスターを食べていて、Peteが食べ終えるのをしばらくの間待ちながら、楽しい金曜日の夜が過ぎていった。

　Dick、Pete、Martyと、新しく出来たばかりの9ホールゴルフコースに出かけた。

　そのゴルフコースは牧場を開発して作られたため、ゴルフコースの一部には家畜の納屋が存在し、その屋根の片隅へ打ちスライスすると、ボールが柵を越え牧場地内に入るというホールが存在している。

　そのホールでDickがスライス・ショットを打つと、ボールが木の柵を越えて牧場地に入り、何頭かの白黒模様の牛が横たわっている中間に落ちた。

　柵にはOBの白いサインがなく、Dickは柵を乗り越え牛の真ん中に近づいていった。私はボールを取り戻すのかと思って見ていた。

　が、次の瞬間、アイアンを持ってスイングをし始め、横わった何頭かの牛の真ん中から次のショットを打った。

　白黒模様の牛たちの間からのDickのゴルフショットの瞬間をピクチャーにすると、これはまさしくバーモントの代表的なゴルフ風景になるのは間違いなかった。

ダウンヒルスキー

　真冬のバーモントで晴天の日は珍しく、晴天の日は多くの

社員が休みを取りスキーに出かけるため、IBMの駐車場は空だ。

　家から30分ほどの所にボルトンバレー・スキー場があり、コロラド州でスキーのインストラクターをしていた友人Marshaと、Anneと共にスキー場に向かう。

　私は初心者で、日本でスキーは２、３回ほど経験していて、ゆっくりなら何とか滑ることができたが、Anneは子供の頃からスキーを履いて育ったのでスキーが上手で、Marshaももちろんエキスパートだ。

　初心者用のなだらかなスロープでスキーを始め、何とか数回スロープを降りると私の足はがたがたになっていたが、AnneとMarshaには物足りないようで、「頂上のエキスパート・スロープに向かう」と言いスキーリフトに乗る。

　寒かったが快晴日で、リフトの両脇の木に乾いた雪が積もり、風で舞い上がった雪が太陽の光に当たりきらきらと光を放ち、今までに見たことがない真冬の美しい銀世界の風景が広がっていた。

　頂上にたどり着きエキスパート・スロープに向かう平らな場所を進むと、突然Marshaが「痛い」としゃがみ込み足を押さえた。

　Marshaに近づき「どうした？」と訊くと、「足を捻ったかもしれない」と言うので、彼女をスキーリフトに乗せて丘を下りた。

　ふー、エキスパート・スロープで滑ることは免れた。

クロスカントリー・スキー

　家から5分ほどの所にクロスカントリー・スキー場があり、クロスカントリー・スキーのペアを買うことにする。

　その時代のクロスカントリー・スキーはワックスが必要で、ワックスの種類は温度、湿度、雪の質で異なり、どのワックスを塗るかによりスキーが雪をグリップするのかスライドするのかが決まるため、複数のワックスを必要とした。

　間違ったワックスを使用すると、スキーのグリップがなくてスリップして押し出せなくなったり、スキーが滑らずスライドができなくなったりということになる。

　したがって、スキーを始める前に温度と湿度と雪の質を調べ、適切なワックスを選択しなければならない。私たちもそれらを判断してスキーにワックスを塗ってからクロスカントリー・トラックに向かった。

　もしもワックスが適切でないと感じたときは、スキーを脱ぎ雪に合ったワックスに塗り変える必要があるのだが、しばらくの間クロスカントリー・スキーをしているとAnneが遅れ始める。Anneは、
「Masa、スキーが滑り過ぎる」と言って立ち止まり、そして、スキーを外さずに一つのスキーを垂直に立て「別のワックスを塗って」と言う。

　私は戻り、Anneのスキーに違うワックスを塗ったが、その後もそれを何度か繰り返した。私のスキーは大丈夫だったので「あれは休憩したいための言い訳ではないのか」と察した。

　ある冬の日、DickとNancyをクロスカントリー・スキー

に誘った。Dick はクロスカントリー・スキーが初めてらしく渋っていたが、
「君は運動神経が良いから、すぐ慣れて楽しい時間を過ごせるようになるよ」と説得してスキーロッジに向かった。

スキーロッジに着くと Dick にスキーを付けてやりロッジの外に出たが、次の瞬間「バーン！」と Dick があお向けに地面に倒れた。

Dick に手を差し出し「大丈夫？」と聞くと、「I am OK」と言うので Dick を起こし、少しずつゆっくりと前に進む。

Dick はすぐにクロスカントリー・スキーに慣れて快調に滑りだし、Nancy も上手にスキーをしていて、みんなでゆっくりとトラックを移動していった。

それから森に入ると、トラックが狭くなり曲がりくねるようになった。多くのカーブと下り坂で Dick は転び、帽子からズボン、ジャケットまで雪で完全に覆われ、雪だるまのようになった。

だが Dick は良い性格で、雪だるまの彼にカメラを向けても笑顔を向けて笑ってくれるので、良い思い出の写真が撮れた。

しかし、これが Dick の最初で最後のクロスカントリー・スキーだった。

ボウリング

私には、もう一つ得意なスポーツがあった。

冬の時期、Dick と IBM ボウリング・リーグに参加し、工場の多くのブルーカラー・ウォーカーとエンジニアもリーグ

に参加していて、東洋人の私が190台のリーグトップの高い平均スコアをキープしていた。

　バーモント州のボウリング大会にも参加して、最終日まで2位の位置を保っていたが、最後に2人に抜かれて4位になり、アメリカ全国大会のバーモント州代表には届かなかった。

　だが社内のリーグメンバーはその快挙に驚き、皆に知られるようになる。おかげでPEの仕事で時折シリコンプロセスの問題が生じても、その解決にボウリング・リーグ・メンバーのサポートが大きな手助けとなった。

　年の終わりにスポーツのIBM表彰式が行われ、毎年、私とAnneはどれかのスポーツで表彰されてパーティーに参加したが、そこにはスポーツの有名人（Mary Lou Retton、Rocky Bleier 等）が招かれていた。

　スポーツのおかげで多くのアメリカ人と知り合い、友達が出来た。バーリントン市に出向くと必ず誰かに出会い「ハーイ、Masa」と挨拶され、彼らの私への印象は徐々に変わって"Masa"と認識し、東洋人とは認識されなくなったように思える。

　アメリカでの生活は家族主義が根本で、ワーカーは8時間働き家に戻り、プライベートの時間を尊重して楽しんだ。

偏見との向き合い

　マネージャーのBillyとチャールストン（Charleston）市を訪問した。

　ウェストバージニア州チャールストン市からASICモジュ

ールのフィールド返品の問題が起こり、その問題を解決するようにと指示されたのだ。

すでに製品が認定されて量産出荷されていたためフィールドからの返品は深刻で、マネージャーのBillyと共にチャールストン市に飛ぶ。

翌朝、朝食にカントリー・カフェに立ち寄り、私はパンケーキ付きのコンチネンタル・ブレックファストを注文した。

黒人のウェイトレスが朝食を持ってきて、南部の強いアクセントで何か訊いたが、何を言っているのかさっぱり分からず「Please come again（もう一度言ってください）」と言う。

ウェイトレスは繰り返したがそれでも理解できず、ウェイトレスは諦めて去って行ってしまい、Billyはテーブルの向こうで笑っていた。
「彼女は何を訊いていたの？」とBillyに尋ねると、
「パンケーキにはどんなシロップが良いかと尋ねていた」と笑いながら答えた。私は南部のアクセントに慣れておらず、特に黒人女性のアクセントは全く聞き取れなかった。

午前中、IBMのフィールドエンジニアと会議があり説明を受け、午後にモジュールのフェイル（不具合）する現場に向かうと、そこはスーパーマーケットで、いくつかの冷凍庫がありIBMの製品がその近くに置かれていた。

彼らの説明を聞き、
「新しいモジュールに替えた場合、どのくらいもちますか？」と尋ねると、
「バラバラで、2か月の物もあれば、1年の物もあります」と答えた。

これはおかしい。モジュールのライフサイクルは最低でも3年なのだ。さらにバラバラに落ちるということは、環境とシステムとモジュールの取り付け位置に何か関係しているのではないかと考えた。
「ASICモジュールはシステムのどこにありますか？」と尋ねると、フィールドエンジニアがシステムのパネルを開けてモジュールを指さした。そこにはマザーボードと姉妹ボードがあり、モジュールは姉妹ボードに付いている。
「なぜASICモジュールが姉妹ボードにあるのですか？」と尋ねると、
「システムのアップグレードをするとき、ASICチップのデザインを変えるだけで済むからです」と答えが返ってきた。
　私は数個の不具合のモジュールを入手し、「モジュールを調べてみます」と言って帰途に就く。
　バーリントンへの空路でニューヨーク市が飛行機の窓から見えた時、BillyはWeWorkの経済問題とニューヨーク市の犯罪についての新聞を読んでいて、次に驚くべき発言をした。
　Billyはニューヨーク市街を窓から眺め、
「私はこの2つの問題を同時に解決することができる」と言い、「ニューヨーク市に原爆を投下すればよい」と言った。
　私は耳を疑い「本当にIBMの人なのか？」と呟き、これは何とかBillyの下から抜け出さなければならないと痛感する。
　次の日、ラボ室に入り不具合のASICチップをモジュールから取り出して調べると、1か所に黒い煤が観察された。これはI/OとESD部分で何か高いエネルギーがかかった跡だ。

次のチップにも同様の黒い痕跡が見られたので、フィールドエンジニアに連絡し、
「I/O と ESD 部分がショートしており、何か高いエネルギーが外部からモジュールにかかっているようだ」と知らせ、
「何か思い当たる節があるか調べてください」と電話した。
　数日後、システムエンジニアから連絡が来た。
「チャールストンのエリアは雷が多く、システムのグランドの処置がよくできていないようだ」
　これによりシステムの問題だと判明した。
　スコットランド人の英語も全く聞き取れないが、アメリカ南部、特に黒人女性のアクセントは全く聞き取れなかった。

会議室での Billy

　ある日、会議室で他の部門のプロセスエンジニア、テストエンジニア、フェリヤーアナリシスエンジニアと、収率ゼロ・チップの解決策のミーティングを行っていた時だった。
　遅れて Billy が現れ、ドアの入り口の横のプラスチック製のゴミ箱を「バーン」と蹴り、大きな音を立てて会議室に入ってきたので、誰もがびっくりして椅子から飛び上がった。
　Billy は空いていた椅子に座ると両脚をテーブルの上にのせた。これはいつも見かける Billy の姿勢であり、私は見慣れていたが他のエンジニアは驚いた様子だ。
　部品解決の調査結果を私がプレゼンテーションしていると、Billy は右手を頬にのせ、「フフフ」と含み笑いをする。
　私が彼の含み笑いを無視してプレゼンテーションを続けていると、それから間もなくして Billy は突然立ち上がり、会

議室を出て行った。エンジニアの皆が顔を見合わせる。

私は発表を続けたが、Billyが私のボスである限りは自分の将来性が疑わしく、Billyの下から抜け出すことを決断した。

極めて例外だが、Billyのような偏見を持つ人物も、世界一のテクノロジー会社IBMで働いていたのだ。

新しいマネージャー　ベラ（Bela）

1981年、Billyの下で3年間働いていて、いくら良い成果を出しても評価は4と悪く、私（日本人）への差別がBillyによって行われているのは間違いなかった。

マネージャーに不満があれば直属上司の管理職に報告するIBMポリシーがあったが、Billyは2ndライン・マネージャーの友人で、朝夕相乗りもしていたので上位レベルの管理職への報告は難しい。

Billyの下から異動することを決意し、異動リクエスト（RFT）を提出した。

RFTとは、バーリントンIBMサイトより他のIBMサイトに異動の希望を出すことで、他のIBMサイトからの受け入れ了解が必要だった。

ワーカーがRFTを提出することはマネージャーにとっては良い評価ではなく、RFTを提出して2か月ほどが経過してからBillyが私のオフィスに来て、

「RFTについて、どこのIBMサイトもお前を受け入れていない」と話す。

バーリントンサイトでは私は知られてきていたが、他の

IBM サイトでは知られておらず、私は再び追い詰められていた。

しかし、幸いなことに私だけでなく、同じ課の Billy の下で働く複数のエンジニアも Billy には不満を持っていて、RFT を提出していた。多数のエンジニアの RFT は Billy にとっては問題で、しばらくしてやっとのこと新しいマネージャー Bela に取って代わり、「ふ〜」と息を吐いた。

Bela はハンガリー出身で外国人のアメリカでの苦闘を知っており、私が PE として多くの問題を解決したことも知っていたので、Bela がマネージャーになったのは大きなブレークだった。

そして、しばらくして私は昇進し、個室のオフィスに入った。

2 nd ライン・マネージャー

しかし、私の苦闘はまだ続く。

MIT の学歴を持つ新任の 2 nd ライン・マネージャーがニューヨーク州から転勤してきて、PE のステータスをプレゼンテーションしてくれと連絡があり、オフィスに Bela と共に向かった。

その時代のプレゼンテーションは、透明なホイルにコピー機で印刷し、部屋を暗くしてプロジェクターで行っていたが、たびたびコピー機が詰まるので、横側のドアを開けホイルのジャムを取り出すのに手が真っ黒になることもしばしばだ。

やっとのことでホイルを作り、最初のホイルはタイトル

で、2枚目のホイルはスムーズに行き、3枚目のホイルをプロジェクターに載せた。そこには最初に「仮定(Assumptions)」と書いてあり、その時2ndライン・マネージャーが介入した。

「エンジニアのあなたが、どうして仮定（Assumptions）という文字が書けるのですか？ "仮定"はあなたの推定にすぎず、事実ではない」と言い、彼は"Assumptions"の言葉にこだわり、そこから離れようとせずに5分ほど説教した。

私はプロジェクターの前で何も言わずに立っていたが、2ndライン・マネージャーがMITの卒業生だと分かっていたので、彼には自分がいかにスマートかを示し、新しい2ndライン・マネージャーの地位を示す意図があるのだと感じた。

すると、それを黙って聞いていたBelaが2ndライン・マネージャーの意図を読み取り、突然立ち上がると、

「あなたはMasaのプレゼンテーションを聞きたくないらしい！」と言い、ホイルをつかみゴミ箱に投げ入れ、

「Masa行こう！」と言って私たちは部屋を出た。

Belaはハンガリー人で、第2次世界大戦中ドイツの空軍に所属し、ロシアに捕らえられ奴隷として働き、その後カナダに移住しIBMに採用されたという個性的な経歴を持っていた。

Belaは多くの困難を経験した魂の強い人だ。

ポリシリコン・ゲートPEに移転

1981年、新しく開発されたポリシリコン・ゲートPEに移

転し、ロジックチップ Link という最初のポリシリコンゲート・ロジック製品のテストが始まる。

　多くのウエハーをテストし、すべてがゼロ・イールド（0収率）だったが、1つのウエハーの真ん中周辺に、電圧、温度、インプットほか、正常値でパスする2つのチップが見つかった。

　テストエンジニアにそのチップのボルテージと、温度を徐々に変更するテストを実行するように頼み、しばらくしてテストエンジニアから「テストの結果が出た」と連絡がある。

　しかし、その結果を見ると奇妙なことに、ボルテージの高低で故障パターンが違い、高いボルテージの故障パターンは低ボルテージより早く起こり、多く落ちている。

　もう一つの故障変数は温度変化で、温度が低くなると、より多くの故障が発生していた。

　ボルテージと温度の変化で落ちるチップの原因は設計上のレース・コンディション（Race condition）が考えられ、レース・コンディションはボルテージが低く温度が高いと一つのロジック経路のスピードが遅くなることで起こるが、このチップは反対で、ボルテージが高く温度が低いと落ちている。

　しかし、チップは正常値の条件下では作動していたので、テスター、テストパターン、設計システム、ロジックデザインは OK でプロセスの問題かと考え、「うーん、これは不思議だ」と唸りながらテスト室に向かった。

　デザイナーに電話をかけたが、彼はレース・コンディショ

ンが存在しないことを確認、保証し、再び落ちる形跡をダブル、トリプルチェックしたが結果は同じだ。

　テストエンジニアに小さなボルテージのステップでモジュールをテストするように依頼し、ボルテージステップテストのマップが作られたが、ある程度の高いボルテージになると、テストパターンが落ち始めている。

　次にテストエンジニアに、ボルテージをチップが落ちるか否かの境目に設置し、温度を変えるテストを頼むと、室内温度と高い温度はチップが合格したが、温度を下げると落ちた。これは、ロジック回路が速くなると落ちることを意味し、レース・コンディションの落ちる状況とは異なって複雑な問題だ。

　落ちるパターンの直前のパターンで、多くのアウトプット・ドライバーが1から0にスイッチしていたが、しかし多くのアウトプット・ドライバーが0から1にスイッチするパターンでは問題がない。

　私は図面からソフトウェアモデルを作り、ドライバーのシミュレーションを行った。

　ドライバーが"1"から"0"に変化する瞬間に電流放電が起こり、1つだけのドライバーの電流放電は小さいが、多くのドライバーが同時に"1"から"0"にスイッチすると大きな電流がグランドメタル配線に放電し、グランドメタル配線のボルテージが上がるのだ（グランド・シフト）。

　デザイナーにシミュレーションの結果を連絡すると、デザイナーは「これらのドライバーの横にクロックピンがある」と言い、グランド・シフトがクロックに入力しトリガーする

可能性があることが判明した。

　クロックピンのソフトウェアモデルも追加し、グランド・シフトによりクロック入力がトリガーされることを説明すると、デザイナーは同意し、
「チップを再デザインし、クロック入力を多くのスイッチング・アウトプットからなるべく遠くに移動し、チップレイアウトを再送信する」と言った。

　その後、ポリシリコン・プロセス・ラインも安定し、チップレイアウトの設計変更が実施され、最初のロジック製品 Link は良好な収率を得て出荷し、ロジックデザイン部署から賞状を受ける。

　この問題の解決にはかなりの月日がかかったが、2nd ライン・マネージャーがオフィスに来て、
「Masa、Great job！ You saved the poly silicon logic products！（マサさん、素晴らしい！ ポリシリコンロジック製品を救ってくれました！）」と言った。

　その後、Simultaneous Switching Noise（同時スイッチングノイズ）の論文を書き、IBM 技術ジャーナルに掲載される。

IBM アチーブメント・アワード受賞、昇進

　IBM ジェネラル・テクノロジー・デビジョン（GTD）アチーブメント・アワードを受賞し、フロリダ州インスブルック市で 3 日間 IBM アワード祝いに招待された。

　今はもう行われていないが、それが IBM 賞の古き良き日の報酬であった。

その3日間は、インスブルック市のリゾート施設はすべてIBMによって予約され、世界中のIBMからアワード受賞者が出席した。晩餐会は素晴らしく、特にストーン蟹の脚が美味しくたくさん堪能し、有名なカントリーシンガー、ロレッタ・リンが野外ステージで歌っていた。

　同じバーリントンから受賞された数人のメンバーと一緒にゴルフを楽しみ、午後はクリアウォーターに行き、古いスキューバ・ダイビングギアを使ったスポンジ取りを観察する。

　私はアドバイザリー・エンジニアに昇進し、IBMパーソナルPC 5150が提供され、友人からフロッピー・ディスクが持ち込まれ、その中に"Pong"ゲームのソフトウェアが含まれていた。

　"Pong"ゲームは白いボールがディスプレー画面の右端と左端の間を交互に行き来し、下端と上端に当たると跳ね返り、ディスプレーの両端にそれほど大きくない縦のバー（棒）があり、そのバーを上下に動かしボールを跳ね返す極めて簡単なゲームだ。

　私も含め多くのエンジニアが"Pong"に夢中になったが、この"Pong"ゲームが今のゲーム業界の始まりで、今日の

ような大きな業界に発展するとは夢にも思わなかった。

太平洋で戦ったアメリカ兵JJ

　第2次世界大戦で日本軍と戦ったアメリカ兵がまだIBMで働いていて、ほんの少しだが日本人に偏見を抱く社員も在籍していた。

　コンピューター・ルームには、JJオブライエン（JJ O'Bryan）と名乗るアイルランド系のアメリカ人が働いていて、JJはいつもアイルランドを象徴するグリーンのブレザーを着て四つ葉のピンを付けていた。コンピューター・ルームにチップのプリントアウトを取りに行くと、いつも彼が渡してくれた。

　12月のある日、JJが私のオフィスの入り口に立っていたので、「JJ、何か私がお手伝いできますか？」と尋ねた。

　JJは一呼吸して、「今日は何の日か、あなたは知っていますか？」と訊くので、私は時計を見て「今日は12月7日です」と答える。

　するとJJが、「そう、今日は真珠湾攻撃の日（Pearl Harbor Day）です」と言った。

　ちょっと戸惑った。日本で生まれ育った私は日本軍が真珠湾攻撃を行ったのは知っていたが、それが12月7日であったことは全く知らなかったのだ（日本時間では12月8日）。

　さらにJJは、「今日はあなたのオフィスの前に有刺鉄線を張り巡らすつもりです」と続け、私はこの発言への準備を全く予測しておらず、――これは慎重に迅速に答える必要がある、うーん……と唸った。

「今日だけですか？」と尋ねると「Yes、今日だけです」と答え、JJを見るといつものようにアイルランドを象徴するグリーンのブレザーを着て四つ葉のピンを付けている。

　幸いにも私もグリーンのジャケットを着ていたので、一息して、「OK、JJ、有刺鉄線を張り巡らせてもいいですが、今日、私はグリーンのジャケットを着ています」と答える。

　するとJJは「それが、どうした？」と聞き返したので、「今日、私はグリーンのジャケットを着ているのでアイリッシュです」と答えた。

　するとJJがちょっと驚いた仕種をして態度が一変し、「Masaはグリーンのジャケットを着ているので今日はアイリッシュ人か」

　一息して、「OK、Masa、あなたはOKです！」「今日Masaはアイリッシュか」と呟きながら、私のオフィスから去って行った。

　その後私たちは友人となったが、後日、JJは通信専門兵士として第2次世界大戦中に太平洋で日本軍と戦っていたことを知った。

　それ以来、私は毎年12月7日には何かグリーンのものを着用することにした。

Anne の初の日本訪問

東　京

　1982年の正月に、私たちは日本の家族を訪問することにした。Anne は初めての日本訪問で少し緊張していた。

　航空運賃を節約するため、バーリントンからモントリオール市まで車でドライブしたが、モントリオールは非常に寒く真っ白で、そんな中をモントリオールからシアトルに向かった。

　シアトルの滑走路では緑の芝生が見え、同じ緯度なのに東海岸と西海岸ではこんなにも気候が違うのかと感じた。

　乗り継ぎをして、狭いエコノミークラスの席に座り東京に向かうと、Anne はいまだに飛行機が苦手で、私の腕を両手でつかんでいたが、3、4時間すると Anne は私の肩に顔を当てて眠っている。

　腕も足も痺(しび)れてきて、Anne に「トイレに行く」と言って立ち上がり、少し機内を歩き回り窓から外を眺めると、雪をかぶったアラスカの白い山々の風景が広がり、それを見ながら「10年ぶりに日本に帰るんだなあ」と瞑想(めいそう)していた。

　やっとのことで東京にたどり着き、予約していたホテルに着くと、食べ物に当たったのかひどい下痢をしていて、しばらくトイレに座っていた。長い間本格的な日本食を食べておらず、せっかく美味しい日本食が食べられると思っていたが、その日は断念する。

　学生時代にピッツバーグで知り合ったドクター嵯峨に連絡して体調が悪いことを話すと、次の朝、奥さんと一緒にホテ

ルに現れ、「これで治る」と天井のライトに点滴をくくりつけて治療してくれ、しばらく休んでいると点滴が効いてきたのか元気になって、Anneと私は東京の街に飛び出した。

が、しかし、東京の街はすっかり変わっていた。

Anneに私が育った板橋周辺を見せようと向かったが、子供の頃に野球をしていた崖の上の平地には駐車場とビルディングが建ち並び、住んでいたアパートの建物も壊され、さらに小学生の頃に乗って通っていたチンチン電車も取り除かれて、全く昔の面影がない。

ただ1つ残っていたのは、崖の上の平地から下りる階段と石で造られた崖で、崖にはいくつかの穴があり、子供の頃にこの崖を駆け登ろうとした思い出がよみがえってきた。

その崖の一部は同じ石が積み重ねられ入り口のようになっていて、ここは戦時中、防空壕として使われていたとAnneに話すと、「あなたも入っていたの？」と訊かれ、
「終戦後に移ってきたので多くの空き地があり、崖の上の平地で野球をしたが防空壕はすでに石で塞がれていた」と答えた。

山手線に乗りホテルに戻る途中、革ジャケットを着た一人の若者が乗ってきて、彼が反対側の手すりにつかまり背中を見せると、革ジャケットには"Baby on Board"と書いてあった。

女性が"Baby on Board"と書かれたジャケットを着るのは良いが、男性が着るのは問題で、それは"私は妊娠中で、赤ちゃんがいます"と表示しているからだ。

"Baby on Board"の意味を彼に伝えようと思ったが、反対

に恥をかかせてしまうのではないかと思いそのままにする。

　戦後、東京は目覚ましい発展が続き、私の育った街並みは思い出だけになっていた。

家族訪問

　母は東京で小学校の教師をしていたが、退職して兄の家族と米子に住んでいた。羽田から米子までは小型の飛行機で向かったが、Anne の飛行機恐怖症はなくなっていた。

　米子の飛行場に着くと母と兄の家族が迎えに来ていて、おおらかな性格の兄は懐かしい笑顔で迎え入れ、早速 Anne に片言の英語で、

「How do you do. My name is Norikazu」と話しかけてきた。

　Anne は兄の社交性に驚き、

「Nice to meet you. My name is Anne」と返答すると、私に、

「Your brother is totally opposite from you. I like him better.（あなたのお兄さんはあなたとは全く正反対ね。私は彼の方が好きよ）」と言った。

　そして、Anne は母に向かい、

「I am Anne, very nice to meet you」と右手を差し伸べて握手しようとすると、母は Anne の手の指先を両手でつかんで深くお辞儀をするので、Anne も軽くお辞儀をした。

　次に兄の妻と握手し、2人の子供たち Kasumi と Akira とも握手を交わし、初対面の挨拶は無事に終わった。

　お昼に近くの中華料理店に行き、兄が、

「ここの餃子は美味しいのでたくさん注文しよう。Anneは箸が使えるのかい？」と聞くので、
「今は問題なく使える」と答える。
「どんな料理が好きなの？」と尋ねられ、Anneに「どんな料理がいい？」と訊くと、「中華料理なら何でも大丈夫」と返ってきたので兄に任せることにした。

昼食後、家に戻ってこたつに入ると、陽気な兄がビールを出し、「ビール、グッド？　ノーグッド？」などと話しかけた。

Anneはアルコールが飲めなかったが、私はお祝いにと1杯だけビールを飲むことにする。

外国人が家に来たのは初めてで、息子のAkiraと娘のKasumiが興味深くAnneを見ているので、Anneが「英語を教えてあげるわ」と言いだした。

持っていたアメリカのコインを取り出し、
「This is a nickel. This is a dime. This is a quarter. （これは5セント硬貨よ。これは10セント硬貨。これは25セント硬貨よ）」と子供たちに話しかける。
「Let's say a nickel」とAnneが言うと、子供たちは首をかしげ「日本語で話して」と言った。Anne叔母さんが日本語

を話せないのが不思議なようだ。

　子供たちに「Anne叔母さんに続いて言ってね」と話し、Anneが「This is a nickel」と指さすと、KasumiとAkiraも「This is a nickel」と言い、次にAnneが「This is a dime」と言うと、子供たちも「This is a dime」と言って、だんだん溶け込んできた。

　Anneが10個のニッケルを左手に持ち、1つのダイムを右手に持ち「10 nickels equal one dime」と言うと、子供たちは少し戸惑っているので、私が「10個のニッケルは1個のダイムと同じ価値です、と言ってるんだよ」と話すと、子供たちは理解したようで、Anneの後を追って「10 nickels equal one dime」と笑いながら大声で言った。

　次にAnneが「One quarter equals 25 nickels.」と言うと、日本には、お金のQuarterのコンセプトがないので子供たちはさらに戸惑ったが、何とか説明をし終える頃にはAnneと子供たちは仲良くなっていた。

　子供たちは本を持ち出し「これは何？」と訊くので、「This is a book」と答え、Anneが「What is this？」と茶碗を指さすと「茶碗」と言い、Anneと子供たちはすっかり馴染んでいた。

　日本の家族との初対面は、何とか上々のスタートだ。

大晦日（おおみそか）

　母と兄嫁が夕食の準備を始め、Anneも食べられるようにとすき焼きを作り始めた。

　Anneはすき焼きが好きだが生卵は食べられず、卵を使わ

ずに食べていると、兄が「卵は嫌いか？」と訊き、「アメリカでは生卵を食べる習慣がなく誰も食べない」と答える。

久しぶりのすき焼きに箸が止まらず、兄は私たちがプレゼントに持ってきたウイスキーを飲んで、ビールは水代わりに飲みながら食事はあまり摂らず、上機嫌で片言の英語でAnneに話をしていた。

すると、テレビで「紅白歌合戦」が始まり、皆がテレビの前に集まった。久しぶりの日本の歌を聴きながらAnneに歌の内容を説明したが、日本人独特の演歌の感情はなかなか通じない。

「紅白歌合戦」が終わり「ゆく年くる年」が始まると、今度は母と兄嫁がそばを作り持ってきて、Anneに「食べられる？」と訊き、日本語で「いいです」と答えた。

その後、アメリカでも大晦日にはそばを食べる習慣を続けていて、「そばを食べると長生きできる」と言い聞かせ、Anneは毎年嫌々ながら食べていた。

元　日

日本特有のお節料理が出され、Anneは卵焼き、エビ、鶏肉などを「Good！」と言って食べていたが、フキは「苦い」と言って口の中から取り出し、私もフキは嫌いだったので「Yeah, Me too」と答えた。

次にお雑煮が出され、白い四角い物をつかみ「これは何？」とAnneが訊き「それは、餅」と答えると、一口、口に入れ「わ〜」と言って取り出した。

ふわふわして伸びる「餅」の食感は経験したことがなかっ

たのだ。

　しかし、後日餅を焼いて醬油をつけ「のり」を巻いた焼き餅は「美味しい」と食べていた。

　朝食後、出雲大社が近いので家族でお参りに行くと、そこには大勢の人々が参道を埋め尽くしていて、時折鬼の面をかぶった人が子供たちに近寄り、「うお～」と叫んでいた。

　神社の本殿に近づくと大きな「しめ縄」が飾ってあり、その下でお金を入れて手を合わせお辞儀をすると、Anne も真似をして1年の無事を祈る。

　おみくじを買い、兄がおみくじを木の枝にくくりつけると、Anne が「What is he doing?」と訊くので、
「おみくじの占いが悪い場合は、おみくじを木に縛ると、木が悪い占いを取ってくれるので、おみくじを枝にくくりつけているんだ」と説明した。

　アメリカでは元日は休みだが何の行事もなく、日本の元日とは格段の違いで、Anne には初めての正月の経験だった。

鹿児島の叔父と叔母

　米子で正月を楽しんでから、Anne と母と共に鹿児島市に住む叔父と叔母の家に向かった。

　鹿児島駅に着くと、米子とは気候が全く違って暖かく、母はミンクコートを脱いでタクシーに乗り込んだ。

　祖父は九州大学水産部の教授で、よく海外を船で回っていたので英語は達者だったが、しかし叔父の家に着き、叔父、叔母、家族に挨拶を交わし Anne が祖父に英語で挨拶すると、「Hard of hearing（難聴なんだ）」と耳を指して言った。

家の中に入ると洋間があり、ソファーに座ると、突然母が「ミンクコートをタクシーに置き忘れた！」と言った。ミンクコートは母が東京で買った高価なもので、一番大事にしていたのだ。
「日本人は正直で、忘れ物は必ず戻ってくるよ」とAnneに説明し、早速複数のタクシー会社に連絡をしたが、残念ながらミンクコートは戻らなかった。
　バーモント州から持ってきたメープルの木で作られたプレゼントを叔父と叔母に渡した。叔母は料理が上手だと聞いており、端に置かれた本棚を見ると料理の本がぎっしり詰まっていたので夕食が楽しみだ。
　夕食にはまだ時間があったので、お茶の接待をすることになった。母は和服の着付けの資格を持っていて「Anneに和服を着せる」と言い、別の部屋でAnneの和服の着付けが始まったが、しばらく待っても一向に出てくる気配がない。
「見てくる」と立ち上がり着付けの部屋に入ると、母は首をかしげていて、「どうしたの？」と訊くと、
「Anneは日本人の女性の体格とは違い、胸は大きくお尻も大きく、凸凹系で和服の着付けが難しい」と悩んでいた。
　およそ1時間、Anneの和服の着付けにかかったが、茶室に入ると次の問題が起こった。
　叔母は茶釜の前に座り、皆の座る座布団が置かれていたが、Anneは座布団の上に正座ができず「How can I set？」と聞く。とっさに2枚の座布団を積み重ね、高くしてAnneに座らせた。
　お茶の接待が始まり和菓子が配られたので、

「その和菓子は、お茶を飲む前に食べるものだよ」とAnneに教える。

次にお茶が叔父の前に置かれ、叔父はお辞儀をし茶碗を2度回して2回で飲み干し、また2度回し戻して床に置いてお手本を見せた。

Anneの番が来て、前にお茶が置かれお辞儀をすると、高く積み重ねられた座布団のため、前のめりになって座布団から落ちそうになり、私が取り押さえると笑いに包まれた。

次の日、叔父が「桜島の絶景が見られる場所がある」と言い、母とAnneと私を連れ出し、仙巌園に向かった。

仙巌園は江戸時代の薩摩藩島津家の別邸で、庭園があり、しばらく庭園を歩き回ったが、大きな石をくり抜き積み上げて造った灯籠が印象的だった。

そこからの桜島の眺めは素晴らしく、桜島からは煙が上がり、母と叔父が2人でベンチに座っている後ろ姿と桜島が目に焼き付いた。

途中で港の近くのラーメン屋に昼食に立ち寄り、Anneも私も"美味しい"と食べ終わり家に戻ると、祖母が「昼食は食べた？」と尋ねるので、叔父が「港の近くのラーメン屋で食べた」と答える。

すると、「あのような汚いラーメン屋で食べてはいけませ

ん」と怒られ、祖父はいつもの懐かしい笑みを浮かべていた。

　私たちは次の週にアメリカに戻ったが、Anneの初の日本家族訪問は皆から歓迎された。

バーモントでの生活　2

クリスマス

　12月初めに、近くのツリー・ファームを訪れた。

　ツリーは25ドル（6000円。1ドル約240円）から35ドル（8400円）ほどで、高さ約2mの木を根元から切り取り、見栄えの良い木を選んだ。

　風にツリーが飛ばされないように根元を前方に向けて車の屋根に縛り付け、家に運転して戻り、居間の一角に置かれたクリスマスツリー・ホルダーに木を運んだ。

　ホルダーには4本のネジが付いていて、木の根元をその4本のネジで固定したら、木が乾かないようにホルダーに水を注ぎ、Anne が子供の頃使っていた白いクリスマスの刺繍のホルダーカバーをかぶせる。

　Anne の両親が持っていた多くのクリスマス・デコレーションを飾り（折り紙を飾った年もあった）、ライトが木の周りに巻かれ、点灯する星が木の頂上に置かれてクリスマスツリーが完成する。

　次に家の屋根や玄関のポーチをクリスマスの照明で飾り、電気を入れると明るいニューイングランドのクリスマスの風景が出来上がる。

　クリスマス・パーティーは兄 Andy の家と我が家の間で毎年交互に行われ、Anne の両親、Andy、Kathy、Cindy、Carolyn をクリスマス・ディナーに招待する。

　Anne がハムの上にクローブをのせベイクし、またマスタード・マヨネーズを塗ったカリフラワーをベイクし、サツマ

イモもベイクしてサラダを作り、デザート用にパンプキン・パイと私の好きなピーカン・パイを買う。

　Anne の作った料理が食卓に置かれ、全員がダイニングルームに座ると、Andy が食事を始める前の"家族と一緒に素敵なディナーを神に感謝するクリスチャンの祈り"を捧げ、終わるとハムをスライスして大きなお皿に盛り、サラダ、カリフラワー、サツマイモなどを手回しして皆が自分のお皿に盛り付ける。

　ハムもサツマイモもみな美味しく、特に Anne の作ったマスタード・マヨネーズを塗ったカリフラワーは評判が良かった。

　食後は暖炉に白樺の丸太が焚（た）かれ、クリスマスツリーがライトアップされたリビングルームに移動してデザートを食べるのが習慣だ。

　クリスマスプレゼントはクリスマスツリーの下に置かれ、Cindy と Carolyn はプレゼントを開けるのが待ちきれず、自分の名前の付いたプレゼントを持ち出し、開けても良いかと Kathy にねだった。

「その前に Anne 叔母さんと Masa 叔父さんにプレゼントを渡してから」と言われ、2人はプレゼントを持ってきて「開けて」と言い、私たちがプレゼントを開けると、ようやく彼女らも自分のプレゼントを開けて嬉しそうにはしゃぎ回っていた。

　Andy の家でクリスマス・ディナーが開催された年は、Andy がピアニストとしてディクシーランドのジャズバンドに所属していたので、クリスマスプレゼントの交換後ジャズ

を弾き始め、歌ったり踊ったりして楽しんだ。

　Andyの家から帰る途中、近所の家々がクリスマス・デコレーションで飾られ、白い雪がヤードと屋根に降り、そこにはクリスマスカードに描かれているニューイングランドの風景が広がっていた。

大晦日

　1983年の大晦日に、バーリントン市の第1回初夜祭（1 st Night）が開催されダウンタウンに向かった。

　12月31日の午後11時から1月1日の早い時間に、多くのダウンタウン・ビルディングで、音楽、ダンス、演劇、コメディほかのパフォーマーが出演し、ジャズバンドに所属しているAndyは、あるビルディングで演奏していた。

　チャーチ・ストリートはお祭り気分で、ストリートにはクリスマスライトが飾られ、Anneと私はグリーントマト・イタリアンレストランで夕食を摂り、ジャズバンドを聴くため1 st Nightに向かう。

　その年、外は−20℃でとても寒かった。会場から次の会場までは建物の外に出て回らなければならず、いくつかのビルディングを見て回ったが、Andyのバンドが演奏しているビルディングが見つからず、あまりの寒さにジャズバンドを聴かずに立ち去った。

　家に戻るとすでに12時を過ぎていたが、そばを作り「そばを1年の初めに食べると長生きする」と再びAnneに言い聞かせ、冷たいそばを少しだけ食べたが、「もう食べられない」と彼女が残したので「残りは私が食べる、私の方が長生きす

るぞ」と言って食べ終える。

その後の1st Nightには参加しなかったが、毎年、大晦日には事前に冷凍エビを解凍し、カクテルソースと生野菜の切り身、チーズ、クラッカーを用意して12時前までに食べ終え、テレビを見て過ごした。

テレビではニューヨークのタイムズスクエアのカウントダウンが始まり、ゼロになると花火が打ち上げられて新年が始まる。

そして私は例によってお湯を沸かしてそばを作り、またAnneに「長いそばを1年の最初に食べると、長生きする」と説明し、「知っている」とAnneが言い嫌々食べていた。

長いそばを1年の最初に食べる習慣は、アメリカでも毎年続けた。後日、年越しそばには違う意味があることを知った。

新　年

米国の年末年始は1月1日だけが休日で、家々にはまだクリスマス・デコレーションが飾ってあり、通常はとても静かな正月だ。

我が家では朝食は餅をグリルして、焼けたら醬油に浸し、再び加熱して焼く。醬油の香ばしい匂いが漂い、醬油が乾いたら海苔で包んで焼き餅を作った。この焼き餅をAnneは「Good！」と言って食べていた。

その後、ロサンゼルスで行われるローズパレードをテレビで見て、午後にいくつかの大学のフットボールの試合を見て、夕食もクリスマス期間として大きな宴会を行うので、ア

メリカの正月には特別なプランはないが、すき焼きディナーを作って正月を祝った。

　これが私たちの典型的なアメリカの正月の一日だ。

カナダ国境トラブル

　職場の同僚が夏にチャプレン湖で小さなヨットの転覆事故を起こし、財布を湖中に落として運転免許証、クレジットカード、お金などすべての貴重品を失った。そんなことから彼は、

「もしも財布に重要な書類があるなら家に置いておいた方がいい」と話すので、私は財布の中の最も重要なグリーンカード（永住権）を家に残すことにした。

　冬の日曜日、Anneと知人のカップルと共に、カナダのモントリオールに中華料理のビュッフェランチに行くことにした。

　カナダとアメリカの国境に到着すると、国境警備員が私に市民権を尋ねる。

「日本人で、グリーンカード（永住権）を持っています」と答え、財布を探したがグリーンカードが見つからない！

　思い出した、同僚の夏のヨット転覆事故の提案で、グリーンカードを家に残していたのだ。

　忘れた理由を説明すると、

「カナダに入ることはできないので戻ってください」と警備員に言われる。

　しかし米国とカナダの間にはバッファゾーンがあり、カナダ側のゲートに着いた時にはすでにアメリカの国境を越えて

いたのだ。

　他の3人は米国市民で米国の帰国に問題はなかったが、私は日本国籍を持っていたのでアメリカの入国手続きをしなければならず、Uターンしてアメリカの国境ビルディングに入る。

　何が起こったかをアメリカの国境警備官に説明すると、
「どこで働いているのか？」尋ねるので、
「IBM の Essex Junction」と答えると、
「あなたのマネージャーは誰か？」「Marty Myers」「チェックします」と言い警備官が去って行った。

　しばらく待っていると国境警備官が戻ってきて「あなたはアメリカに戻ってもいい」と言ったので、日本に送還されることを免れて「ふー」と息を吐いた。

　30分ほどで家に戻って素早くグリーンカードを手に取り、まだ午前中だったのでカナダ国境に再び向かい、カナダの国境で再び市民権を尋ねられた。

　3人は「アメリカ人」と言い、私は「日本人で、グリーンカードを持っている」と国境警備官にグリーンカードを渡す。

　すると、警備官はカードを見て、
「これは有効期限が切れたオハイオ州の運転免許証です。国境を越えることはできない」と言う。
「何？」と言ってカードを受け取ると、それはまさに期限が切れたオハイオ州の運転免許証だ！

　私はあまりにも急いでいたので、グリーンカードもオハイオ州の運転免許証もグリーンなので、写真も若いのに慎重に

チェックせず、間違ったカードを持ってきてしまったのだ。

再び米国の入国管理局に戻り、同じプロセスを再度行わなければならなかったが、幸いにも同じ国境警備員が来て「今度は何が起こったのか？」と尋ねる。

「あまりにも急いでいたので、家のデスクにあった数枚のカードの中から、間違ったカードを持ってきてしまった」と国境警備官に説明し、期限が切れたオハイオ州の運転免許証を見せた。

すると国境警備官は、「私があなただったら、今日はモントリオールに行かないだろう」と言い、私も「Yes」と答え、モントリオール行きを断念した。

バーリントンに戻り昼食を摂ろうと高速道路を走っていると、高速道路の横にセントオーバーン町（St Albans）の冬祭りの看板を見つけ、立ち寄ることにして町の脇道に駐車する。

大通りにはいくつものテントが張られて人が集まり、私たちは一つのテントに立ち寄ったが、そこではさまざまなグレードのメープルシロップが販売されていた。

テントの横には新雪が積もっていて、店主はメープルシロップを雪の上に注ぎ、メープルシロップの付いた雪をすくって食べるようにと差し出した。

食べるとそれはとても甘いメープルシロップの味で、子供の頃に食べたかき氷を思い出し、Aグレードのメープルシロップ1ガロンを買った。

モントリオール行きは失敗したが、セントオーバーン町の冬祭りに出会えて助かった。

ケベック市（Quebec City）訪問

　夏、Anne、Dick、Nancyと共にクライスラー・ミニバンを運転してカナダのケベック市に向かった。

　ケベック市はアメリカ大陸で唯一要塞化された街で、ヨーロッパ都市の雰囲気を持った街だ。バーリントンからは車で5時間ほどの距離にあった。

　ホテルは旧市街の真ん中に位置し、チェックインしていると外から賑やかな音楽が聞こえるので、すぐに街中に飛び出すと、路地には複数の画家がペインティングを展示し、ストリート・ミュージシャンが演奏している。

　しばらく歩くと、今まで聴いたことがないとても美しい音色の素敵なフルートの音が流れてきた。

　ミュージシャンがパンフルートを演奏していて、多くの人たちが取り囲み、私たちも立ち止まって、「パンフルートでこんなに良い音が出せるのか」としばらく聴いていた。演奏が終わると人々は手を叩き、ミュージシャンは多くの寄付を集めていた。

　旧市街地を歩くと石造りの建物が密集し、通りは狭く玉石で出来ていて、やがて石が敷かれた小さな広場にたどり着いた。これはまさにヨーロッパの小さな街の雰囲気だ。

　ケベック市はクレープが有名で、お昼にレストランに立ち寄ってクレープを注文すると、イチゴ、チョコレートにクリームが包まれていた。美味しかったが甘くて、ランチよりもデザートのようで、AnneとNancyは満足していたが、Dickと私には少し物足りないランチだ。

　次に、セントローレンス川を一望できる高台に位置する古

い軍事要塞に立ち寄る。ここは昔、イギリスの軍艦が川に侵入したとき、要塞の大砲で攻撃するのに最適な場所なので造られたと説明されていて、「確かにセントローレンス川が一望できる」と思った。

パンフレットで見た有名な Chateau Frontenac を見ようと、大きなテラスに向かい近づくと、それは大きなビルディングで圧倒感を覚えた。ケベック市にはヨーロッパの街の風景が広がっていた。

ケベック市は、もう一度訪問したい街だ。

クライスラー・ミニバンの故障

バーモントに戻る日、ケベック市のダウンタウンを朝早く出発し、高速道路に入る直前にタンクを満タンにしようとガソリンスタンドに入るとエンジンが止まった。

スイッチを切っていないのにエンジンが止まるのはおかしいと思ったが、ガソリンを満タンにしてキーを入れるとエンジンはスタートする。だが、アクセルペダルを離すとエンジンがまたもや止まる。

少し心配だがアクセルペダルを踏んでいる限りエンジンが作動するので、そのまま高速道路を運転すると決めたが、急なカーブではアクセルペダルを離さなければならず、するとまたもやエンジンが止まるので、再スタートさせ進行する。

その後も、急なカーブ、ランチタイム、そしてガスを入れる時など、アクセルペダルを足から離すとエンジンが止まったが、何とかカナダとアメリカとの国境までたどり着いた。

国境の通過手続きに複数の車が並んでいて、一番後ろに並

ぶとエンジンが止まり、ギアをニュートラルに入れエンジンをスタートさせ、アクセルペダルを少し強く踏むとエンジンをふかす大きな音が出た。

前の車の運転手が急かされていると思ったのか、窓から顔を出し振り向いてこちらを見ている。すると国境警備官が近づいてきて「何が起こっているのか？」と尋ねる。
「アクセルを踏んでいないとエンジンが止まるので、アクセルペダルを強く踏んでエンジンが止まらないようにしています」と説明する。
「IDはありますか？　どこに行くのか？」と訊かれ、
「私たちはバーリントンのIBMサイトで働いている者で、ケベック市から戻るところです」と答える。

ドライバーズライセンス、グリーンカードとIBMカードを見せると、「他の人のIDも見せてもらえますか？」と言うので、Dickが「私たちはアメリカ人ですよ」と答えると、何も見せずに済んだ。

警備官が「車を横に動かして」と言って戻って行ったので、「いやいや、これは引き留められるだろう」と覚悟した。

しばらくして、警備官は閉じてあったゲートの前に立ち、こちらに来るようにと手招きしたので、エンジンが止まらないように慎重にゲートに近づくと、警備官がゲートを開き「Welcome back to the US.」と言い「やれやれ」で、何とか私たちはバーモントに戻った。

IBMの社員で助かった。

ASICデザインシステム開発課に移転

1983年、ポリシリコン・ゲイト・ロジックプロセス製造が安定し、私はPEの業務からASICデザインシステム開発課に移り、ゲートアレイ・デザインのチームリーダーに任命された。

ASICロジックデザインシステムには、スタンダードセル・デザインとゲートアレイ・デザインの2つのタイプがある。

ゲートアレイセルはイメージサイズ、パワーバス、アウター・コネクションなどのレイアウトが出来ていて、チッププロセス工程のコンタクト（CA）の事前まですでに製造されていた。

そのためゲートアレイは、ロジック回路のプロセス工程が少なくターンアラウンド・タイム（TAT）が速い利点があったが、その反面、使えるロジック回路数は限られた。

ゲートアレイ・デザインチームには、マネージャーのMarty（マーティー）、フランスから2人のデザイナー、USエンジニア2人、グラフィック技術者1人、そして私が所属していた。

プロジェクトの名称は、フランスの担当者ということから南フランスの川"イゼール"と呼ぶことにした。複数のベースチップレイアウトとチップデザインシステムを確立する必要があり、5K、7.5K、10Kサーキットの3つのイメージの設計デザインに着手した。

プロジェクトは順調に進んでいたが、予期しない出来事が起こった。

それは、ヨーロッパでは1か月の夏休みを取ることが義務化されていて、フランスの主な2人のエンジニアが8月に1か月間休暇を取るのを知らずにスケジュールを組んでしまい、完成のスケジュールに影響が出たのだ。
　これはヨーロッパの通常の夏休みとして義務化されていて、全員が1か月休みを取るのだ。
「アメリカでも同じ休暇があったらいいなあ」と呟いた。

日本IBM、Matt山さんの訪問

　1985年のある日、マネージャーMartyが日本IBMの社員をオフィスに連れてきた。
　彼は小柄な体型だが、ひときわ目立つ笑みを浮かべていて、ムービースター三船敏郎のような第一印象だ。
「ようこそ、はじめまして、Masa Hayashiです」と話すと、「Matt山です。日本IBMの大和研究室で働いています」と自己紹介した。
　コーヒーの自動販売機に向かい、私は自動販売機の中央にいて、Martyが左に、そして山さんが右にいた。山さんは私に日本語で「藤沢研究所にデザインセンターを作りたいと思っています。そして、助けてくれる人を探しています」と言うので、私は英語で左のMartyに説明する。
　右側にいる山さんと日本語で話し、左側にいるMartyに英語で説明し、しばらくの間、日本語と英語で左右に顔を動かして話していると、突如Martyが両手を上向きにして両肩を上げ、「解らない」と示す仕草をした。
「どうしたの？」とMartyに聞くと、「Masa、あなたは日

本語で私に話しています。分かりません」と言った。

　おっとっと、日本語を使う機会が全くなかったので、日本語と英語の区別が混乱していたのだ。

　会話の終わりに、「山さん、良いステーキレストランがあります。今夜はそのレストランに行きませんか？」と誘った。

　仕事の後、Anne も一緒に山さんをステーキレストランに連れ出すと、「何がお勧めですか？」と尋ねるので、「プライムリブ・ステーキが美味しいですよ」と答える。

　ウエイトレスがテーブルに来て、「何になさいますか？」と尋ねるので、「プライムリブ」と山さんが答えると、

「レギュラー、クイーン、キングの3つのサイズがあります。どのサイズにしますか？」と言う。

　山さんはためらいつつ「キングサイズ、そしてビール」と答えた。

　しばらく話していると、ウエイトレスがプライムリブ・ステーキを持ってきたが、キングサイズのプライムリブは骨付きで驚くほど大きく、私たちは顔を見合わせた。

　山さんがプライムリブを食べ始めると、
「プライムリブ・ステーキは食べたことがなかったが、これは素晴らしい！」と言い、ビールを飲みながら美味しそうに食べていた。

　が、しかし、ステーキを4分の3ほど食べると、お腹を手で撫で下ろし、
「お腹がいっぱいだ。でも日本ではこんなに美味しいステーキは食べられない。すべて食べ切ります」と言うと、ステー

キをワンピースずつにカットし、時間をかけて食べ始めた。

　ワンピースを口に入れ、「これは私の妻のワンピースです」と言い、「これは私の息子の」、そして次に「これは私の娘のです」と言いながら、苦労してようやくキングサイズのプライムリブを食べ終えた。

　そして山さんは、「お腹いっぱい」と再びお腹を撫で下ろし、三船敏郎のような大きな笑みを浮かべた。

　そこへウエイトレスが来て、「デザートは何にしますか？」と尋ねるので、山さんは顔を横に振り、「いやいやいや、もう食べられない」と答えた。

　これがYamaさんとの初対面で、その後、長い良い付き合いになる。

Matt山さんの再度訪問

　秋、Matt山さんが再びIBMバーリントンを訪れた。彼は日本IBMにデザインチームを作るために動いていて、私の仕事ASIC（Application Specific Integrated Circuit）デザインシステムについて話し合った。

　会議の終わりに、
「今、バーモントは紅葉を見るのに最適な時期です。この時期は多くの観光客が訪れ、ホテルが満杯ですがホテルは見つかりましたか？」と尋ねると、山さんは、
「近くのホテルが見つからなかったので、1時間ほど離れたモーテルの部屋をやっと見つけました」と答えた。
「では今夜は私の家に泊まれば、朝1時間も運転する必要はありませんよ」と話すと、「いいのですか？」と言うので、

バーモントでの生活　2

「ゲストルームがありますので、どうぞ」と山さんを家に迎えることにした。

Anne が家で待っていて、サラダとバーベキューで夕食を摂りながら、その夜は久しぶりに日本語と英語のミックスで山さんとの会話を楽しんだ。

次の日、山さんは他のミーティングに出席していたが、午後、オフィスにやって来て、

「日本に来てデザインセンターの設立を手伝ってくれませんか？」と言う。

「どのくらいの期間ですか？」と尋ねると「2年ほど」と答えるので、

「興味はありますが、Anne と話をしなければなりません」と返答した。

その夜、Anne に「山さんが、僕に日本での2年間のアサインメントに興味があるかどうか尋ねてきた。僕は興味があるが、君はどう思う？」と尋ねると、Anne からは、

「No、私はバーモントにいたい」という答えが返ってきた。

アサインメントはできないなと感じたが、少し間を空け、「僕たちが引退して人生を振り返ったとき、僕たちは何をしてきたかと考えたら、一生バーモントに住んでいて何もしなかったのがいいのか、それとも日本に行って、あれを見た、あれをした、新しい人に会った、あれを経験した、あれを食べたと言える人生がいいのか、どっちがいいと思う？　僕は後者の方が楽しいんじゃないかと思うけど」と Anne に切り出した。

Anne は「考える」と言って、その晩は床に就いた。

そして翌朝、「日本に行くことに決めた」とAnneが言うので、「山さんにOKと答えてもいいんだね？」と尋ねると、Anneは「Yes」と答えた。
「私たちは日本に行くことに決めました」と山さんに話し、「いつ頃になりますか？」と尋ねると、「たぶん来年の春から」という返事が返ってきた。
　これから、国際カップルの日本でのいろいろな出来事が始まる。

日本視察旅行

　アサインメント承認プロセスが完了するまで半年ほどかかり、1986年の春、Anneと私は家を探す視察に日本を訪れた。
　IBMの方針で、アサイニーは米国と同等クラスの家を日本で所有する権利があったが、東京にアメリカの家と同等クラスの家を見つけるのは難しい。
　ホテルニューオータニに滞在し、受付でチェックインし部屋に向かう途中、1人のアラブ人の男性と10人ほどの女性がこちらに向かってきた。
　道を開けてやり過ごすと、Anneが、
「あの女性たちは、皆、あの男性の妻よ。アラブでは、お金があれば何人でも妻を持てるの」と言うので、私は、
「うー、お金もないが身体が持たない」と返答した。
　翌朝、朝食の場所は、東京の風景が眺められる頂上階でのビュッフェだった。日本食と洋食の両方が備えられていて、私は日本食、Anneは洋食を選んだ。
　長い間日本の朝食を食べていなかったので、梅干しの入っ

たおかゆ、味噌汁、焼き魚、海苔などを美味しそうに食べていると、Anneが「Are you happy?」と尋ねる。
「Yes, This is great!」と答えた。

窓から下を見下ろすと、真下に日本庭園があり、食後は日本庭園に行ってみたが、池には鯉が泳いでいて、日本に着いたという実感があった。

IBMで契約された不動産業者と家探しが始まり、複数の家、コンドミニアムなどを見て回ったが、日本式の屋敷で日本風の庭のある家が私は気に入った。

が、しかし、畳、床の間、トイレなど、すべてが古い日本式なのでAnneにはアジャストするのが困難と判断し、その家は断念する。

次の日、ようやく世田谷で3つの寝室、居間、食堂、台所、2つの浴室、駐車場付きの西洋式の家を見つけ、Anneも気に入った。家具、テレビ、ソファー、寝室セットなどもすべてレンタルで契約し、月々の支払いは50万円でIBMが直接支払った。

その夜、東京を歩き回るとたくさんの人で賑わい、飲んだり買い物をしたりしている。マクドナルドを見つけ中に入るとハンバーガーの価格はアメリカと同等で、これは良い、Anneがホームシックになったら、マクドナルドで同様のハンバーガーを食べることができると喜んだ。

日本食のレストランに行きたかったので、日本の伝統的な外観のレストランを見つけたが、入り口にはメニューや価格表示がなかった。

「ここは高いかもしれないが、IBMからの手当があるので

大丈夫だろう」と言って中に入った。

和服を着た女性が私たちを迎え、和室の個室に導かれた。するとすぐに着物を着た女性が現れたので、日本のキリンビールとすき焼きを2人分注文し、しばらくして、すき焼き、ごはん、味噌汁が並べられた。

すき焼きは上品な味で美味しかったが、量が少なかったので私は食事後もお腹が空いていて、次に料金の2万2000円という価格を見て驚く。

Anneに「これからはマクドナルドでハンバーガーを食べなければならないね」と言うと、「私はハンバーガーでいいわ」と答える。

夕食の2万2000円をIBMが了解するか疑問だ。

日本IBMアサインメント準備

日本アサインメントの手続きのため、ニューヨークIBMサイトに呼ばれた。

ダウンタウンのホテルに着き、部屋の鍵をもらい部屋に入ると、そこはあまりにも小さな部屋で、ニューヨークは治安が悪いとは聞いていたが、ドアにデッドロック鍵が3つも付いていた。

夕食の時間で、Anneと私は日本料理店に向かい、椅子に座ると、「やあ、Masa」と後ろから声をかけられた。

こんな所で私の名前を誰が呼んだのかと後ろを振り向くと、それは、大学時代の日本人の友達で、彼の車シボレーベガのエンジンの交換を助けたことがあり、彼は日本の会社で働き、アサインメントでニューヨークに住んでいた。そし

て、
「僕のオフィスがエンパイアステートビルディングの高い一角にあるから、明日来ないか？」と誘われ、私は Anne を紹介し、「OK」と答えた。

「せっかくニューヨークに来たんだから、ブロードウェイ・ショーが見たい」と Anne が言うので、翌日のショーがあるか探したが、ブロードウェイ・ショーはあまりの人気で、すべて売り切れていたので断念する。

翌日、日本での記録を撮るのにビデオカメラを買うことにし、ユダヤ人経営の家電製品店で安く買えると聞き、向かうと、黒い髭をぼうぼうと生やし、ヤマカの帽子をかぶり、黒い服を着たユダヤ人店員に迎えられた。

彼はパナソニックの大きなビデオカメラを取り出し、
「これが今一番良いカメラだ」と言う。それは VHS テープのカメラで、肩に担ぎ6時間の撮影ができると言うので、「これがいい」と言うと、「バッテリーは6時間もたないので、スペアのバッテリーを買うといい」と言われ、スペアバッテリーを買う。

次に「このカメラは重いので、長時間撮影するには、肩を支えるガードと丈夫な三脚が必要だ」と言われ、ガードと三脚も買い、これで終わりかと思ったら、「このカメラの掃除をするのに、クリーニングセットが必要だ」と言われ、クリーニングセットも買い、全額はかなり高くなった。

んんー、ユダヤ人は商売が上手いと聞いていたが、やはり上手だ、と感心する。

昼食の後、日本アサインメントの手続きに IBM に向か

い、女性の係員と面会し、日本での家、家具、その他の契約書を示し、日本アサインメントの日程の決定を行った。

係員に「1年のうち20日はアメリカ本土に戻らないと、アサインメントとは見なされず、日本に税金を払わなければならないので、これは必ず守ること」と忠告される。

そして私が「東京で2万2000円の食事があったが、支払いは可能か？」と聞くと、彼女は「ええ、問題はありません。東京では普通です」と言うので、「う〜ん、もっとどんどん美味しい物を食べれば良かった」と後悔した。

その後、日本人の友達のオフィスがあるエンパイアステートビルディングに向かい、彼のオフィスに入ると、そこには昔の白黒の映画で見るような、板とガラス張りの仕切りがあり、彼のデスクは奥の窓際に置かれていた。

しばらく話して、彼は「この窓は開けることができるんだ」と言って窓に近づくと窓を開け、「景色がいいよ」と言う。そして彼は窓際に近づき、
「もし営業の成績が悪かったら、ここから飛び降りられる」と窓の外に頭を突き出した。

私は高所恐怖症なので、恐る恐る窓に近づくと、窓の向こう側にはツインタワーが見え、ブルックリン橋も見えて、映画で見たニューヨークの風景が広がっていた。

日本アサインメント

日本アサインメント業務

1986年日本に渡り、世田谷区の等々力駅と上野毛駅の中間に位置した洋風の家を契約し、家具や台所セットもすべて契約し、猫のハヌカと共に6月に引っ越した。

勤務時間は午前9時から午後5時で、大和研究所まで電車で片道50分の通勤時間だったが、通勤ラッシュとは反対方向で電車は混雑せず助かる。

長い間アメリカで暮らし日本語に接していなかったので、日本語を聞くのは問題なかったが、話すと英語がたびたび言葉の中に入り、特に敬語に慣れるのに2、3か月はかかった。

山さんは、大和研究所にデザイングループ設立を目指していて、その時代のディスプレーは英文用(シングルス・キャラクター)で、漢字がディスプレーできる日本語版(ダブル・キャラクター)の需要が生まれていた。

そして、山さんはLCDフラットパネル・ディスプレーのチップにも興味を持っていて、これらのチップはカスタム設計で、グループには製品を設計する経験豊富なカスタムデザイン・エンジニアが必要だ。

複数のエンジニアが山さんの下で働き、すでにIBMローリー(Raleigh、North Carolina州)と協力し、端末用ディスプレーチップの設計に関わっていたが、主な設計はIBMローリーで行われ、大和研究所デザイングループ設立にはテクニカル・デザイン・スキルと、より多くの人材を必要とし

ていたのだ。

　Japan IBM 内部で人材を得ることが困難で、山さんは私をオフィスに呼び、最近の大学卒業生で IBM 就職希望者のリストを見ながら、「この中から5、6人を選びたい。Masa も見てくれ」と言い、リストの写真、学位、興味、志望動機などの書面を調べ、最後に最も適した希望者6人を選んだ。

　チップ設計のテクニカル・スキルを IBM 大和研究所で達成するのには、IBM バーリントンから2人の経験豊富なエンジニアを大和研究所に迎え入れてチップデザインを指導し、2人の若い大和研究所エンジニアを IBM バーリントンに送り、チップデザインを取得することで達成できる。

　しかし、このエンジニア交換は日本 IBM／大和研究所にはウィンウィンだが、IBM バーリントン側の利益はなく、IBM 米国本社、日本 IBM 本社、IBM 大和研究所、そして IBM バーリントンの同意が必要で、山さんは主に大和研究所の経営陣と日本 IBM 本社のサポートに従事し、私は IBM バーリントンの経営陣と米国 IBM 本社のサポートを受け持った。

　IBM バーリントンとの交渉は容易ではなく、かなりの時間がかかることとなる。

東京アメリカンクラブ

　東京アメリカンクラブは米国の会社のアサイニーによく知られていて、すべての IBM アサイニーはクラブに参加することが約束され、IBM が会費を負担することになっていた。

　クラブ・メンバーは、レストラン、プール、ボウリング

場、ゴルフシミュレーター、フルサイズのジム、図書室、保育所、スパなどの、世界クラスのレクリエーション施設が利用できる。

そして、さまざまな日本文化・教育プログラムが開催されていて、さらに複数のレストラン、バー、カフェがあるほか、スタジオと会議室、パーティー会場などが施設されていて、クラブには多くの趣味クラスが存在した。

Anneが参加するのに最適な場所で、他のアメリカ人と交流することができると期待していたが、しかし、私がアメリカのアサイニーとして東京アメリカンクラブに応募すると却下された。

理由は、Anneはアメリカ国籍だが、私はまだ日本国籍を持っていたからだ。

東京アメリカンクラブの入会が叶わず、IBM人事と交渉し近くの二子玉川園テニスクラブに入会し、IBMが月額手当を提供することに合意した。

多くの週末、Anneと私は二子玉川園テニスクラブでテニスをしたが、二子玉川園にはゴルフ練習場もあって、練習場は2階建てで高い緑のネットで囲まれており、ここが私たちの週末の運動場となった。

このゴルフ練習が、将来のゴルフアマチュア・チャンピオンシップの挑戦につながる。

アサイニー

大和研究所には海外からのアサイニーが数人いて、多くのアサイニーは午後5時になると、「私は日本語のクラスを受

けなければならない、また明日ね」と言って帰宅していた。

そこである日、山さんに、

「私はアサイニーなので、他のアサイニーと同様に5時に帰宅してもいいですか？」と尋ねた。すると山さんに、

「あなたは日本人に見えるし、日本語を話すし、日本の風習も知っているので、私たちと一緒にいなければなりません」と言われる。

米国のカウンターパート Ron とは、時差の都合で日本時間夜9時に電話でコミュニケーションして遅くまで滞在したが、最終電車が大和駅を出るのが午後11時なので、それに乗り遅れないように慌てて駅に向かい、何とか帰宅するということがしばしば起こった。

家に戻ると深夜12時近くで、猫のハヌカが迎えてくれたが、Anne はすでにベッドで眠っていた。

ASIC デザインシステム・プレゼンテーション

ASIC デザインシステム設計を担当していたので、IBM 大和研究所のエンジニアとアサイニーに、ASIC デザインシステムとその使用方法をプレゼンテーションするように頼まれた。

英語と日本語の両方のプレゼンテーションを準備し、どちらのプレゼンテーションをするべきか悩んでいた。

そこで、プレゼンテーションの初めに出席者に選んでもらうことにする。

「プレゼンテーションは英語と日本語を用意しましたが、どちらがいいですか？」と尋ねると、大多数が日本語と答え

た。

　英語で「では日本語でプレゼンテーションをしますが、外国人の方でデザインシステムをもっと知りたければ、私の事務所に来てください。個人的に説明します」と言って、日本語でのプレゼンテーションを始める。

　多くのテクニカルな言葉は英語なので英語の文章が多く、日本語の中にも時折英語が出てきて、プレゼンテーションを日本語で続けるのに戸惑ったが、何とか終えることができた。

　最後に「私のプレゼンテーションはこれで終わりです。どうもありがとうございました」と告げると、大きな拍手が沸いてびっくりした。

　どうやら日本語と英語のミックスが、IBMエンジニアに通じたようだ。

日本での生活

等々力周辺

家は、等々力駅前通りの商店街へ歩いて行ける距離にあり、マクドナルド、とんかつ店、中華料理店、金物店、文房具店、八百屋、そば屋、ペストリーショップ、その他の小さな店が並んでいた。

しかし、スーパーは存在せず、洋食品を買うには電車で二子玉川園駅（現・二子玉川駅）に行き、高島屋で購入する。

Anneのお気に入りのペストリーショップの前を通りかかると、女性店員が「アンさん！」と言って手を振ってくれるので、いつもクッキーをいくつか購入する。

しかしAnneの一番好きなペストリーは、砂糖とあんこをふんだんに使ったずっしり重い中華月餅でカロリーが高い。近くの高級中華料理店でしか買えないので、月餅だけを買いにたびたび出向いた。

夕食は中華料理店やピザ店からテイクアウトを注文することが多かった。彼らはスクーターの後ろにボックスを吊り下げて配達するのだが、スープをこぼさないように工夫されて

いて、アメリカの車で配達するのとはかなりの違いだ。

日本食を食べたかったが日本食の出前は見つからず、たびたびピザを注文した。当時のピザはアメリカに比べてかなり高く、アメリカでは大のサイズが、日本では小中程度で3400円。サラダが含まれると5100円になり、アメリカの値段の2倍ほどする。

中華料理は価格が妥当でかなりの量で美味しいので、中華料理を注文することが多かった。Anneも箸にも慣れてラーメンなどの麺類も「美味しい」と食べることができるようになっていた。

ある日、Anneは封筒を買いに文房具店に行き、日本語で「エンベロップを下さい」と女性店員に話したが、店員はAnneの日本語が理解できず、もう一度「エンベロップを下さい」と言った。

しかし店員はまだAnneの言葉が理解できないので、「Masa、あなたが言って」と言い、私が同じように「エンベロップを下さい」と言うと、店員は「はい、こちらです」とすぐに案内した。

「あなたも私と同じことを言ったのに！」とAnneは言い、不愉快な様子だったので、「僕は日本人に見えるけど、君は外国人なので、店員が君の言葉を理解できなかったのが理由だよ」と慰めた。

アメリカでは家から街の商店街に歩いて行くことは考えられないが、日本ではそれができるので、便利であり楽しくもあった。

くさや

　隣の家の一つはマレーシア航空の社長が借りていて、時折隣家から強い調理臭が出て、それで兄が「くさや」という食べ物（魚の干物）が大好きだったことを思い出した。

　そして、これはAnneにも想い出に残ると思い、ある週末、高島屋の地下の食品売り場でいくつかのくさやを買った。

　毎朝、鯵のひらきを食べていたのでAnneは鯵のひらきの匂いには慣れていて、くさやは違う種類の魚だと思っていたらしく、朝食にくさやを焼き始めると、それはひどい臭いが部屋中に漂い、Anneが、「すごい悪臭よ、すべてのドアを開けて！」と言ってキッチンから逃げ出した。

　しかし、猫のハヌカは私の足にこすりつき、おかしくなるほど鳴いてくさやをねだった。臭いはひどいが味はとても美味しく、猫のハヌカと私はくさやを楽しんだ。

　ドアを開けるとマレーシアの隣人の家に臭いが漂って行き、臭いのお返しができた。しかし、「この家には、これからはくさやはなし」とAnneに言われる。

　くさやは伊豆諸島伝統の魚の干物で、昔は兄が「酒によく合う」と言って美味しそうに食べていたのを思い出す。

母の同居

　母は長い間、豊島区の小学校で教師をしていて、退職後は兄家族の住む米子に移り住んでいたが、私たちと東京で一緒に住みたいと連絡があり、同居することになる。

　それまで朝ごはんは私が自分で作っていたが、母が朝、早

起きしてごはん、味噌汁、漬物、納豆、焼き魚を作ってくれた。

猫のハヌカは母のそばを離れず、母はハヌカのためにいつも余分に魚を焼き、ハヌカはゴロゴロ喉を鳴らしながら美味しそうに食べている。

私は母が作った朝食を食べ、コーヒーを飲んで仕事に向かったが、Anne はなかなか起きず、いつも私が会社に出た後に起きてきて、オートミールとミルクの朝食を食べていたらしい。

西洋人の Anne と母が一緒に暮らしたのは初めてで、Anne は日本語が話せず母は英語が話せなかったが、何とか2人は最小限の日本語と英語のフレーズを使いコミュニケーションを取っていたようだ。

例えば、母は「食べようかな〜」とか「行こうかな〜」などと言い、Anne は「EAT？」「GO？」などと話していたらしい。

母親には「象の足」と呼ばれる持病があり、心臓に問題があって足首に水が溜まる。母が買い物に行くと上り坂で苦しくなり、幾度も立ち止まらなければならず、Anne は母に「心臓の専門家と連絡を取るべきだ」と提案した。

その言葉に従い、心臓の専門医に検査を受けて薬が処方されると、母親の状態はかなり改善された。それ以来、ちょっとぎくしゃくしていた Anne と母の関係が良くなってきた。

嫁と姑(しゅうとめ)の間は同人種でもぎくしゃくするが、異人種では違う隔たりも生じる。

Dale の訪問

親戚の Dale がビジネス・トリップで日本に来るので、私たちの家に立ち寄りたいと連絡が来た。

母にもアメリカ人の親戚が訪問してくることは事前に話したが、Dale は195cm ほどの非常に背の高い人で、靴のサイズも大きく36cm ほどで、Dale が入り口のベルを鳴らしたのでドアを開けると、玄関の上枠より高く、頭を下げて入ってきた。

母は Dale の背の高さに驚きながらも、日本式に玄関の床に正座して深くお辞儀をすると、Dale は母のお辞儀の姿を見てどうすればいいか分からず、戸惑いながら立ったまま軽くお辞儀を返した。

家に上がる前に靴を脱ぐ日本の習慣は知っていたようだが、大きな靴を脱ぐと脱ぎっぱなしで、揃えずに上がってきた。

母は Dale の靴を揃えながら、あまりの大きさに目を見張り、Anne と私に向かって両手を大きく広げ、靴の大きさがどれほど大きいかを知らせたので、私たちは頷きながら笑った。

近くの小学校で秋の運動会が開かれていたので、Dale を

誘い運動会場に着くと、背の高い外国人を見た子供たちが集まってきて、下からDaleを見上げてわいわい騒いでいる。

Daleは子供たちの頭を撫でながら「何て言っているんだい？」と尋ねるので、「子供たちは、こんな背の高い人は見たことがないって言ってる」と答えた。

確かに、日本に来るアメリカ人は、なぜか皆、背が高いように思える。

兄家族の訪問

1986年の年末、米子の兄家族が訪ねてきた。

兄は若い頃アイススケート場でインストラクターをしていた経験があり、スケートが上手なので、皆で二子玉川園スケート場に向かった。

兄がスケートを付けると、水を得た魚のようにすいすいと滑り始める。残された家族は手摺りをつかんで徐々にスケートを始め、子供たちは何回も転んで苦労していたが、椅子のスケートに乗って滑っている人を見つけ、これなら初心者でも楽しめると椅子のスケートを借りに行くと、すでにすべて貸し出されていた。

仕方なく、残りの家族は手すりをつかみながらゆっくりとリンクを回っていると、兄が気持ち良さそうに手を後ろに組んで後ろ向きに滑りながら近づいてきて、子供たちを教え始めた。

スケートを楽しんだあと、Anneは「お義兄さんの家族にアメリカ料理を作りたい」と言い、皆でアメ横に向かい、ロブスター、カズノコ、サーモンなどを買い求めて家に戻る。

ロブスター料理の水を沸騰させ、サツマイモ、ホットドッグ、ビイーズ、マスタード・カリフラワーを作り、兄家族は「どの料理もみんな美味しい」と言って食べ終えた。

「どれが一番美味しかった？」と尋ねると、意外にもまたAnneの作ったマスタード・カリフラワー料理が人気で、Anneは日本語と英語のミックスでマスタード・カリフラワーの作り方を説明していた。

　兄は日本人には珍しく髪をカールにしていて、いつも笑顔で外向的で誰とも人懐っこく話し、Anneにも英語と日本語のミックスでうまくコミュニケーションを取っていた。

　するとAnneが、「お義兄さんの方がMasaより、もっと社交的で好き」と言う。

　しかし、兄は大酒飲みで喫煙者で、そして米子では買えないくさやが大好きだった。特にくさやは酒が美味しくなると楽しみにしていて、高島屋でくさやを買ってきた。

　くさやを焼き始めると臭いが家中に漂い、Anneが「窓を開けて！」と言って窓を開けたが、12月の冷たい空気が家に入り込んで皆は震えていた。だが、兄はウイスキーを飲みながら、ビールもウイスキーの水代わりにして飲み、久しぶりの美味しいくさやを食べて上機嫌だ。

大晦日にはすき焼きディナーを食べ、12時になると「これは長生きの象徴だ」とAnneにまた言い聞かせ、皆でおそばを食べて寝床に就いた。

正月には子供たちにお年玉をあげ、買い揃えてあった正月料理を食べてから明治神宮に初詣に行った。だが明治神宮はあまりの人混みでなかなか神社本殿にたどり着けず、お賽銭も人々の後ろから投げ入れる始末だったが、何とか家族の無事と健康を祈ることができた。

2日後、兄家族は米子に帰って行ったが、その後、兄は52歳の若さで他界したため、これが兄との最後の出会いになってしまった。

残念ながら、大酒飲みと喫煙が兄の寿命を短縮させた。しかし兄は、人生を自身の好みで生き抜いたのだとも思う。

節 分

母はAnneに、「毎年2月3日は日本の節分祭で、季節の移り変わりを歓迎するために行われ、その日は煎った豆を『鬼は外』と言いながら外にまいては、『福は内』と言って家の中にもまく習慣があるのよ」と話し、豆を煎って私が帰るのを待っていたのだ。

家に戻り玄関のドアを開けると、Anneが「鬼は外！」と言って突然豆がまかれ、私は頭を下げながら「僕は鬼じゃないよ」と言いながら入ろうとしたが、豆はまかれ続けた。

私も豆を集めAnneに「赤鬼は外！」とまき返し、母は笑いながら見ていたが、豆まきには加わらなかった。

想像だが、日本の赤鬼の由来は、遠い昔に白人が日本に到

来したのではないか？

日本語学校

Anneは大学でドイツ語が専門で、卒業後一時コロラド州の高校でドイツ語の教師を経験していて、語学は得意ですぐに日本語が上達すると意気込んで渋谷の日本語学校に入学した。

教室に入ると、アメリカ、ドイツ、ロシア、韓国、中国、ベトナムなどの国々の生徒がいて、先生が最初に名前を読み始めたが、Anneの名前「Hayashi」を見てストップした。そして先生は西洋人のAnneを見て、名前を見比べ、「Anneさん、あなたは2世ですか？」と尋ねる。

Anneは「NO, My husband is Japanese」と答えたので、先生はお辞儀をして次の生徒の名前を呼んだ。

学校は日本の大学入学準備のための授業なので難しく、韓国、中国、ベトナムからの生徒は授業に慣れていったが、Anneも含めその他の国々から来た生徒は苦労していた。

先生は「学校の中ではお互いに日本語で話してください」と指示したが、生徒たちは皆英語で話していた。

ある日、Anneが渋谷駅に着くと雨が降りだした。雨が降ってもAnneは傘を持たず（一般的なアメリカ人）学校まで歩くことにし、雨の中を歩きだすと、突然若い男性がAnneの隣に寄り添い、傘を頭上にさして一緒に歩き始めた。

「Thank you」とAnneが言うと彼は何も言わず、軽くお辞儀をして学校まで付き添い、Anneが再び「Thank You」と言うと、彼はまたちょっとお辞儀をして渋谷駅に戻って行っ

た。
　Anneはこの出来事を話し、
「どうしてあなたは、いつもそのような行動をしないの？」と言ったので、
「うん、でも僕も傘を持っていないんだよ」と答える。

日本料理学校

　Anneが渋谷駅の近くにある日本料理学校に毎週一度通うことに決めた。そこでは外国人の主婦が日本料理を学んでいた。

　帰宅したある日、「今日は、いい日本食を習ったので作った」とAnneが言い、大丈夫かなと思ったが、Anneはすでにごはんと味噌汁の作り方は知っていて、
「今日は"たこの酢の物"の作り方を覚えたので作った」と言う。

　ごはん、味噌汁、そして大きなボウルに"たこの酢の物"が出されたので、「わー、すごくたくさんある！」と驚いた。

　主菜を待っていたが、Anneは動かず「Please」と言い、「これだけ？」と訊くと「Yes」と返事が来たので、
「Anne、"たこの酢の物"は副菜で、主菜じゃないよ。何か他にないの？」と尋ねる。
「料理の先生は"たこの酢の物"はメインディッシュではないとは言っていなかったわ」と言われ、仕方なく、ごはん、味噌汁と、"たこの酢の物"を主菜にして夕食を食べ終えた。

　翌日、山さんに昨晩の夕食のことを話すと大笑いして、
「"たこの酢の物"はメインディッシュではないですよ」と

Anne に電話をかけてくれた。

　Anne が日本食を作ってくれるのは嬉しいが、次に何が出てくるのか少し心配だ。

近所の猫

　家猫のハヌカは外に出ることがなく、小さな紙玉とじゃれるのが好きで、紙を丸くボールにして投げると紙ボールを追いかけ、じゃれて遊び、ボールを口にくわえて持ってきて私の前に落とし、また投げると戻すという、犬のような遊びをした。

　家の周辺には、尾のない数匹の野良猫がいて、家の庭に入りハヌカと遊びたがって窓から家を覗き込み、ハヌカも窓に近づきガラス越しにお互いに手を動かしじゃれ合っていた。

　会社で仕事をしていたある日、Anne から電話が来て、
「裏庭で小猫が狂ったように鳴いていたので、家の中に猫を入れた」と言った。その猫は病気を持った小さな猫で、Anne はその猫を助けたいと思い電話をかけてきたのだ。

　Anne に「近くの獣医に猫を連れて行って、ガイダンスを求めるように」と話すと、しばらくして電話がきたが、どうやら獣医は英語が話せずコミュニケーションが取れない様子なので、電話を獣医と代わると、
「この猫は目の病気を患っていて、猫を治療することはできますが費用がかかりますよ」と言われる。
「お金がかかる」と Anne に説明すると、
「治療費は払うから、猫を治療してほしいと説明して」と言うので、獣医師にそう説明して電話を切った。

しばらくして再びAnneから電話が来て、獣医と話してほしいと言われ電話を代わると、獣医から「治療の後、この猫はあなたたちが世話をしなければなりませんが、いいですか？」と言われる。それをAnneに伝えると、「それはできないので、獣医さんにシェルターを探してもらえるよう頼んで」と言う。

　獣医は気乗りしない様子だったが、
「シェルターを探してみます。ただし、同じ病気の野良猫がたくさんいるので、もう猫は持ってこないでください」と固く忠告された。

　それから「あなたは猫を飼っていますか？」と聞かれ、「もちろんです」と答えると、「この目の病気は非常に伝染性が高く、あなたの猫もこの病気に罹(かか)っている可能性がありますので、すぐに連れてきてください」と言われる。

　電話をAnneに代わり、「こういうわけで、すぐにハヌカを獣医に見せるようにと言われた」と説明すると、「わー！すぐに連れてきます」と言い、ハヌカにも診察を受けさせた。

　それにしても、なぜ日本の猫には尻尾がないのか。アメリカでは全く見かけないが、そのような種類なのだろうか。

植木屋

　ある日、遅くなって真っ暗な中帰宅すると、門前に多くの切り枝とシュラブが山積みされ、庭を進むとさらに多くの切り枝とシュラブが横たわり、家のドアまで積み重なっていた。

ドアを開け、「この切り枝とシュラブはどうしたの？」とAnneに訊くと、「男がやって来てドアをノックし、開けると"ウィークエンド・ガーデン"と言った」と答える。

　Anneは家主が庭師を送ってきたと思い、ウィークエンドにはMasaが家にいるので「OK」と言うと、すぐに4、5人の男が現れて木の枝と低木を切り始め、一日中働いていたという。

「家主が週末に庭師を送ったと言ったのは確か？」と訊くと、

「Yes、彼はウィークエンド、ガーデンと言った」と答えた。
「この周辺にはストリート・ガーデナーが存在し、彼は"ウィークエンド、ガーデン"（週末にガーデンをする）ではなく、"ウイ　キャン　ドウ、ガーデン"（私たちはガーデンができます）と言ったのかもしれない。だから、ウィークエンドではなく、すぐに木を切りだしたんじゃないだろうか」とAnneに言った。

　翌日、家主の会社に連絡すると「ガーデナーは送っていない」と答えたので、「ああ～、私たちは数千ドル（30万円ほど）のガーデン費を払わなければならない」とAnneに伝え、そしてAnneに、「次に誰かが玄関のドアをノックしたときは"I can't speak Japanese"と言って、ドアを閉めなさい」と言った。

　これが次の問題を引き起こす。

新しい隣人

　数日が経ち、家に帰ると素敵な和紙で包まれたパッケージ

がテーブルの上に置いてあるので、「これは何？」とAnneに尋ねた。
「今日の午後、誰かがドアをノックしたので、ドアを開けると年配のカップルがドアの前に立っていて、お辞儀をして日本語で何か言ってこのパッケージを渡したの。私はあなたに言われたとおり"Thank you, I can't speak Japanese"と言ってドアを閉めた」と答えた。

パッケージの主の名刺を見ると、隣人として引っ越してきた出版社の社長で、その挨拶にプレゼントを持ってきたのだ。
「ああ、いや、彼らは新しい隣人だよ。何かお返しする物はあるかな？」と言い、慌てて探し回り、未開封のバーモント州のメープルシロップを見つけ、シロップを持って隣人にAnneの行動を謝罪しに行った。

しかし、その出来事のせいか、その後隣人との付き合いはなかった。

コミュニケーション・ギャップは、世代が変わるたびに徐々に改善していくと思う。

地 震

夜8時頃、職場で強い地震が発生し、全員が仕事をストップし机の下に入ろうとしていたが、揺れは約30秒間続いて停止したので、皆、何もなかったように仕事に戻った。

かなり強い揺れで、その後まもなくAnneから電話が来て、「あれは何だったの？　地震？」と訊くので、
「Yes、どこにいたの？」と尋ねると、

「どうすればいいのか分からず、家の真ん中で立っていた」と答えた。
「そうか、地震のことをまだ話していなかったね。次に地震が来たら、デスクかテーブルの下に隠れ、窓や鏡からは離れるように。キャビネットや高い家具からもだよ」と話した。

　すると、社内放送で「今日は皆さん早く帰ってください」と放送されたので、「何のメッセージ？」とAnneが尋ねる。
「今日は皆早く帰るようにと放送しているんだよ」
「今は午後8時よ。第2シフトの社員にも早く帰宅するようにアナウンスしているの？」
「いや、これは第1シフトの社員に向けてだよ」
「ああそう。あなたは早く帰れるの？」と聞くので、
「日本ではあの程度の地震はいつでも起こるよ」と答える。
「家は大丈夫なのかなあ」と言うので、「日本の家屋はある程度の地震には耐えられるけど、地震後の火事には弱いから、火事が発生したら何も持たずに多摩川まで逃げてね」と話す。

　次にAnneは「こんな危ない所に、なぜ多くの人々が住んでいるの？」と尋ねるので、
「最後の関東大地震と火事は1923年で、60年ほど前だよ。関東地方での大地震は80年から100年の周期で起こっているから、まだ20年ほどは大丈夫だと思う」と話した。

　確かに、地震、津波、台風、豪雨、火山噴火、竜巻、落雷等、日本は自然災害が世界でもまれなほど多い。

飛騨高山への旅

東京から飛騨高山、富山、そして東京に戻るバスツアーに参加した。

Anne以外は全員日本人で、バスガイドの案内は日本語で行われるので、私が通訳をしなければならなかった。

バスガイドが、「ここは長良川で、鵜飼が行われます」「右側はそば畑で、そばは土壌が悪くても育ちます」などと語るのを、何とか通訳していた。

英語と日本語を自由に使えることと通訳とは異なり、バスガイドが何かを言ってもすべては通訳しない。Anneが「彼女は何て言ったの？」と尋ねても「Nothing」と答えていたが、Anneは「彼女は何か言ったわ」と主張するので、「それは重要なことじゃなかったんだよ」と答える。

飛騨高山に着くと旧高山市内を散策した。街の中心に昔の地元支配者の屋敷（高山陣屋）があり、屋敷に入ると入り口には支配者の名前と家系図が展示されていて、名前が母の旧姓である「金森」であることに驚いた。

"金森"の名は珍しく、私は母の親類を除いて聞かなかった。母の家系は富山地域から移住して北海道に住み着いたと聞いていたので、「もしかしたらここが私のルーツの可能性がある」とAnneに話す。

金森一族は戦国時代から始まり、当主長近は高山藩主であったが、子孫は江戸時代に移封となり当地は幕府直轄領となった。しかし再び分家が興り、明治に至るまで存続している。

敷地に入ると裁判室があり、人形の裁判官が畳の上に座り

容疑者は外庭に座って裁判を受けるシーンがあった。

次の部屋は拷問部屋で複数の拷問道具があり、拷問されている人形がぎざぎざに削られた棒の上に座り、膝の上には重石が載せられていた。

昔の地元支配者"金森家"はこんな残酷なことも行っていたのか？「うーん、これが私のルーツか？」

その夜、私たちは伝統的な日本式の旅館に泊まり、夕食は皆が一緒に食べるため、多くのお膳が置かれた広いオープンスペースの畳の部屋に導かれる。

座布団が並べられていたがAnneは座布団に座れず、私はいくつかの座布団を頼んで積み重ね、Anneにその上に座るように言って何とか席に着いた。

それは日本の伝統的な料理で、Anneは少しだけ食べ、私がAnneの分も「美味しい！」と言いながら久しぶりの伝統料理を味わった。

しかし問題は朝食でも起こった。皆が集まる大きなホールに向かうと和食のビュッフェ・スタイルで、ごはん、味噌汁、海苔、納豆、焼き魚、卵などが選べた。

しかし、Anneは食べ物を選ぶのに苦労していて、ごはん、味噌汁、そして数個の卵を持って椅子に座り「卵を見つけた！」と言った。

「それは生卵だよ」と言うと、「生!?　食べるものが何も見つからない」と言ってがっかりしたので、

「ゆで卵を作れるかどうか聞いてくる」と言い、ゆで卵を作ってもらえることになった。Anneはお腹が空いていたのか、ゆで卵を美味しそうに食べていた。

伝統的な合掌造りの集落に向かうと、集落の入り口には池があって、そこで蓑、笠をかぶり、昔の農家の服装で人力車を引く様子を写真に撮った。私は日本人のお百姓に見えたが、Anne はやはり観光客に写った。

合掌造りの家の中に入ると、真ん中にいろりがあり天びんが吊るされて、「合掌造りの屋根は藁で出来ていて、虫などが侵入するといろりの煙で虫を追い出している」と説明される。

2階に上がると繭を育てる場所があり、そのそばには糸を一人で紡ぐ木製の紡ぎ機があった。4階には合掌造りの三角の屋根と窓があり、窓の下が内側に傾いていて雨が窓の下に当たらない工夫がしてあり、昔の人の知恵と工夫が多く存在している。

「合掌造りの家には代々の家族が住むことができる。この地方は積雪が多いので、雪が自然に屋根を滑り落ちるように急傾斜に造られ、それが両手で合掌する形に見えることから合掌造りと言われるんだよ」と Anne に説明し伝えた。

Anne が日本人の昔の生活を知った。

Anne の右足骨折

　Anne はペンシルベニア州の山腹で、子供の頃からスキーを履いて育った上手なスキーヤーだった。

　1987年の初春、知り合ったアメリカ人の若い宣教師から「週末にスキーに行くので一緒に行かないか？」と誘われ、群馬のスキー場に2泊3日で向かった。

　旅館に着いて、教会のメンバーが夕食の座に着き祈りを始め、祈りの終わりに私が手でクロスのジェスチャーを始めると、Anne が私の手を即座に止めた。

　私はカトリックとプロテスタントの習慣の違いを知らず、クロスのジェスチャーはカトリックの作法だったのだ。皆はプロテスタントの集まりだったから、もう少しで大きな間違いをするところだった。

　旅館には素敵な温泉浴槽がいくつもあり、浴槽から外が眺められる憩いの場だが、その夜はすでに遅かったので、翌日温泉に入ることにして床に就く。

　次の日、スキーのレンタル場で安全バインディングをチェックしていると、Anne のバインディングが少しきついと感じ、「これはきつすぎる」と言うと、「大丈夫、私は安全バインディングのないスキーで育ったので転びません」という答えが返ってきた。

　しかし、これが次の大事件につながる。

　スキーの経験がない2人のハワイ出身の若い女性を連れ、Anne は初心者のスキー技術・ボーゲンを教え始め、女子たちは何度も転び全身真っ白になりながら、何とか丘を下った平らな所までたどり着いた。

私はあまり上手なスキーヤーではなかったが、一人で丘の頂上までリフトで登りゆっくりとスキー場を滑り降り、彼女たちと合流する。
「少し一人でスキーをするから、Masa、この２人を見ていて」とAnneが言い、丘の頂上までリフトで登って行った。
　スロープを眺めていると、スムーズに滑り降りる多くのスキーヤーの中に、Anneがスラローム・スタイルでスロープを滑り降りてくるのが見えた。
　かなり急なスロープをスムーズに滑り降り、急斜面をほとんど滑り終えるかに見えた次の瞬間、Anneが転倒した。
　Anneは起き上がらず右足を抱えていて、見ていた私は右足が異常にねじれ曲がったと感じ、安全バインダーが解放されず足を骨折したのだと直感する。
　２人の女性に「救助隊を呼んで」と言い、すぐにスキーを外してAnneの倒れている場所に向かった。
　たどり着くとAnneは右足を抱え苦痛を訴えていて、足を見ると鋭い角がスキーパンツに確認され、骨が折れているのは確実だ。
　間もなくプラスチックカバーが付いたソリを持った救助隊が現れ、Anneはソリにそっと移されるとプラスチックカバーで顔まで包まれた。これは良い思い出の瞬間だと写真を撮ろうとカメラを向けると、「No, Masa！」と怒られた。
　救急小屋まではもう一つの急な丘を滑り降りなければならず、救急隊員は急なスロープをまっすぐに降りて行ったが、あまりにも急斜面で、私はまっすぐ降りられずスロープを右端左端とジグザグにたどりながら降りて、やっとのこと

Anne が運ばれた小さな小屋にたどり着いた。

　Anne は右足を骨折していて、右足の両側を2つのまっすぐな板で固定し、テープでしっかりと保持されていた。

　そして隊員に「ここでは、彼女を治療することはできませんので、東京の病院に行ってください」と言われ、東京に戻る直行バスが午後に出ると聞いたので、旅館に戻りバスを待つことにする。

　しかし、小屋から旅館までは歩くしかなく、Anne はクラッチを受け取ったが短すぎて歩くのが困難なので、私がAnne を背負って汗だくで旅館まで運んだ。

　ようやく到着し事情を話すと、幸いにもバスは旅館の前にも止まるとのことなのでバスを待つことにし、しばらくしてバスが到着した。

　乗客がかなり乗っていたが、Anne を中側の席に座らせ、右足をバスの通路にまっすぐ伸ばし、東京に向かった。

　バスターミナルに到着したのは夜遅い時間だったので、タクシーを拾い家に戻った。

　Anne はおおらかだがおおざっぱで、何も気にしない性格だ。これはアメリカ人と日本人との違いなのか？　私の忠告「バインディングがきつすぎる」を聞いていれば骨折は避けられたはずなのだが……。

手　術

　翌日、近くの近代的な大きな建物の日産病院に行った。

　医者が右足のレントゲン写真を撮り調べると、太い骨が折れており、さらに細い骨にもひびが入り、

「手術が必要です。ヒビが回復するのには時間がかかります」と説明された。

Anne が個室を希望して個室に運ばれたが、個室の建物は受付の近代的な建物とは違い、第 2 次世界大戦以前に建てられた古い建物で、部屋のペイントが数か所剥がれ、ベッドは古いスチールベッドで、戦中病院の白黒写真を見ているような錯覚に陥る。

看護師に「この建物の隣に新しい病院の建物がありますが、妻をそこに移動させることはできませんか？」と尋ねると、

「新しい建物は生命の危険がある患者用で、Anne さんの足の骨折は、生命の危険があるものではありません」と言われる。

「まあ、個室に入ることができたからよしとしよう」と呟いた。

Anne の手術当日となった。手術は新館で行われるので、古い建物から一度外に出る必要がある。

それは快晴の春の日であった。Anne が手動式ベッドで運ばれて外に出ると桜の花が満開で、その満開の桜の花の下を通って手術室に向かった。

手術室では脊髄麻酔を受けたが半分起きていて、医師が英語のラジオ局を聴いていることに気付いた Anne が、

「あなたは英語が話せますか？」と医者に尋ねると、「英語のラジオプログラムを聴いて学んでいます」と英語で答えた。

手術は 3 時間ほどかかった。その夜 Anne は個室に戻され

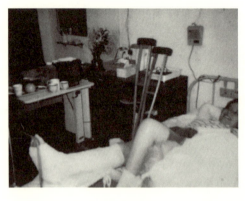
たが、「足は痛くないけど、脊髄麻酔の副作用で頭が痛い」とぼやいていると、すぐに医者が現れ、「太い骨が折れていてメタルで固定しましたが、細い骨にひびがあるので、ひびが治るのに4週間病院に滞在する必要があります」と告げた。

「わぁー、アメリカでは骨折入院は2、3日だけど、日本では1か月の入院が必要なんだ」と驚く。

窓の外には、まるでAnneの回復を保証するかのように、美しい満開の桜の花の風景が広がっていた。

病院の食事

病院での食事は、朝は看護師が洋食を持ってくるのでAnneは食べることができたが、夕食は和食で魚が主なためほとんど残した。

夕食後に看護師が「どのくらい食べましたか？」と尋ねると、Anneが日本語で「半分」と答え、看護師は食卓のカバーを開け、「あまり食べていませんね。Anneさん、もっと食べてください」と忠告し去って行った。

「Masa、病院の夕食は食べられない」と言うので「Why？」と訊くと、「すべてが冷たく、ごはんも味噌汁もぬるく、魚

が冷たくて臭いので、夕食を食べる気がしない」と話す。

「OK、Anne。君の入院中は、早く帰って駅前のマクドナルドでハンバーガーを買って持ってくるから、夕食は食べなくてもいいよ」と提案した。

山さんに事情を話し、Anne が入院中は早めに帰宅して夕方に駅前のマクドナルドでハンバーガーを買い、看護師に見つからないようにスーツケースに入れて持って行くのが日課となった。

しかし、看護師に「どのくらい食べましたか？」と訊かれるので、私が病院の夕食を食べなければならなかったが、冷たい魚や他の料理に食欲が湧かず、半分だけ食べる。

今日も食後に看護師が現れ「今夜はどれほど食べましたか？」と尋ねるので、Anne は「半分」と答えた。看護師はカバーを開け「今日は良いです」と言ったが、私が半分食べていたことには気が付かなかったようだ。

私はまだお腹が空いていたので、病院から家に帰る途中、中華料理店に立ち寄り夕食を食べて帰ると、お腹を空かした猫のハヌカがすぐ近寄ってきて夕食を求める。私はハヌカの夕食を作り、時には魚を焼いた。

確かに日本の病院食もアメリカの病院食も、あまり美味しいとは言えない。

髪洗い

Anne は何日も入院していて、シャワーを浴びたり髪を洗ったりすることができず、髪を洗いたいと言って助けを求めた。

看護室の前の廊下に古い共同の長い水道シンクがある。Anne は松葉杖を使ってシンクにたどり着くと、蛇口の下で髪を濡らし、私が Anne の髪をシャンプーして洗い、タオルで拭いて乾かした。

　夫が妻の髪を洗っている姿は日本人の目には奇妙に見えたのか、病院で私が Anne の髪を洗う情景が話題になっていたようだ。

　しかし、どういうわけか看護師が Anne の髪を洗っていた私に感動し、一人の看護師が Anne の病棟に来て、「あなたの旦那さんは素敵です！」と言って、急いで部屋を出て行ったと Anne が話していた。

　またある日、他の看護師が「あなたの旦那さんが歩いている姿を駅で目撃しました。あなたの旦那さんは素晴らしい！」と Anne に告げたと不服そうに話した。

　次に、看護師が「Anne さん、あなたの旦那さんは、Robert Redford（ロバート・レッドフォード）みたいです」と言ったと Anne がまた不服そうに話すので、「私が Robert Redford ?」と首を傾げた。Anne の髪を洗うだけでこんなに良い評判になるなんて考えてもみなかった。

　Anne の最大の懸念は、彼女の体重が測定された時で、通常日本人の女性は小さく体重はそれほどないが、アメリカ人は背が高く体重があった。

　それで病院の誰もが Anne の体重に耳を傾け、Anne が体重計を踏んだとき、看護師が「Anne さん、65キロ」と大声で発表したので誰もが息を呑んだ。

　Anne の髪を洗うのもそうだが、日本の生活環境とアメリ

カの生活環境の違いか、私はアメリカに住んで素直に行動できるように変わっていったと感じる。

クラッチ生活

Anneは4週間入院した後に退院し、クラッチ（歩行補助杖）を使って家の中を動き回っていた。

しかし寝室は2階にあり、階段は狭く360度回転しているので大変だった。階段を上るときは私が後ろからAnneを支えれば、クラッチを使って立ったまま上ることができたが、クラッチで階段を下りることはできない。それでAnneは座って右足をまっすぐに伸ばし、一段一段お尻をついて滑り下りていた。

毎週末、2階建てのゴルフ練習場に通いゴルフのスイングを調整していたが、ゴルフコースは回れず「ここは日本だなあ」と感じていた。

Anneもクラッチで一緒にゴルフの練習場に来て、練習後、二子玉川園駅（現・二子玉川駅）の近くのラーメン屋に行きお昼を食べ、高島屋の店内を見て回り夕食を買い、家に戻るというのが週末の日課になっていた。

日本の骨董品にAnneは興味を持ち、月に1回、日曜日に神社で骨董品の市が開かれるので、クラッチを使い骨董品を見て回っていると、一つの骨董品に目が止まった。

Anneが骨董品を指さし「How much?」と訊くと「？？？円」と答えが返ってきたがAnneには聞き取れず、私が中に入り交渉すると交渉がうまく進み、かなりの値引きができた。

　退院して5か月後、病院から手紙が来た。
　「骨に取り付けた鉄板を取り除く手術を行わなければならない」と書いてあったが、アメリカでは通常、鉄板はそのままで取り除く手術は行わない。
　Anneは「また手術!?」と驚き、少し不満な様子だったが取り除く手術は順調に行われ、しばらくの間はクラッチを必要とした。
　その後、Anneの右足は何の痛みもなく完治した。鉄板の取り除きは正解だ。

アサインメントの進展

IBM バーリントン・エンジニアの選択

2人の経験豊富な IBM バーリントン・エンジニアを大和研究所に迎え、2人の若い大和研究所エンジニアを IBM バーリントンに送る交換は、IBM バーリントンにとっては利益がないため、どうやってバーリントン・マネージメントの了解を得るかが一番の課題だった。

バーリントンのインターフェース、Ron と私は、バーリントンの経営陣を説得する手段を毎日話し合い、
「日本用のディスプレーを製品化することは、日本とアジアでの市場を広げ、IBM 全体としても売り上げに貢献し将来性がある」と知らせることだと結論を出した。

私はエンジニアの交換を成功させるために、すでにバーリントンの2人の経験豊富なカスタムデザイン・エンジニアを選択していて、この2人に日本アサインメントを承諾させるためにバーリントンを訪問した。

ゴルフ仲間の Pete（ピート）が最適な人物だったが、彼はカスタムデザインのチームリーダーで無理だと分かっていたので、選択したカスタムデザインのエンジニアの一人は Bob（ボブ）で、ソフトボールでよく Bob のチームと対戦し馴染みが深かったので彼に話すことにする。

Bob に「日本への2年間のアサインメントはどうか」と尋ねると、「妻と子供たちに訊いてみるが、たぶん大丈夫だろう」と約束してくれる。

もう一人のエンジニアはJack（ジャック）で、Jackとは顔見知りで有能なエンジニアと知っていたので訊いてみることにした。

　Jackのオフィスに行き日本への2年間のアサインメントの話をすると、Jackはレンタル財産を所有していて「誰か管理人を探さなければならないので、後日連絡する」との返答だった。

　次に、彼らのマネージャーRobertのオフィスに行き、「2人のエンジニアを日本へ2年間アサインメントとして送ってほしい」と頼み、「その交換として日本から2人の優秀なエンジニアを送り、あなたの下で働く」と説明した。

　そして「日本のエンジニアは若いが働き者で、大和研究所では毎晩11時頃まで働いている」と言うと、Robertは、「私の独断では決められないので、上位マネージメントに話してみる」と答えた。

　後日、BobとJackが日本行きは可能だと連絡してきたが、バーリントンの上位マネージメントとの交渉は長引いた。

　ここでも、私のスポーツのつながりが役立った。

大和研究所マネージメント・プレゼンテーション

　山さんは、大和研究所の上司マネージメントに提示するプレゼンテーションを作成していて、私にそれを見てほしいと言い、バーリントンのいくつかのアイテムを入力する。

　山さんのマネージャーに説明するとマネージャーは提案に同意し、次に大和研究所長に提案をプレゼンテーションする

日が決まった。

その日の前日、大和研究所のデザインセンター設立のために、経験豊富なカスタムデザイン・エンジニアの必要性のプレゼンテーションをさらに調整していて、チームメンバー皆で夜遅くまで働いていて、終電が大和駅を発車する午後11時はすでに過ぎていた。

午前1時頃、やっとのことでプレゼンテーションの準備が完成し、山さんに「日本人の妻なら会社に泊まっても大丈夫だろうが、私の妻はアメリカ人だから、泊まるのは難しい」と話すと、「OK、タクシー代を払うので家に帰ってください」と言い、タクシーで午前2時頃家に戻った。

Anne はすでに眠っていたが、猫のハヌカがそばに寄ってきて、体を足に押しつけて迎えてくれた。私はそっと床に入り眠りに就いた。

翌朝、Anne が「昨夜は何時に帰ってきたの？」と尋ねるので「午前2時頃」と答えると、「今日は休んだら」と言ったが、

「今日は大和研究所長にプレゼンテーションする日なので、どうしても行かなければならないんだ」と答える。

出勤すると、みんな昨日と同じスーツを着ていて、山さんが「大丈夫だった？」と訊き「アメリカでは、旦那が会社に泊まることはないの？」と尋ねるので、

「アメリカでは家族が優先、仕事は家族を養うためのもので、会社に一晩泊まることはほとんどないよ」と答えると、山さんが Anne に電話をかけ事情を説明してくれる。

そして、私たちは、エレベーターで最上階まで行き、ソフ

ァーに座ってしばらく待ってから、研究所長室に案内され、山さんは落ち着いて自信を持ってプレゼンテーションを始めた。

大和研究所に日本IBMのデザインセンターの必要性を強調して、「それを達成するには、バーリントンの2人の経験豊富なエンジニアが必要で、その交換として2人のエンジニアを大和研究所からバーリントンに派遣します。これは、大和研究所エンジニアが設計知識を得る良い機会でもあります」とプレゼンテーションした。

そして、「この企画は大和研究所には非常に有利で、大和研究所のエンジニアが2人の経験豊富なカスタムデザインのエンジニアからデザインを手を取って習うことができるだけでなく、大和研究所からバーリントンに2人のエンジニアを送り、そのエンジニアもカスタムデザインを習うことができるのです」と説明する。

研究所長はしばらくして「バーリントンは同意するか？」と尋ねたので、「Masaが働きかけています」と山さんが答え、後日、研究所長は同意した。

山さんは、大和研究所の経営陣と日本IBM本社のサポートを順調に進めていたが、私はIBMバーリントンの経営陣と米国IBM本社のサポートに苦労していた。

IBM本社交渉

キャピタル東京ホテルでIBMシニア・マネージメントとアサイニーとの夕食会があるので出席するようにと手紙が来た。

カスタムデザインの専門知識をバーリントンから大和研究所に持ち込むことが必要であり、これは日本語版のディスプレー製品のニーズについて話し合う絶好の機会だと考えた。

シニア・マネージャーと夕食会で会い、日本語版ディスプレー開発サポートを求めると、シニア・マネージャーは、「日本語版ディスプレーの必要性、開発状況、不足していることをIBMマイクロエレクトロニクス副本部長、ドクター・ライスに説明するように」と言った。

山さんと話し合い、ドクター・ライスに日本IBMのデザインセンター設立の重要性、ディスプレープロジェクトの必要性、および将来の日本マーケットでの需要を説明した。そして「成功を達成するためには、バーリントンより大和研究所に2人の設計経験豊富なエンジニアを送ることが必要で、入れ替わりに2人の大和研究所エンジニアをバーリントンに送りたい」と伝える。

後日、IBMマイクロエレクトロニクス副本部長ドクター・ライスから返信を受け取り、私たちの提案に同意し、本部から手助けするという回答をもらった。

山さんと一緒に「Good！」と叫んだ。

IBMバーリントン・マネージメント交渉

残っている課題はバーリントンの上位マネージメントを説得することで、バーリントンとのインターフェースであるRonと毎日のように戦略を話し合っていた。

確認のためRonは大和研究所へ来訪し、バーリントン・マネージメントが私たちの提案を受け入れるために必要なス

テップと解決策について話し合う。

　Ronと私が、電車で渋谷に戻る途中も英語で夢中になって話していると、あまり混雑していない電車の中で周りの乗客にも聞こえていたのか、突然一人の酔っ払った男が立ち上がり、何か全く意味不明の言葉で私たちに話しかけてきた。

　Ronと私はお互いを見つめ、「彼は酔っ払っているのでしばらく話すのをやめよう」と言い、黙って座っていると、男はしばらく意味不明の言葉で何か話しかけていたが、応答しなかったので席に戻ると、目をつむり再び眠り始めた。

　男は、自分も外国語が話せると思わせたかったのだろうか。

　翌日、RonとAnneと私は、700年の古都鎌倉を訪れた。

　鎌倉はAnneと私が好きな場所で、よく訪問してお好み焼きを食べていた場所でもあり、山さんは鎌倉からそれほど遠くない所に住んでいたので、妻も同行して一緒に参道のそば屋に立ち寄り、そばを注文する。

　割り箸が出され、Anneは箸には慣れていたがRonは箸を使うのが初めてだったので、箸の中ほどを持ちそばをつかもうと、食べるのに苦労している。それを見た山さんは、Ronに3本の指で箸を持ってそばをつかむようにと説明し、Ronは少しずつそばをつかみ、やっとのことで食べ終えた。

　次は鎌倉大仏で写真を撮ることにし、Anneに、「大仏の前で、山さん、Ron、私の3人で3匹の猿の真似をするので写真を撮って」と言い、鎌倉大仏の前に座り、日光で有名な「三猿」の「見ざる」「聞かざる」「言わざる」のジェスチャーをした3人の写真を撮った。

アサインメントの進展

この猿の象徴は良好な結果を得るための、善良な精神、行動、発言をシンボルしていて、Anneは写真を撮り「Good！」と言った。

2人のエンジニア、BobとJackの日本アサインメントを達成するための課題は、バーリントンの上位マネージメントの合意だけが残っており、Ronと私は相変わらずお互いにコミュニケーションを取り続けたが、バーリントン・マネージメントからは、なかなか良い返答を得られずにいた。

再びドクター・ライスに通知し、バーリントン・マネージメントの承認を再度働きかけてほしいと求めると、しばらくしてドクター・ライスから「バーリントンのマネージメントに連絡した」と通知が来た。

その後、ついにバーリントン・マネージメントは2人のエンジニアの交換に応じ、のちに分かったがバーリントン上位マネージメント最大の懸念は人員を失うことで、日本IBMが2人のエンジニアを提供することと、私がバーリントンに戻ることでバーリントン・マネージメントはエンジニア交換に同意したのだった。

3匹の猿、「見ざる、聞かざる、言わざる（善良な精神、行動、発言）」が実った。

ハワイ

　米国アサイニーの地位を保持するには米国内に年間20日の滞在が必要で、プライスウォーターハウスから、私のアメリカでの滞在日数が足りないと通知が来て、クリスマスをハワイで過ごすことにする。

　マウイ島のビーチサイドのホテルに泊まり、美しいビーチを見ていたが、Anneはどこに行っても病気をする人で、風邪を引くくしゃみをしていた。

　ロビーにクリスマスツリーが飾ってあったが、クリスマスツリーは雪の代わりに白い綿で覆われていて、外は暖かく太陽が降り注ぎ、バーモント州のクリスマスとは異なり、全くクリスマスの雰囲気ではない。

　マウイ島にはいろいろなアトラクションがあり、1週間滞在してドライブで島の反対側のハナの町や火星のような火山口を見学し、シュノーケリングを楽しみ、ハワイを去る前日にゴルフをする。

　フロントナインを終え、サンドイッチをつかみバックナインに進み、クラブハウスから遠く離れたホールでプレーしていると、突然土砂降りの雨になった。

　ずぶ濡れでも暖かかったが、ゴルフは続けられずプロショップに戻ると、プロが「こんな土砂降りはいつも起こる」と言いレインチェック（Rain check）を発行してくれたが、翌日ハワイを出発しなければならずレインチェックは使えなかった。

　ハワイのゴルフコースはユニークで、緑の芝生のフェアウェイ、青い空、青い海、そして、真っ黒い溶岩のコントラス

トがとても美しく目に焼き付いた。

日本アサインメント・ミッション完了

　IBMバーリントンとの交渉は難航したが、2人の経験豊富なバーリントン・エンジニア（Bob、Jack）と、2人の大和研究所エンジニアとの交換交渉は2年近くかかり完了し、私のアサインメント使命は終了した。

　すでにバーリントンに戻ることが決まっていたが、それから山さんが「中国での3年間のアサインメントに興味があるか？」と尋ねた。

　業務はIBM商品を中国国内に浸透させる仕事で、北京のホテル住まいで紙幣も一般中国市民とは異なり、食事は指定されたレストランで摂ることに限られるというので、「Anneに相談する必要がある」と答えた。

　中国での3年間のアサインメントについてAnneに説明し、「僕は興味があるけど、君はどうかな？」と尋ねると、今度は「I like to go home!（もう家に帰りたい!）」と答え、ほぼ2年間の日本アサインメント任務は終了した。

　それから半年後に天安門広場事件が発生し、もしも中国のアサインメントを受け入れていたなら、この大事件に巻き込まれていたかもしれなかった。

　やはり中国は共産主義政権で、数人の共産主義首脳部の決断ですべてが決められてしまうのは恐ろしく思えた。

アメリカへの帰路

香 港

　1988年、日本でのアサインメントを終えアメリカに戻る期間に４週間の休暇を取り、香港、オーストラリア、ニュージーランドを訪れる。

　香港空港に到着し手荷物受取所から出た瞬間、数人の男が近づき何も言わずに私たちの荷物をつかみ、少し離れた目の前に駐車中のタクシーに運び、手を出しお金を催促した。

　少し戸惑い香港の通貨の価値が分からず、いくつかのコインを与えたが彼らは立ち去らず、より多くのお金を要求してくるのでもう少しコインを与え、逃げるようにタクシーに乗り込んだ。

　高いビルディングのホテルに着くと、部屋は上層階でカーテンが閉じられていた。外を見ようとカーテンを開けると、驚いたことに窓のすぐ向かい側の手が届くほど近くに別の高層ビルがあり、人が住んでいるのが見えた。

　カーテンを閉め外を歩くことにしたが、どこに行っても混んでいて、お腹が空いていたので中国料理を食べることにする。

　大きなレストランを選んで入ったが、少し早かったせいか客がおらず、多くのウエイターが壁を後ろに立っていて、すぐにウエイターが来てメニューが渡され、いくつかの料理を注文した。

　スープが最初に出され、スープをほぼ終えスプーンをテーブルに置いた次の瞬間、待っていたウエイターがスープボウ

ルを持ち去って行った。

　次に餃子が出されたが、お腹が空いていたので餃子は美味しく、餃子もほぼ終わりかけると数人のウエイターが私たちの動作を見ているのを感じ、最後の餃子を取ると即座に皿を取り上げられると思い、意図的に皿の上に１つの餃子を残す。

　しかしAnneは周囲の環境に無頓着で、最後の餃子を箸でつかんだ次の瞬間、ウエイターが皿を持ち去って行った。

　メインディッシュは北京ダックと野菜が出され美味しかったが、しかし、多くのウエイターがあらゆる動作を監視しているようで少しぎこちない夕食に感じた。

　翌日、有名な香港の水上レストランに行くことにしたが、その途中に多くの人々がボートで暮らしていて、子供たちは船の上から水に飛び込んで遊び、あらゆる種類の品物を運ぶ船が行き来している。ボートに住むほとんどの人々は中国本土から逃れてきた人々だと学んだ。

　水上レストランに行き中華のフルコース料理で迎えられたが、多くの旅行者がテーブルに座っていて、あまりにもコマーシャル化され、中国料理としてはそんなに美味しいとは言えない。

　夜になると野外マーケットの路地があり、Tシャツ、帽子、かばん、蛇の酒漬け、中国料理、その他いろいろな物が売られていた。

　歩き回ると腕時計を売っている店があり、非常に高いロレックスの時計が手頃の値段で売られているので、
「これは、ロレックスの時計で、非常に値段が高い時計だ」

と Anne に話すと、
「ロレックスの偽物の時計が売られていると聞いた」と言ったので買うのをやめる。

　しばらく歩くと野外で料理をしている中国料理店にたどり着き、炒め物をしている炉から炎が上がり、料理人と周りで見ている人々を照らす香港の野外料理の風景がそこにあった。私たちは肉と野菜炒めを注文し、美味しい香港の夜を楽しんだ。

　次の日、問題が起きた。

　私たちはオーストラリアに向かう予定で香港空港に着き、私は日本のパスポートを持っていてオーストラリアのビザが必要と分かっていたが、Anne はビザを持っていなかったのだ。

　驚いたことに当時はアメリカとオーストラリアとの協定はなく Anne もビザが必要で、予定していた飛行機に乗れず、オーストラリア大使館に行くように言われる。

　翌日、オーストラリア大使館に行くと、幸運にもその場でビザが取れたので、その日のうちにオーストラリアに向かった。

　昔の香港が今は懐かしくも思う。

オーストラリア・シドニー（Cydney）市

　オーストラリアのシドニーに到着し、キングスクロス・ストリートの近くのホテルに宿泊した。

　オーストラリア人は陽気で親しみやすく、受付で「グッデ、デー、マイト」と言われたが、アメリカの聞き慣れた発

音では、「グッデ、ダイ、マイト」（あなたに良い死を）に聞こえる。

Anne はまた風邪をひいて、翌日、近くに医者を見つけ、飲み薬を与えられて少し気分が良くなった。

キングスクロス・ストリートを歩くと、多くの人が買い物をしたり飲んだりしていて、道路脇の店々には裸の女性の看板が表示されている歓楽街だ。

歩いていると、若い美しい女の子が角に立っているので、「彼女はオリビア・ニュートン・ジョンのように綺麗な女性に見えるが、なぜ彼女が角に立っているのか分からない」と Anne に話すと、

「ええ、オーストラリアの人々は、皆綺麗ね」と言い、「彼女なら女優になれると思う」と呟いた。

次の日、オペラハウスに向かい内部を見学して、声がよく反響するのを経験した後、フェリーでボンダイ・ビーチに向かう。

ビーチでは泳ぐ人より日光浴をしている人が多く、トップレスの女性が多く横たわっていて、

「多くのトップレスの女性が砂地で横になっているので、どこに目を向ければいいのか分からない」と Anne に話すと、

「空でも海でも路地でも、お好きにどうぞ」と答えた。

ローヤル・ボタニック・ガーデンを見て回り、ホテルに戻るバスを待っていると、私たちの隣でバスを待っていたオーストラリア人が「どこから来たの？」と尋ねる。

「日本から来たばかりでアメリカに帰る途中です」と答えると、「私のコンドミニアムは丘の中腹にあり、シドニー湾の

全景を見ることができます。明日はオーストラリアの開国200年のお祝いで"帆の高い船"のパレードがシドニー湾であるので、私のコンドミニアムに来ませんか?」と誘われた。

「あなたはなぜそのように親切にしてくれるのですか?」と尋ねると、「私が日本に行ったとき、日本人がとても親切にしてくれたので、私は同じことをしたいのです」と語る。

「ありがとうございます、あと1日シドニーに滞在できるなら伺いたいのですが、残念ながら明日はブリスベン市に出発する予定で、すでに航空券を買ってしまったのです」と話し、帆の高い船のパレードは見ることができなかった。

　オーストラリア人は親しみやすく、おおらかで親切だ。

ノーサヘッド(Noosa Heads)町

　翌日、車で北に向かいノーサヘッドまでドライブしたが、道路脇には値段を表示したモーテルの看板がいくつもあり、"1日45ドル、キッチン付き"の看板を見つけ、そこにしばらく泊まることにした。

　ノーサヘッドの町に行くとタイムシアーの講習があり、出席するとフレーザー島のアドベンチャーツアーの券がもらえるとあったので出席することにする。

　が、それは4、5時間かかるハードセルで、私たちは地球の反対側に住んでいるのでノーサヘッドには容易に来ることができないと話しても、そう簡単にはアドベンチャーツアーの券はもらえなかった。

　何とかハードセルを振り切ってアドベンチャーツアーの券

を受け取り、翌日４輪駆動の大型車に10人ほどで乗車し、フレーザー島のアドベンチャーツアーに参加してオーストラリアを満喫する。

フレーザー島は世界最大の砂で出来た島で、島へは干潮時にしか渡れない。フレーザー島に着くと浜辺の土手には色とりどりの砂が積もり、

「白はシリコン、赤は鉄、黒はチタンで、この地域は世界で最大のチタンとシリコンが発掘される地域です」とレンジャーがそれぞれの砂の色を説明する。

しばらく海辺を走り休憩所でトイレに立ち寄り、皆が休憩所に向かう間に私は一人でビーチにとどまり海辺のビデオを撮っていた。すると、痩せた淡い茶色の犬が食べ物を探しながら海辺を歩き近づいてきた。

しかし、普通の飼い犬とは違い尻尾を振って近づく様子もなく、犬のビデオを撮り続けると、犬は海岸沿いに食べ物を探しながら去って行った。

皆が戻ったので、レンジャーに「痩せた薄茶色の犬が海辺を歩いているのを見た」と話すと、

「それはディンゴに違いない。昔、飼い主が放し野生化したオーストラリアの野生の犬で、近くで見られるのは珍しい」と語った。

白い砂辺をドライブすると、鉄の構造だけが残った漂流船が砂辺の上にぽつんと現れ、レンジャーはそこで車を止め、「この船は嵐に遭い、サンゴ礁に当たって漂流しました」と説明し、そして「船の脇の鉄板が切られているのが分かりますか？」と指さし、「オーストラリア人はバーベキューが大

好きで、あの船から切り取った鉄板を使ってバーベキューをします」と話す。

その後、浜辺から離れフレーザー島の中に入ると、小さな白い砂で囲まれた池にたどり着き、
「ここでランチにします。この池には貴重な淡水に棲む小さな亀がいますので餌をあげないでください」とレンジャーが言うので、池の中を覗くと小さな亀があちらこちらで鼻だけを水の表面から出し、餌を待っている様子が見える。

レンジャーがランチの用意を始め重い鉄板を持ち出し、
「この鉄板はあの漂流船から切り取った物で、これでバーベキューをします」と言い、鉄板をたき火の上に置き、ミート、ソーセージ、野菜、調味料を入れてバーベキューを始めた。

少し暑い日だったが野外ランチで良い匂いが漂い始める。砂辺でのバーベキューはオーストラリアでは最適だ。

ランチ後、しばらく車を走らせると、帰りは潮位が高すぎて4輪駆動車で本土に渡れず、レンジャーは、
「近道の砂浜からはこの車では渡れないので、遠回りですが戻って水の浅い場所から本土に渡ります」と言って車を走らせ、「ヌーサヘッド市に戻るには浅瀬を渡った後、アウトバ

ックに行く必要があります」と言った。

　浅瀬を渡りオーストラリアの奥地アウトバックに車を走らせると、一つの木造の小さな小屋のような建物が現れ、レンジャーが「ここで一休みします」と言って皆を降ろす。

　よく見るとそこはアウトバックの中に存在するバーで、店の前には馬を停めるクロスバーがあり2頭の馬がつながれ、昔のアメリカのカウボーイ映画を見ているような幻想を抱く。

　さらにバーに入ると、2人のバーテンダーが湾曲して設備されたカウンターの中にいて、カウンターはカウボーイハットをかぶり、革ジャケット、革パンツ、革ブーツを装ったカウボーイたちで満席だ。

　本当にアメリカの100年前の風景がここにあり、タイムスリップして映画の中にいる感覚だ！

　しかし、風景はアメリカのカウボーイ映画を見ているようだが、注意深くカウボーイの話を聞いていると、奇妙な感じのオーストラリア・アクセントで話していて、ここはオーストラリアだと現実に戻る。

　オーストラリアとアメリカは似ているところもあるが、かなりの違いがある。その一つは人種差別問題だ。

グレートバリアリーフ・サンゴ礁

　ケアンズ市沖合には世界一の有名なグレートバリアリーフ・サンゴ礁があり、最も美しい場所で、ツアーに参加しようと海辺に近づくと"グレートバリアリーフ・ツアー"と宣伝された多くの看板があり、最も安い35ドル（1万円ほど）

のツアーを選んだ。

ツアー出発点の桟橋に向かうと、漁船が改造された小さな船が待っていて、20人ほどの乗客を乗せてグレートバリアリーフに向かう。

海が少し荒れていたが快晴で、船に揺られること3時間ほどで小さな無人島に到着し、小さな木の桟橋に停泊する。

島には多くの海鳥が生息しているが人を恐れることもなく、私たちの肩越しの高さを手で触れられるほどの距離で風に乗って浮かんでいて、海を眺めていると鳥と一緒に空を飛んでいるような妄想を抱く。

ガイドが島の海岸の周りを案内し始め、枝で岩をめくると、とっさに「みんな来て！ そこで動かないで！」と言い、岩を徐々に動かし何かを枝の上にのせて、「これはコーンシェルといって、猛毒があるので触らないで」と言った。「シェルにはギザギザのパターンがあり美しく見えるので、うっかりコーンシェルを取ってポケットに入れようものなら、コーンシェルに刺され10分ほどで命を失います。この毒に対するアンチベニン（抗毒素）はありません」と語った。

ふうー！ ガイドが事前にコーンシェルのことを知らせてくれて良かった。それにしてもオーストラリアには猛毒の生

き物が多い。

　次に近くの浅い海に移動し、ガイドと一緒にシュノーケリングを始めると、水はとても透き通っていて、いろいろな種類の魚や貝が観察できる。

　ガイドが人間ほどの大きなサイズのシェルを指さし「このシェルは太陽光に反応します」と説明したので、シェルの上に影を作ればシェルの口が徐々に閉まるのではと思い、試してみたが変化はなかった。

　ガイドが、少し小さめの口がギザギザした大きなシェルを指さして、「あのシェルの口は速く動くので注意してください」と説明し、ほかにももう一つ注意しなければならない生き物がいた。

　それから周りを見渡すと近くにサメが泳いでいて、「フィン（ひれ）の先端が白いのが見えますか？　あれはサンゴ礁のサメで人間を襲いません。ただし、歯は鋭いのでサメと遊ばないように」と言い、また一つ教わった！

　シュノーケリングを終えて船で帰港中、船長が、「船が港に着くまで時間があるので、泳ぎに自信がある人は海に入り、網をつかんでボディーサーフィンをしましょう」と、広い網を船の後ろの海に投げる。

　私も海に入りネットをつかんでボディーサーフィンしたが、身体が海に潜り海水が顔に当たって目が痛くなり、ネットを手繰って船に戻ると、Anne は私のしかめ面を見て大笑いしていた。

　ボディーサーフィンしていた人たちが戻り始めたが、一人の男が船に上がると、彼は足を切っていて血がデッキを染め

た。その時代はエイズが最大の健康問題で、エイズ患者の血液に触れるとエイズになると信じられていたから、血から感染するのではないかと皆その場から離れた。

　風が一段と強くなって海はますます荒れだし、船長が「嵐が向かってきている」と言った。小さな船は上下左右に揺れ、船酔い者が出始めたので、「もしも戻すようだったら、船の風下に行ってください」と言い、数人が風下で苦しんでいた。

　やっとのことでケアンズの港に到着し船長に感謝すると、「私はニュージーランド出身で、ケアンズが大好きになったのでここに滞在することにしたのです」と語った。

　ホテルに戻りシャワーを浴びると、「背中がピリピリする」とAnneが言い、ローションをつけていたにもかかわらず、背中を見ると真っ赤に日焼けしていて、水着の跡だけが白く残っていた。

　その夜、シーフードレストランに行きメニューを見ると、一番高い料理はアメリカ東北部で取れるメイン・ロブスターで30ドルほどだった。ほかにメニューの中にはワニ肉もあったが、オーストラリア特産のマッドバッグを注文する。

　それはロブスターの尻尾のような部分で、バターを付けて食べるとロブスターかエビの味がした。

　安い35ドルのグレートバリアリーフ・サンゴ礁のツアーは良い思い出となった。

シドニー（Cydney）に戻る

　シドニーに戻り、すでに宿泊モーテルを予約していたが、

空港にはホテルが予約できるデスクがあり、"今夜どこかのホテルに空きがあれば、通常の半額でホテルを予約できます"と書かれていた。

試しにデスクで「今晩空きがあるホテルはありますか？」と尋ねると、「シドニーの中心街に良いホテルがあります」と言う。私が「予約しているモーテルが街から少し離れているから」と話すと、「予約したモーテルに電話をかけキャンセルできれば、こちらで予約することができますよ」と言った。

Anneに予約してあったモーテルに電話するように頼む。「今夜予約しているAnne・Hayashiです。体調が悪いので今夜の予約をキャンセルしたいのですが」と言うと、「あなたはホームシックですか？」と、女性がキャンセルを快く受け入れてくれた（ん〜、これがオーストラリアだ！）。

市内のホテルは素晴らしい高層ビルで、3日間半額の予約を取ったが、部屋は高い階層に位置し、窓からはシドニーの街が一望できた。

ホテル内のレストランで夕食を摂り部屋に戻ると、外でざわざわする音が聞こえてきた。

窓から見下ろすとコンサートホールが通りの反対側にあり、人々が並んで次々と入って行く。見回すとポール・マッカートニーとリンダ・マッカートニーのコンサートの看板が見え、人々がコンサートを聴くために建物に入って行く雑音だった。

Anneも私もビートルズが大好きだったが、チケットを購入するには遅すぎたので、群衆がセンターに入って行くのを

窓越しに眺めていた。しばらくするとコンサートが始まったようで懐かしいビートルズの音楽が聞こえ、チケットが取れずに残念だと思いながら聴いていた。

　すると、コンサートホールの入り口に一人の警察官が立っていて、歩道で自転車に乗っていた男を止めて注意をしている様子が見られた。

　オーストラリア人は親切でフレンドリーで、自然には無頓着だが、規則には多少厳しく、いまだイギリスの伝統が残っていると感じられた。

ニュージーランドのベッド＆ブレックファスト（B＆B）

　オーストラリアには多くの有毒動物や昆虫が存在していたが、ニュージーランドには有毒動物は生存せず、1種類の有毒グモが生息しているだけだと聞いていた。

　シドニーからオークランドに飛び、小型のマニュアルシフトの車を借りたが、車のトランクが小さくゴルフバッグが入らないので、バッグは後部座席に置いた。予約していたB＆Bに向かうと、年上の女性が入り口で迎えてくれた。

　私たちはニュージーランドについて何も知らなかったので、「ニュージーランドの歴史はオーストラリアに似ていますか？」と尋ねると、女性は苛立ち気味に、

「私たちは犯罪者ではありません！」と返ってきた。

"やー、これは間違った質問だった" と呟き、それから、

「オーストラリアから来たばかりなのです。オーストラリアの先住民はアボリジニですが、ニュージーランドの先住民族は何と言いますか？」と尋ねると、

「マオリです。彼らは人食いをしていました」と答えた。
　友好的なオーストラリア人と比べ、ニュージーランド人は全く違う印象だ。

ロトルアの間欠泉（ガイザー）

　火山活動で有名なロトルアに向かい、なだらかな丘を上ったり下ったりドライブしていると、両側の丘にはたくさんの羊がいた。これが絵で見たニュージーランドの風景だと思いながら、小さなマニュアルクラッチ車を運転し、予約していたホテルに到着した。

　すると、驚いたことにホテルの玄関口の脇に小さな蒸気が出ていて、時折、熱いしぶきが噴出している。もしや小さな間欠泉（ガイザー）が周期的に噴き上げているのかと思い、フロントで「玄関口のガイザーは自然のものですか？」と訊くと、「of course（もちろん）」と答えた。

　翌日、有名な大きなガイザーが見られる場所に行き、間近で蒸気が噴き上がるのを待つと、しばらくしてシューと響く音とともに蒸気が空中に舞い上がり、しぶきが雨のように降り注いだ。体に温水シャワーを浴びたようだったが、それほど熱くはなかった。

　次に、ガイザーから噴き出たお湯が流れ落ちる数段の奇妙な白い滝があり、これは初めて見る珍しい光景だった。後日聞くところによると、この珍しい階段の滝は崩れて今は存在しないとのことだ。

　滝のお湯が流れる川を下った所に池があり、そこで何かを売っていたので近づくと、お湯を利用したゆで卵だった。

「ゆで卵を食べたいですか？」と尋ねるので「Yes」と答え、2個買って塩を少し付けて味わったが、普通のゆで卵と全く変わらなかった。

その夜レストランへ食事に出かけ、ウエイターに「お勧めは？」と尋ねると「ラムチョップ」と答えたので、ラムチョップをオーダーしたが、さすがに羊の国だけあって、Anneが「今まで食べたラムチョップの中でも最も美味しい」と舌鼓を打った。

すると、一人の若い金髪の女性が近づいてきて、「あなたは日本人ですか？」と尋ねるので「Yes」と答えると、「私は日本語を習っていて、日本に行きたいのですが、誰か紹介していただけませんか？」と訊かれた。

突然で少し戸惑ったが、「日本に興味があり、日本に行ってもっと知りたい」と話すので、私の名前と一人の友人の名前と住所を書き、「この友達に連絡してください」と紙を渡す。

食事後、マオリ族のダンスを見に行く。マオリ族のダンスは攻撃的で挑発的な特徴があり、相手に威圧を与えるために舌を突き出し声をあげる戦いの前のダンスで、威圧感がある。これはラグビー・ニュージーランド代表の「ハカ」で世界的に有名になっている。

ガイザーを初めて経験したが、イエローストーンのガイザーも見てみたい。

クイーンズタウン

南島のクイーンズタウン空港に到着し、またもマニュアル

シフトの車を借り、予約のあった湖畔のＢ＆Ｂにたどり着いたが、裏側には湖が広がり、そこには専用ホットタブが設備されていて２日間滞在することにする。

クイーンズタウン・ゴルフクラブでゴルフを楽しみ、クイーンズタウンに戻り昼食を摂ってから、街を歩きお土産にＴシャツを買った。その後クイーンズタウンのゴンドラで丘の頂上に登ると、頂上ではクイーンズタウンの街が一望でき、レストランで絶景を見ながら夕食を楽しむ。

翌日、バンジージャンプの発祥の地と言われるカワラウ橋が近くにあると聞き、その橋に向かったが、途中にジェトボートの乗り場があり、川では10人ほど乗った大きなジェトボートが岩と岩の間を走り回っている。その光景を見て、これは危ないと思ったが、乗客はキャーキャー騒いで楽しんでいる様子だった。

そのままカワラウ橋に向かい、到着すると橋の高さは40メートルほどで、数人が橋の真ん中に設備されたデッキから飛び降りる準備をしている。

しばらくして一人が飛び降りた。バンジージャーは声を出しながら橋から川に身を投げ出し、もう少しで水に当たる寸前でバンジーに引き上げられて空中に舞い上がり、また川底に落ちて行き大きく飛び跳ね、しばらくして川底の近くで止まった。

バンジージャンプにチャレンジしようとしたが、
「Masa、No, No,」と Anne に引き戻され、バンジージャンプをやりたいと思う反面、止められて安堵感もあった。

バンジージャンプは、カワラウ橋のクイーンズタウンから

世界中に広がっていった。

アメリカに帰着

　オーストラリアとニュージーランドの旅行を終え、オークランド市からロサンゼルスへと飛び、空港でデルタ航空のフライトを待っていると、
「飛行機に問題があり、別の飛行機が向かっているので遅れます」とアナウンスがあった。
　次の飛行機に乗り込み、シートベルトを締めて出発を待っていたがなかなか飛行機が動かず、パイロットから、
「ギアボックスに問題がありメカニックが作業中です」とアナウンスがある。
「デルタ航空を選んで良かったのか？」と呟きながら待つしかなく、しばらくして「ギアボックスを修正しました」とアナウンスがあり、ロサンゼルスを飛び立った。
　アトランタに飛び、さらに飛行機を乗り換えフロリダ州ウェストパームビーチに着く。時計を見るとニュージーランドからフロリダ州ウェストパームビーチまで24時間かかっていて、飛行機の中で仮眠したがほとんど熟睡はしていなかった。
　車を借り Anne の両親のコンドミニアムがあるスチュアート市までドライブしたが、両親のコンドミニアムに着いた頃にはすっかり疲れきっていた。"ふ〜、長かった！"
　が、しかし、両親のコンドミニアムでは兄 Andy、両親、そして見知らぬ人が私たちを待っていたのだ。

家族会議

Anneの父親の認知症が進んでいて、私たちが2年ほど日本に住みAnneが長い間顔を見せないことから、父親はAnneがアメリカには戻らないと思っていたらしい。

私たちがフロリダに来る機会に、両親の信託資金の割り当てについて家族会議をするため、Andyと銀行の担当者を呼んで私たちが現れるのを待っていたのだ。

前もって何も連絡がなく何が起こっているのか分からず、唐突に父親は私に「これから家族会議をする。外に出るように」と言った。

Anneと私は10年以上も結婚生活をしているのにもかかわらず、父親はまだ私を家族の一員とは認めていなかった。だが父親のアルツハイマー病を知っていたので争わないことにして外に出る。

のちに分かったことだが、父親はかつては小さな2次石油回収事業会社の持ち主で、その会社は1970年代初期に売却され、その資金を株に投資し多額の資産を持っていたのだ。

その資産はピッツバーグナショナルバンク（PNC）によって管理され、PNCバンクが父親に信託資金について家族ミーティングを開くようにと提案したようだ。両親はいつも無駄な出費をせずに質素な暮らをしていたので、Anneも私も両親がそれほど多くの富があるとは全く知らなかった。

父親が私を家族会議から除外した理由は、両親の資産配分について話し合うためで、3つのトラスト（信託資金）があり、1つは最も富んだ両親のトラスト、次に父親のトラストと母親のトラストが存在した。

両親が亡くなった場合、両親のトラストは毎年利子が分配され、主なトラストの5％は兄 Andy と Anne の間に分配されるが、すべてのトラストの税金は Andy と Anne が半分ずつ支払うことに決まった。

　そして、もしも Anne が亡くなったら Anne の所有するトラストは Andy に渡ることになるという。それで私が家族会議から除外された理由が分かった。

　もし私が日本人ではなく白人のアメリカ人だったら、家族会議から外されていなかったのでは？　と思う。

バーモントでの生活　3

セカンドハウス

　1988年、2年間の日本でのアサインメントを終えてバーモントに戻ると、エセックス・ジャンクション市からウィリストン村に通じるオニオン川を渡る新しい橋が建設されていて、ウィリストン村には住宅開発ブームが起こっていた。

　そこで新しい家を建てることを決め、ウィリストン村に小さな住宅開発サイトを見つけた。場所はIBMから3分、ウィリストン・ゴルフコースから3分、大きなショッピングセンターが進行中のタフスコーナーから3分で、土地の裏側には素晴らしいマンスフィールド山の景色が広がっていた。

　この場所が気に入って建設会社を訪ねると、コロニアル式の家で、初期の計画は2台の車庫を取り付けたガレージが右側にあり、ダイニングルームからはマンスフィールド山の風景が見えるが、リビングルームからは少ししか見えない設計だ。

　家のレイアウトを反対にしてガレージを左に変更し、ガレージの裏に位置したファミリールームと、2階にある大きなルームからマンスフィールド山の素晴

らしいパノラマ・ビューが見えるように設計変更を頼むと承諾した。

建設会社から自分たちで家の輪郭の棒を地面に置くように依頼され、週末にマンスフィールド山のパノラマが一番よく見える位置に家の外郭の棒を地面に埋め込み、ハウスは240sqf（2.3km^2）で値段は20万ドル（3000万円ほど）で契約した（この頃は1ドル150円ほど）。

夏に家が完成し、引っ越しに数組の友人が手伝いに来て8月1日、無事に引っ越しが終わった。

新しい家は明るく部屋も庭も広く、裏には素晴らしマンスフィールド山のパノラマ・ビューが広がり、良い家が完成したと満足していた。

が、しかし、複数の予期せぬ出来事が起こった。

家は住宅開発の端に位置していて隣は牧草地で、夏の間は複数の牛が敷地のフェンスに来て草を食べ、風向きによっては牛の糞臭が漂い、ハエも多く部屋の中に入ってきたのだ。

そして日が沈むと蚊がたくさん出て、ネズミも多く、冬の時期にはガレージに入ってきて巣を作っていた。

自然と共に暮らすバーモントでのライフが始まった。

地　震

新しい家に引っ越して間もなく、かなりの揺れを感じすぐに地震だと分かった。

新聞には地震の震源地はカナダ・ケベック州でマグニチュード6と報じていたが、バーモントはこれまで全く地震のない地域だったので、次の日IBMの職場に行くと、皆が初め

ての地震の経験に驚き、ざわめいていた。

地震の経験はあるかと聞かれ、「日本は地震大国で、東京に住んでいた時、毎月のように地震を感じた」と話す。

家は建てられたばかりで基礎が完全に固まっておらず、2階の廊下の壁に長い水平の割れ目が出来、寝室のバスルームのドアが閉まらず地下室のコンクリートにも縦の割れ目が出来た。

壁の長い割れ目を補修し、バスルームのドアを取り外してかんなで削ってドアの詰まりを直し、地下室には防水塗装を施して修正した。

バーモントに20年近く住んでいて地震を感じたのはこの時だけだったが、やはりバーモントにも地震はあるのだ。

2階のデッキ

家の裏側にはファミリールームに取り付けられた大きなデッキがあり、そのデッキからのマンスフィールド山の絶景が楽しめて、家の設計を変えたのは正解だ。

が、しかし、ファミリールームの2階のルームには外に出るドアはあったがデッキがなかったので、マンスフィールド山の絶景を見渡せるデッキを作ることにする。

下に大きなデッキがあるので上部のデッキを支える垂直の支柱を使用することができず、デッキを4フィートほどにしてサポート支柱に角度をつけて家に取り付けるように計画した。

ダウンポールを約5フィートの角度に下げて家に配置し、デッキが固定されるのを確認したが、この角度の支柱ポール

は「ポールが目立ちすぎる」とAnneが言う。そこで支柱を端から3分の2の位置に移動し、角度を45度にして支柱を取り付けると見た目が良くなり、Anneが「Good」と承認した。

次に、デッキの耐久性を確認するために、デッキに乗って数回ジャンプをしたがデッキはしっかりしていたので、「デッキに上がって一緒にジャンプして」とAnneを誘ったが、「とんでもない！」と断られた。

数週間後、新築祝いにDick、Nancy、Pete、Cherieを招待して裏庭のデッキでバーベキューを行い、昼食後、マスターピースである2階のデッキを見せ、「写真を撮るので全員デッキに上がって」と頼んだ。

皆デッキに乗り、Dickに「デッキはどう？」と尋ねると、「素敵なデッキだ。マンスフィールド山の素晴らしい景色が見える」と答えた。

それから「Dick、2、3回ジャンプしてみて？」と頼み、彼は数回ジャンプしてから「OK！」と言い、さらにデッキに4人乗ってDickがジャンプしても大丈夫だった。

小さなデッキ作りプロジェクトは完成した。

隣のカップル

ある夏の日、Anneが庭の草刈りをしていると、隣の庭でゴールデンレトリバー犬が小さなプラスチックのプールで遊んでいたが、濡れた犬は尻尾を振ってAnneに近づいてきた。

Anneが芝刈り機を止め犬と遊び始めると、隣の家の男性が出てきてAnneと話をし始め、それを見た私も一緒に参加して自己紹介すると、彼はMichel（ミシェル）と自己紹介

し、それから彼の妻が出てきて「私はMonique（モニーク）」と言った。

彼らはフランス系カナダ人で、特にモニークのアクセントが強く、私は話を理解するのに苦労したが、Anneは問題なく会話していた。

あとで「何について話していたの？」と訊くと、
「仕事について話していたの。彼らは人間の生殖を専門とする薬品会社を所有していて、スウェーデンの会社と協力して医薬品を開発しているらしいわ。モントリオールにも家があって、行き来していると言っていた」と語った。

それ以来、草を刈るたびにゴールデンレトリバー犬が尻尾を振って私たちのそばに来て、MichelとMoniqueも出てきて一緒に話すようになり、友人付き合いが始まる。

パーティーに招待されたので、ワインを持って隣の家に向かうと、30人ほどが参加していて、皆フランス語で話している。私は全く理解できずAnneのそばにいると、テキサス州に住むMichelの娘とIBMオースティンで働いるという夫が近づいてきて、バーリントンに引っ越すことを考えていると言う。

彼が「バーリントンでのIBMの仕事について知りたい」と言うので、「開発グループと製造グループの、どちらに興味がありますか？」と尋ねると、「開発」と答えたので、「寒い天候に耐えられるなら良い開発グループがありますよ」と話すと、
「ええ、もちろん。私たちはカナダ人で、バーリントンはカナダの南の国境です」と言って笑った。

次に、MichelとMoniqueを日本の夕食に招待し、すき焼き、ごはん、味噌汁、サラダを作り、食事を楽しんだ後、Michelがアコーディオンを持ってきて演奏を始めた。
「うわー、Michelは素晴らしいアコーディオン演奏者だ！」
その後、若いカップルはバーリントンに引っ越し、彼はメモリ開発部に所属することになった。

裏庭に「お帰りなさい」のサイン

アンは慢性的な腹部の痛みに悩まされ、痛み止めの薬を服用していたが、診断の結果、女性臓器を切除する手術を受けることにした。

大手術でAnneは1週間ほど病院で過ごしていたが、家に帰ったら彼女を元気づけようと、裏庭に「Welcome Home！」のメッセージを草刈り機で描いた。

Anneが帰ってくると2階の寝室に連れて行き、裏庭のメッセージを見せると、「いいね、Masaありがとう」と言った。

が、しかし、残念ながら慢性的な腹部の痛みは治らず、その後も痛み止めの薬を飲み続けなければならなかった。

Anneは慢性腹痛で悩まされ、腹部の手術を何度も行うが改善せず、さらに強い痛め止め薬に頼ることになる。

除　雪

ドライブウエーはかなり長く、バーモントの冬は一晩で雪が積もることもあるので、仕事に行く前の暗闇の中、スノウ・ブローアー（噴射式除雪機）でドライブウエーの除雪作

業を行う必要があった。

時々、雪はとても湿って重く、スノウブローアーを使っても雪を遠くまで飛ばすのが難しく、特にドライブウエーの出口に来るとすでに朝早く除雪車が道路を除雪してあり、より高い除雪の雪が積もっていて取り除くのに苦労した。

Anne はスノウブローアー、私はシャベルで除雪に 1 時間ほどかかり、汗びっしょりでシャワーを浴び、すべての服を着替えて出勤した。

また、非常に寒い日は雪が乾いて軽く、スノウブローアーを使うと雪が煙のように噴出して、Michel と Monique の庭に降り落ちて行った。

ドライブウエーが長いのは、家の風景は素敵だが、その反面、除雪には苦労する。

アメリカ帰国後の仕事

統合デジタルサービス通信網デザイン

　私はアナログ・デザインチーム（Analog Design）に所属し、統合デジタルサービス通信網のトランシーバー設計を担当した。主なデザインはノースカロライナ州ローリー市（Raleigh）で行われ、デザイン・コンセプトを学びにたびたびIBMローリーを訪れた。

　ある秋の日、同僚と私はローリー市に行く途中、ピッツバーグ空港で乗り継ぎを待っていると、まだ午前中だったが空は薄暗く、スピーカーで「ハリケーンが南方より接近しています」と放送される。

　しかし飛行機は離陸し、ローリー市に向かうと空がどんどん暗くなってきた。

　私はウイングの上にある窓際の席に座っていて、機内放送で「シートベルトをつけて席にとどまるように」とアナウンスがあり、雨がどんどん強くなって飛行機が上下に激しく揺れ動く。

　外を見るとウイングが鳥の翼のように上下に撓り、
"すごい、飛行機のウイングはこんなに撓るのか"と感心し、折れないことを祈った。

　窓の外は雨だけでなく雷の光が次々に雲の中でフラッシュしていて、全身が宙に浮かびそうになったがシートベルトが私を止め、次に、ドーンと身体が座席に落ちるのが感じられた。

シートベルトを固く締め直したが、身体がまた宙に浮かびドーンと落ちる衝撃がしばらく続き「飛行機が耐えられますように」と再び祈る。

　するとパイロットが「ローリー空港に近づいています」と放送し、スチュワーデスが「身体を折り曲げ、頭を前席の後ろに付けてください」とアナウンスした。乗客は腰をかがめ頭を前席の後ろに付けハード・ランディングの準備をして息を呑んだ。

　頭を下にしてタッチダウンを待ったが、飛行機はいまだ上下左右していて、その時間が非常に長く感じられ、今か今かと拳を握って待つ。

　しばらくして飛行機は激しく滑走路にタッチダウンし、バウンスして空中に浮かぶと、またタッチダウンしてようやく徐々に減速して止まった。

　「ふー」、飛行機が止まるとすべての乗客から歓声が上がり、激しく手を叩き安堵のため息をつき「ブラボー！　ブラボー！」とパイロットを讃えた。

　飛行機から空港の入り口までは外を歩かなければならず、距離は近かったが雨が土砂降りで、かすかに空港の入り口の光が見える程度だ。

　スーツケースを持って走りずぶ濡れになったが、安堵のせいか寒さは感じられず、この経験で飛行機はかなり丈夫に出来ていると感心し、飛行機に乗る自信がつく。

　トランシーバーのデザインを完成させるため、ローリー市にたびたび向かい、1年ほどでトランシーバーの設計、製造、テスト、および顧客への出荷をしプロジェクトが完了し

た。

　しかし、悲しいことに、プロジェクトの若い優秀な同僚が数年後、カリブ海で、溺れていた子供を助けようと海に泳ぎ出し、子供は助かったが、彼は離岸流に巻き込まれて溺れ、若い妻と子供を残して亡くなった。

　完成したトランシーバーデザインは、IBM 中型コンピューターに採用される。

サーキット・デザイン

　プロジェクトの完了後まもなく、私は、グラフィック・プロセッサー・デザインチームに配属され、キャリー・ルックアヘッド・アダー（キャリー先読み加算器）の設計とフェーズ・ロックド・ループ（PLL）のデザインを依頼されたが、新しいテクノロジーが違うため、根本から作り直す必要があった。

　PLL の機能は、グラフィック・プロセッサーのチップ全体に特定の周波数のクロックを提供することで、非常に重要なアナログ回路で難しいデザインだ。

　そして、アナログ回路は、シミュレーションとアクチュアルが１回で一致することがなく、再びシミュレーションで再計算し、クロックの安定性を高め２度目のデザインで細かい調整を行う。

　PLL はデザインが完成しグラフィック・プロセッサーに使用され、一時はすべてのグラフィック・プロセッサー市場の50％以上のシェアを占めて、Nvidia の市場シェアを超し世界市場一番を占めるまでになった。

しかし、その後プロジェクトはIBM本社によってキャンセルされた。

その理由は、当時IBMはメインフレームの販売が主流で50％の利益率を求めていたが、グラフィック・プロセッサーは一般市場向きで利益率は25％ほどで、IBMに適した十分に高い利益率が得られなかったためだと後日判明した。

その後、私のPLLは初期のIBM Think PadラップトップPCに使用され、このラップトップPCの重さは3kgで、9インチディスプレーと3インチフロッピーディスクが備えられ、私も2000ドル（30万円）で購入し、今でも最初のIBM Think PadラップトップPCを記念に所持している。

このPLLデザインで、複数の発明ディスクロージャーの届け出をし、3年後、正式に米国特許庁で認証される。

台湾でのPLL援助

台湾のIBM請負会社が自社のPLLの問題を抱えており、問題を解決するために台湾に飛んだ。

空港に着くとIBM台湾エンジニアが待っていて、夕食に誘われ、狭い路地のレストランに入ったがメニューが読めず、中国料理は何でも好きだったので彼らにすべての注文を任せる。

しばらくすると複数の料理がテーブルに運ばれ、その料理のいくつかは初めて食べるもので、どれも美味しかったので、

「この美味しい料理は何ですか？」と訊くと、「これは亀です」という答えに、どういうわけか少し食欲を失う。

次の日、IBM 請負会社を訪ねる道中では、たくさんのバイクと自動車が道路を走行し、タクシーのミラーとバイクの間にはほとんど隙間がないのに、誰も平気ですいすいと進んで行く。

　信号がない交差点では四方から車とバイクが迫って、どちらが優先して進行するのか私には全く分からなかったが、衝突せずに進んで行き、タクシーも他のバイクもおのずと順番が分かっているようだ。

　"東京も渋滞がひどいが、私にはとても台湾では運転できない"と感心する。

　請負会社に着き、PLL デザイナーの説明で PLL がロックされていない状況を聞くと、PLL のループ・ゲインの値を変えて、シミュレーションをし直してレイアウトを行い、再度設計し直すようにと指導した。

　次の日は週末だったので台湾に残った。宿泊したホテルの隣にはオープンマーケットがあり、朝起きて窓を開けるとニワトリのモーニングコールとともに下からざわざわした騒音が聞こえる。

　台北市を見学することにして外に出ると、日本製のオートバイが路上を占め、一つのバイクは父親が運転し小さな子供が父親の前に座り、母親が後ろの席に座って、さらに母親の後ろにもう一人の子供がしがみ付くという 4 人乗りのバイクが目に留まり、「わ〜、すごい」と感心する。

　台北には国立博物館があり、中国共産主義統制から逃げてきた富豪の中国人が持ち込んだ、中国本土では見られない多くの貴重な骨董品が飾られていた。

豪華な金の飾り物や象牙のモザイクされた置物、2000年前の古い置物が飾られ、長い中国の歴史が感じられる。
　夕方、ホテルに戻るとオープンマーケットは閉じられ、ニワトリの影は見られず静かになっているので、ニワトリは食材になったのかと思うと、自分も鶏肉をいつも食べているのに複雑な気持ちだ。
　次の日、台湾のIBMエンジニアが、ジャック・ニクラスが設計したゴルフコースに誘ってくれた。
　台湾の真夏は蒸し暑く、カートに乗っていたが、北国のバーモント州から来た私はひどく汗を流し、水をがぶがぶと飲んでゴルフコースを回った。
　台湾でのゴルフは日本と同様で、ゴルフ後お風呂に入り汗を流し、夕食を摂る。
　後日、PLLの問題は解決されたと連絡が来た。

日本からのアサイニー、Yaz

　台湾からバーリントンまでの途中、成田空港で乗り継ぎがあり、次のニューヨーク行きまで時間があったので、おでんが食べたいと東京まで出て、おでん屋を探すことにした。
　繁華街に行ってみたが、夏の昼時でどこにもおでん屋は見つからず、ラーメン屋で昼食を食べ成田空港に戻る。
　台湾を出発してから25時間以上かかり、やっとのことバーリントン空港に到着すると、Anneが空港で待っていて、
「あなたは今すぐUVM病院に行って」と言った。
「なんで？　僕はとても疲れているんだけど」と答えると、
「日本人のアサイニー、Yaz（ヤズ）がオートバイの事故に

遭って入院しているのよ」と言う。

Yazは大和研究所からのエンジニア交換の一人で、私にも責任があると思い、すぐに病院に向かった。

医師に訊くと、「彼は脳震盪(のうしんとう)があり、日本語で話すので、誰も彼の言っていることが分からない」と話す。

奥さんがいたが、医学用語の英単語は難しく理解できずにいて、Yazは日本語で「私はどこにいるのですか？」と数回繰り返すので、私は医者にそう通訳する。

医師は「Do you have any pain？」と尋ねるので、日本語で「痛みはありますか？」と訊くが、Yazは「私はどこにいるのですか？」を繰り返すばかりだ。

医者は「脳震盪があるので、出血があるかレントゲンを撮る必要がある」と言い、Yazの奥さんに日本語で説明し、しばらく入院しなければならないと伝えた。

その後、Yazは幸いにも脳内出血はなく無事退院したが、オートバイに乗ることは禁止された。

Anneの仕事

Anneは2年間休暇を取っていたので、新しい仕事を探さなければならなかった。

IBMは大きな会社で多くの部門が存在し、仕事の変更には寛容なので、Anneはソフトウェアの仕事を選んだ。

IBMのシリコン製造工場は世界に3か所（US・バーモント工場、フランス・エッソン工場、日本・野洲工場）存在していた。

シリコンチップの詳細な製造工程は、それぞれ3か所の工

場のソフトウェアでチェックされるので、一つの工場の収率が落ちると、他の工場の製造工程と比較してどこの工程が違うかをソフトウェアで割り出し、効率が落ちた工場に連絡する。

ソフトウェアはフランス・エッソン工場で作成され、古いテクノロジーに採用されていたが、より新しいテクノロジーに作り替えなければならず、Anneはそのソフトウェア・アップグレードの勤務に就く。

ここで、Anneの語学力の強さが役立った。

発明開示審査委員会のメンバー

私はアナログ・ミックスシグナル・デザイン（Analog Mixed Signal Design）チームに所属し、統合デジタルサービス通信網の設計、キャリー・ルックアヘッド・アダー（キャリー先読み加算器）の設計、フェーズ・ロック・ループ（PLL）の設計などを担当した。それらのデザインは、IBMメインフレームコンピュータ、マイクロ・プロセッサー、グラフィック・プロセッサー、初期のIBM Think PadラップトップPCに使用され、そして多数の発明ディスクロージャー（開示）を届け出て米国特許庁から認証された。

IBMでは社員に発明功績賞を提供しており、1件の特許を申請し認定されると3ポイントで、12ポイントで最初のIBM発明功績賞プラトーになり2500ドル（50万円）が支給される。

その後12ポイントごとにIBM発明功績賞プラトーになり、また2500ドルが支給され、多くの特許の申請が却下され

る中で、私は多数のIBM発明功績賞プラトーを達成し功績賞を受け取った。

そして社内の発明開示審査委員会のメンバーに選ばれた。

発明開示審査委員会は月1回開催される。メンバーは専門技術者で構成され、チップ製造、マスク、メモリ設計、マイクロ・プロセッサー設計、デジタルロジック設計、アナログ設計の各分野を代表し、私はアナログ設計分野を代表する。

審査委員会の責任は、その論文が特許の価値があるか、公開用かまたは却下するかを判断することで、すべての開示書類のアプリケーション（適用）は専門分野のエンジニアに配布され、配布されたエンジニアは事前の同様の開示記録を調査し、自身の判断で批評レポートを書き発明開示審査委員会で発表した。

その後、論文が特許に値すると評価されると、その文書は公式の米国特許庁の処理のために社内IP弁護士部門に送付され、論文は弁護士事務所によって独自の特許性のある言葉や形式に変更される。

提出したエンジニアが最終的な論文を弁護士とレビューした後、正式にその論文は米国特許庁に提出され、米国特許庁からの公式な特許の開示を得るまで、通常2、3年ほどかかった。

IBMは多くの特許 intellectual property（IP）を所有し、多くの利益を得ていた。

バーモントでの生活　4

日本品アンティークとオークション

　日本アサインメント後、Anne は日本のアンティークに興味を持つようになった。

　終戦後、多くのアメリカ兵が日本の骨董品を持ち帰ったので、しばしば日本アンティークが見かけられ、木版画、磁器、根付(ねつけ)などの本を買い日本のアンティークについて勉強する。

　ニューハンプシャー州には多くのアンティーク・ショップが存在し、また、夏には大きなアンティーク野外フェアが開かれるので、毎年ドライブしてアンティーク・フェアに向かったが、そこでは売り手以上に骨董品を知ることが重要で、ここで日本の骨董品の本が役に立つ。

　時折、アンティーク・ショップが日本の骨董品を知らない場合があり、"日本アンティーク"とだけ書き、それが何であるかは示されないことがある。たとえば隅田川焼の陶器は個性的で、それが何であるか分からない店もあり、値段もリーズナブルだった。

　が、しかし、根付については注意が必要で、多くの中国産の偽造品や、象牙ではない動物の骨やプラスチック製もあり、本物と偽物を区別するのに苦労し偽造品も複数買ってしまった。

　木版画にも注意が必要で多くの複製品があるが、最も良い方法でオリジナルであるかどうかを判断するには、紙の裏側のプリントを見て、表側のプリントがはっきり見える場合は

古い和紙を使用していて本物である可能性が高い。

しかし多くの場合、木版画はフレームに入っていて裏を見ることができないので、発行社のスタンプも参考になる。

ある日、バーモント州ラトランド市にあるタトル書店(東京にもある書店)を訪ねると、1934年に発行された古い本がすべて英語で書かれていて、1930年代の日本の習慣、日常生活、礼儀作法、軍の存在などが説明されていた。

しばらくページをめくると、ページの中に完全に保存された深川水仙の木版紙を見つけ、木版紙は日本の芸術の一例として実際の木版画をページの中に入れてあった。
「見て、本物の深川水仙の木版画が入っている」とAnneに見せ、「値段を聞いてみよう」と価格を尋ねると、レジ係は「5ドル」と言う。

たった5ドルで本物の木版画を買い、これは掘り出し物だと深川水仙の木版画にフレームを付けて部屋に飾った。

家の近くで月に1回アンティーク・オークションが開催され、売ることも買うこともできたが、私たちは売ることはほとんどせず買うばかりだ。

いろいろな国の骨董品がオークションに出され、誰もがすべてを理解することはできなかったが、私たちは日本のアンティークを専門にして、より多くの本を買い日本の骨董品について学んでいた。

オークションには日本のアンティークが時々出され、「東洋のアンティーク」とか「日本のアンティーク」とだけ記載されていて、日本の骨董品を手頃な価格で買うことができた。

オークションがスタートする前にオークションハウスに出向き、展示されている骨董品を見て誰が骨董品を作ったのか、磁器は九谷・薩摩、陶器は隅田川など、日本の古本を見てその価値を調べ日本の磁器を多く購入したが、磁器は日本の骨董品だと思って買ったのが、時には中国製だったり韓国製だったりもする。

　3つの"刀の鍔（つば）"がオークションにかけられていた。
"刀の鍔"は、人差し指でパチンと当てると、本物は高い"ピーン"という音が出るが、鈍い音が出る場合はスチールではなく別の素材で出来ている。

　3つの"刀の鍔"は金で刺繍され、特に1つは亀が川をさかのぼる風景が刺繍されていて、価格は400ドル（6万円）から始まり、500ドル、600ドル、700ドルと徐々に上昇し、私は720ドルで手を挙げる。

　次に740ドルのベット（入札）が出たので、760ドルで手を挙げてベットし、さらに780ドルのベットが出て緊張してきたが、800ドルのベットをすると820ドルでの応答がなく、800ドル（12万円）で競り勝った。

　その後、2つの鍔を売りに出したところ、1000ドル（15万円）で売却できた。

　亀が川をさかのぼる風景が刺繍された鞘は残したが、これが最初で最後のアンティークによる収入だ。

　それまでに、買いそびれたアンティークが2つあった。

　1つは古いIBM製の電気時計で、ミドルベリー市に向かう途中、小さなアンティーク・ショップに立ち寄り、部屋を見回して何も興味のある物がないので出発しようとしたが、

地下に行く階段を見つけ、その地下室でIBM製の古い電気時計を見つけた。

IBMで働いていたので購入しようと思ったが、Anneはすでに車に乗っていて、値段を訊かずにアンティーク・ショップを出た。

その後、多くのアンティーク・ショップを探しても、IBM製の電気時計はIBMエンディコットの展示品で見ただけで、それ以来見かけることはなかった。

もう一つは古い日本刀で、戦時中の日本兵の刀は見かけたが、この刀は違っていた。

アンティーク・フェアで知り合った日本のアンティークをよく知った人が、ある日、我が家に立ち寄った。彼は、
「この刀は、今まで最後まで持っていたもので手放したくないのだが、現金が必要なのでこの刀を買ってくれないか？」
と言う。

刀を注意深く抜くと、刀は他の刀とは違い長く美しい曲線を備え、綺麗な「波紋」があり、確かに古く、「これは300〜400年ほど前の古い刀だ」と彼は言った。

価格を尋ねると「現金が必要なので1000ドル（15万円）でいい」と言い、素晴らしい価格だと思いAnneに訊くと、
「家に武器を置くことは好まない」と言い、彼女の答えは「No」だった。

それと、刀は手入れが必要で、丁寧な手入れができるかどうか確信が持てなかったので、残念ながら刀は買わなかった。

Anneは日本のアンティークに興味を持ち、箪笥、茶箪

笥、焼き物、版画、ペインティング、その他を買い集め、家の中はアンティーク・ショップみたいになってきた。

ウィリストン村の独立記念祭

毎年7月4日には、アンティーク車、消防車、子供のバンド、軍用馬、マーチングバンド、芝生チェアのマーチングバンドを含むウィリストン村パレードがメインストリートを通り抜けた。

Anneと私は芝生チェアのマーチングバンドに参加して、パレード中に芝生チェアでいくつかの動きをしながら行進し、村の真ん中では立ち止まって芝生椅子を回したり、回転させたり、座って足を組んだりの演技を行い、完全に統一された動きではなかったが聴衆は喜んで笑っていた。

問題は、芝生椅子マーチングバンドが軍用馬パレードの後ろだったことで、馬の糞がところどころに落ちているので糞をよけて行進していたが、よけられず踏んでしまった。

ウィリストン・セントラル・スクールが家の開発地の隣に位置し、夜になるとスクールから花火が上がり頭上に花火が見られるので、多くの友人を呼んで裏庭のデッキで花火パーティーを楽しんだ。

風向きによっては燃え上がる花火の匂いがして、燃えカスが家の方向に降ってきた。

ある年、バーモントとしては珍しく乾燥しているなか7月4日の花火が始まり、花火を見ていると家の裏側の雑草地からいくつかの火の手が上がった。

消防署に電話をかけ、すぐに消防車がサイレンを鳴らして

駆けつけたが、消防士が火を見て裏側の雑草地に下りる方法を尋ねるので、「降りることができる唯一の方法は、徒歩で行くしかないと」答えた。

消防士は「だめだ！　ポータブル消火器が必要だ！」と言い、火はだんだんと大きくなり始め、数人の消防士がポータブル消火器を担いで茂みの中に入って行き、それからさらに数人の消防士が消火に向かった。

火事は家に広がる前に鎮火されたが、ちょっとしたスリルのある出来事だった。

ニューイングランドの小さな街での7月4日の祝典は、アメリカ・インディペンデント（独立）の心意気が感じられる。

真っ黒なターキー

あるサンクスギビングに、Anneは本を読んで、「ルイジアナ州料理の黒ずんだターキーを作る」と言いだした。すでに両親と兄の家族を招待していたが、Anneの以前のターキー料理から心配していた。

レシピは多くのスパイスを使用し、ようやく専門店を見つけて聞いたことのない十数種類のスパイスを購入し、それから大きなターキー、ジャガイモ、缶詰のクランベリーなどを購入してすべての素材が揃った。

サンクスギビングの朝、Anneはエプロンをかけ料理の準備をして「ターキーの料理を担当して」と言うので、「僕が？」と聞くと、「最初にオーブンを350℃に上げ、ターキーを調理するわ」と言った。

一晩解凍したターキーを冷蔵庫から取り出し、購入した十数種類のスパイスを表面に塗り込んで、ターキーをオーブンに入れたところ、ターキーのお腹の中に何かがあるのに気付いた。

　それはプラスチックの袋に入っていて、中にあったプラスチックを取り出し、「Anne、何かがターキーの中に入っている」と言って見せると、
「ああ、それはスタッフィングよ。スタッフィングをプラスチックから取り出して、ターキーのお腹に詰め込んで」と言い、もう少しでプラスチックを付けたまま調理するところだった。

　ようやくターキーをオーブンに入れると、Anneは、
「ターキーを頻繁に確認する必要があるわ。ジュースが出てきたらターキーにジュースを注いで」と言うので、数時間ターキー料理に付き添い、時々ターキーの上にジュースを注ぐ。

　ターキーは良い焦げ茶色になり「良い色になった」と言うと、Anneは「まだまだ」と言い、しばらくしてまたジュースをターキーの上に注ぐと、皮がどんどん黒ずんできたので、「Anne、皮が黒ずんでいる」と言うと、「まだ30分残っている」と答えた。

　Anneの両親、Andyの家族全員が現れ、ターキー料理の完成を待っていて、タイマーが「チーン！」と鳴りターキーの料理の完成を知らせた。

　オーブンの扉を開けるとターキーは真っ黒で、これは焼き過ぎで食べられるかどうか不安がよぎる。

マッシュポテト、コーン、サラダ、野菜、クランベリーソース、ブレッド、パイなどが並べられ、皆はターキーの到着を待っていて、真っ黒なターキーをオーブンから取り出し注意深くテーブルの中央に置いた。

真っ黒いターキーを眺めながら、皆「食べられるのか？」と思っているのが感じられ、黒い皮を恐る恐るめくると、驚いたことに皮の中から良い色の中身が出てきた。

肉を切ると非常に柔らかくスムーズで肉汁が流れ出し、皆のお皿に盛り付けをした。ターキーは味もしっとりして柔らかく、ジューシーで美味しく誰もがとても驚いた。

真っ黒なターキーは、今までで最高のサンクスギビング・ディナーとなった。

兄の他界

先述したが、この頃、兄が亡くなった。

真夜中、突然ベッドの横にあった電話が鳴り、私は熟睡していたが日本からの電話と直感し、受話器を取る。

すると、母からの電話で「兄が死んだ」と言う。「えー？どうしたの？」と聞くと、「家でお酒を飲んでいて、突然ぐったりと倒れた」と答え、「すぐ救急車で病院に運んだが間

に合わなかった」と話した。

兄は私とは違い気さくで友好的な人柄で、初めて Anne に会った時も「ハウ・ドウ・ユ・ドウ、マイ・ネイム・ノリカズ」と言って Anne を心から受け入れた。

また、「レッツゴー、カラオケ」と言い、カラオケに行き兄が歌い始めると、Anne を「Your brother is a good singer」と驚かせ、そして「私の想像していた人とは違うわ。あなたと全く違い、陽気で Masa よりも好き」と言っていた。

しかし、兄はタバコを吸いお酒にも強く、ウイスキーを飲みながらビールを水代わりに飲んでいて、毎日晩酌を欠かさず52歳という若さで他界してしまったのだった。

残念ながら兄の葬式には出席できず、これがアメリカに住むセットバック（妨げ）でもあった。

ペット猫ハヌカと犬

飼い猫のハヌカという名前は、Anne の以前のユダヤ人のボーイフレンドと名付けたユダヤ教のお祭り（Hanukkah）が由来で、少しポッチャリした灰色のかわいい家猫だ。

ハヌカとは長い間一緒に暮らし、ピッツバーグに住みバーモント州で暮らし、日本にも行きバーモント州に戻ったが、ハヌカはとても素敵なコンパニオンで私も猫好きになった。

ハヌカは若い頃は外に出て動物を捕まえ、家に動物を持ち込み誇らしげに鳴いたが、しかしハヌカは23歳（人間なら108歳）に近づいていて、後ろ足で歩くのが困難になり始め、ほとんどの場合横になっていた。

サンドボックスを階下のバスルームに設置してハヌカはしばらく使うことができたが、しかしハヌカがこれ以上長生きしないことを知って、Anneはハヌカを獣医に連れて行くことを決める。

　それは何を意味するか知っていたので、臆病な私は一緒に獣医に行かず、Anneが一人でハヌカを獣医に連れて行った。そして、Anneが泣いて戻ってきたのでAnneの肩を抱き、私の目からも涙が流れた。

　ハヌカが亡くなり、私たちは新しいコンパニオンを探すことにした。今度は犬を探そうということだったが、私は動物の毛にアレルギー反応があったので、毛が抜けない種類を探し、マルチーズに的を絞って探すと、カナダの国境沿いで複数のマルチーズ犬が生まれたとの情報が入った。

　早速車で向かい、一匹の子犬を選んだが、高速道路を走るとその子犬は震えだし、毛布を掛けて暖かくしていたが吐いてしまった。急に母犬から離され車に揺られて、初めてのことで恐ろしかったのだろう。

　家に帰り名前を付けようと考えて、子犬は白い毛がふさふさなので"Fuzzy（ファジー）"と名付けた。

　Fuzzyは純粋なマルチーズで、その証拠にお腹に入れ墨があり、少し値段が高かったがあまりにもキュートで家族の一員になった。

　しかしながら、もしも純粋なマルチーズだったら毛がストレートになるはずだったが、毛は少しカールがかっていて純粋なマルチーズではないようだった。"しかたがないか〜"

　Fuzzyはその後一緒にカリフォルニア州に渡り、10年間

家族の一員として良いコンパニオンとなる。

　私はペットとしては犬が好きだったが、猫も好きになった。

両親のフロリダ州からバーモント州への移動

　Anne の父親はアルツハイマー病が悪化していて、母親は腰痛に苦しみ父親の面倒を見ることができず、両親は昼夜を問わないフルタイムのヘルパーを雇っていた。

　ある日、ヘルパーから「父親が行方不明だ」と電話が来た。両親の住むフロリダのコンドミニアムには多くの同じようなコンドミニアムが存在していて、「父親はコンドミニアムを間違い、近所の人が父親を連れ戻した」とヘルパーが話した。

　常にドアをロックするようにとヘルパーに頼んだが、「父親はコンドミニアムから脱出し、夜な夜な近所を歩き回っている」と言い、より危険になってきたので、Anne は IBM を早期退職してフロリダで両親と一緒にしばらく暮らすことにした。

　フロリダに行くと母親は Anne に会えて喜んだが、父親は自分の娘であると分かってはいたようだがあまり反応はなく、Anne が一緒に暮らしても父親は夜な夜なコンドミニアムから抜け出し、しばしば隣近所のドアを開けようとして迷惑をかけていた。

　そこで兄 Andy と相談し、両親を近くの介護施設に入所させることに決め、Anne は両親を介護施設に移してバーモントに戻った。

数か月後、介護施設から父親が夜中に施設を出ようとしてドアの警告ベルが何度も鳴ったとの連絡を受け、再びAnneはフロリダに向かい調べることにした。

　Anneが両親のいる介護施設に着き部屋に入ると、深刻な状況を目にした。

　母親は衣服の上に嘔吐し震えていて、長い間着替えを手伝う人は現れず、ヘルパーに連絡すると1時間ほどして着替えを持った介護人が現れた。

　Anneは施設事務所に不平を言ったが事務所の反応は冷たく、フロリダ州には介護施設に入る老人が多いので良い介護施設は見つからないと判断し、両親をバーモント州の施設に移動することを決断する。

　再びAndyに話したが、Andyは両親をフロリダ州からバーモント州・バーリントン市に移すことには消極的だった。だがAnneは粘り強く「両親がバーリントン市にいれば、私たちがいつも訪問し確認する」と言い、最終的にAndyは同意した。

　アルツハイマー病は人格を全く変えてしまう恐ろしい病気だ。

両親の看護

　バーリントン市に両親が一緒に滞在できる介護施設を見つけて、Anneはフロリダ州に出向きバーリントン市に両親を連れ戻した。

　しかしその最初の日は、まだ介護施設の受け入れ準備ができておらず、両親を自宅に1泊させることにする。

夕食を終えて母親はAnneと楽しくおしゃべりしていたが、突然父親が「ここは私の家ではない」と言いだし、自分がバーリントンにいることは分かっているようだが、この場所は自分のコンドミニアムではないと言う。
「介護施設の準備が整うまで、パパは私たちの家にいるのよ」と父親に説明したが、それでも「私の家ではない。家に行く」と言い張り、仕方なく父親をコンドミニアムに連れて行き私が一晩一緒に泊まることになった。

　両親のコンドミニアムに着くと、マスターベッドルーム、ゲストベッドルーム、リビングルーム、キッチン、バスルーム、朝食ルームがあり、やっとソファーに落ち着くと父親が「妻はどこにいる？」と尋ねるので、「あなたの妻と娘は私の家にいる」と説明する。

　ようやく父親をマスターベッドルームで寝かせ、リビングルームのソファーに横になり眠りに就き、うとうとすると何か音が聞こえ、父親の影がゲストベッドルームから出てきて迷っている様子がうかがえた。

　父親をマスターベッドに誘導して寝かせて、なぜゲストベッドルームから出てきたのかを調べると、「あぁー」ベッドの上が濡れており、どうやら父親はバスルームが分からずゲストベッドルームのベッドにおしっこをしたらしい。

　私はあまり眠れず、朝早く何が起こったかをAnneに電話すると、「ほうっておけば乾くでしょう」と言った。

　翌日、両親を介護施設に連れて行った。この施設の良いところは両親が同じ部屋に滞在できることだったが、しかしこの施設でも父親が夜な夜な動き回り、非常ベルを起動させ苦

情が出る。

　そこで父親をアルツハイマー専門施設に移動し、母親のためにウェイクロビンと呼ばれる素晴らしい介護施設を見つけ、母親をウェイクロビンに入れて1日置きに訪ねた。父親はアルツハイマー病が進行していて1週間に一度訪ねた。

　父親はほとんど寝ていて記憶は悪化し、時にはAnneは覚えていたが私を認識していなかった。

　しかし時折私を見て「税金コレクター」と呼んだので、父親は思っていたよりもはるかに理解していたのかもしれない。

　母親はウェイクロビンの人々と仲良くなった。孫娘のCarolynは上手なピアニストなので、Anneはウェイクロビンでピアノを弾いてほしいと頼み、Carolynは同意した。

　多くの人々がピアノ室に集まって演奏が始まり、母親を見ると幸せそうに孫娘Carolynのピアノ演奏を心から楽しんでいた。

　残念なことに数年後、母親は肺炎にかかって亡くなった。

　父親はアルツハイマー病以外はどこにも身体の異常がなく、その後、寝たきりの生活が続いたが93歳で亡くなった。

　母親は私を受け入れてくれたが、父親は最後まで受け入れることはなかった。

ピッツバーグでの友人 Nobu

Nobu と Aoi の結婚

　ピッツバーグにいた時、Nobu、Anne、私の3人でワシントンDCに旅行した時の友人 Nobu は、その後日本に戻り大学の教授になっていた。

　その Nobu から電話があり、「結婚を考えている」と語った。彼はすでに40代半ばで、結婚するには少し遅すぎると思っていたので電話には驚いた。

「おめでとう！　その幸運な女性は誰？」と尋ねると、
「彼女は女優なんだ」と答えた。
「すごい、どうやって出会ったの？」「バーで出会った」「彼女の名前は？」「Aoi」と答えた。

　それから「いつ結婚するの？」と訊くと、「まだはっきりとは決めていないが、2週間後にはと考えている」と言う。

　それで、私たちが結婚式に出席できるかどうか電話をかけてきたのだなと思った。

　しかし、ピッツバーグ時代からかなりの月日が経っているので、ちょっとおかしいと思い、「どこで結婚するの？」と訊くと、「君の家。バーモントを考えているんだ」と答えたのでまた驚いた。

「僕の家？　ここバーモントで？　なぜ？」と訊くと、
「彼女は日本でかなり知られた女優で、メディアを望んでいない。バーモントで結婚すればメディアにも分からず静かに結婚できる」と言った。

「分かった。何人来るの？」と尋ねると、「僕たち2人だけ」

と答えたので、「ちょっと待って、Anneに確認する」と告げる。

Nobuとは日本語で話していたので、Anneは何が起こっているのか分からず、「Nobuは元気？」と尋ねるので、「Nobuは元気だよ。結婚するんだって」と答えた。

Anneは「おめでとうと言って」と言うので、「Nobuはバーモント州で結婚したいと考えてるんだよ」と話すと、「バーモント？　バーモントのどこ？」と訊いた。「ここバーリントン市で結婚したいと言っている」と答え、「Nobuの花嫁は日本で有名な女優で、彼女は日本のメディアに知られたくないらしい。そこで私たちの所で結婚できるかどうか尋ねているんだ」とAnneに説明する。「いつ？」「2週間後」と答えると、「2週間！　準備する時間がないわ！」と言ったので、「OK、少なくともNobuに挨拶して」と言いAnneに電話を代わる。

AnneはしばらくNobuと話してから電話を切ると、「さあ、これからの2週間は忙しいわよ！」と言うので、「Nobuの結婚式を主催してあげることにしたの？」と訊くと「Yes」と答えたので、「僕たちはウエディング・プランナーじゃないんだけど、どうすればいいのかな？」と尋ねた。

Anneは、「最初にジャスティスのピース（地域の法務官で、牧師の代わり）を見つけ、次に教会、ウエディングドレス、タキシード、花屋、ミュージシャン、リムジン、カメラマン、ホテル、ゲストなどを見つけなければならないわ」と言う。結婚式を主催することになったので、彼女は少し興奮

していた。
　数日後、Nobuから電話があり、「8月30日にバーリントン市に到着し、9月3日が結婚式の予定です」と話す。
「じゃあ、早速始めよう」と答えた。
　バーモント州の絵葉書でも有名なリッチモンド村の円形教会をウエディングに利用することで契約した。その円形教会は、よく知られた絵のように美しい歴史的な古い教会で、家からもそれほど遠くない。
　ジャスティスのピース、タキシード、ウエディングドレスのレンタル、フラワーショップ、カメラマン、そしてホテルはシャンプレーン湖のほとりにあるラディソンホテルを予約した。
　次にミュージシャンとゲストが必要で、ミュージシャンはピアノを弾いていた姪のCarolynに結婚式のミュージックを頼み、さらにゲストは、日本IBMから駐在員として来ていた伊澤さん家族に頼むことにした。
　伊澤さんに「日本の女優Aoiをご存じですか？」と聞くと、
「はい、彼女なら知っています。有名な女優です」と言うので、
「実は彼女が私の友達と結婚する予定で、メディアを避けるため、ここバーモントの私の所で結婚式を挙げたいと言っているのです。しかし、家族やゲストを連れてくることができないので、伊澤さんご家族にゲストとして結婚式に出席していただきたいのですが、お引き受けいただけないでしょうか？」と尋ねた。

彼は「いつ？」と尋ねるので、「来週末の９月３日です」と答えると、「妻に確認してみます」と言う。そして「娘はバイオリンを弾いていますが、お手伝いできるでしょうか？」と言う。
「ああ、それは素晴らしい。ぜひ娘さんに結婚式でバイオリンを弾くよう頼んでください」と言うと、「分かりました、追ってお知らせします」と答えた。
　しばらくして伊澤さんから、「私、妻、息子、娘が出席できます。そして娘も結婚式で演奏すると言っています」と電話が来た。
「すごい！　結婚式の前日９月２日に自宅でリハーサルをしますので、よろしくお願いします」と言った。
　８月30日に Nobu と Aoi がバーリントン空港に到着した。Nobu は相変わらず陽気な性格で大きな笑顔を浮かべ、隣には綺麗な結婚相手の Aoi が立って笑みを浮かべていた。
　２人を自宅に連れていき、次の２日間は結婚式の準備のため、Aoi をウエディングドレス・ショップ、フラワーショップ、ヘアドレッサーなどに連れて行く。
　Aoi のドレス選択には少し時間がかかり、問題は彼女がアメリカ人の女性とはかなり体格が違う非常に痩せているので、ドレスに多くの変更が必要なことだった。
　修正するのに結婚式の直前までかかったが、最後に彼女はベールを付け、後ろが長い美しい白ドレスに落ち着いた。
　ウエディングの準備は何とか整ったが、本番はこれからだ。

リハーサル

結婚式の前日、参加者全員と隣人の Michel（ミシェル）と Monique（モニーク）が出席し、リハーサルが行われた。

その日は私の誕生日でもあったので椅子に座るように言われ、Anne がケーキを持ってきて、Michel のアコーディオンのバックグラウンドで誕生日の歌を歌い、ケーキを食べ終える。

結婚式のリハーサルが始まったが、私は Nobu のベストマンであるとともに Aoi の父親代わりで、Anne は花嫁 Aoi のブライドメイド、Monique がジャスティスのピースということで準備が整った。

Aoi と私は玄関に位置し、Nobu と Anne と Monique がリビングルームの暖炉の前で待ち、Michel の結婚式の演奏に合わせて Aoi と私はジャスティスのピース Monique の前まで進み、Aoi を Nobu に渡し、Nobu の反対側に移りベストマンに入れ替わる。

Monique がキリスト教徒の結婚式の言葉を読み始め、Nobu に「私、Nobu は Aoi を妻にすることを誓いますか？」と誓いの言葉を述べると、Nobu はすぐ「Yes」と答えた。

そして、Monique は Aoi に「私、Aoi は Nobu を夫にすることを誓いますか？」と尋ねると、Aoi は一瞬ためらって頭を横に振った。

その思いがけない動作に皆が大笑いし、リハーサルを続けることができず、Monique も回復するのに数分かかる。

再び Monique は「私、Aoi は Nobu を夫にすることを誓いますか？」と述べると、Aoi が今度は「Yes」と言ったの

で、その瞬間、歓声が上がった。

Michelが再び結婚式の演奏を始め、リハーサルを通して、笑い、笑い、大笑いで、楽しい祝福の一時となった。

結婚式の日

伊澤ファミリーが早めに来て、Anne、伊澤夫人とその娘がAoiのウエディングドレスの着付けを手伝い、一方、Nobuは別の部屋でタキシードの着付けをしていた。

NobuとAoiの着付けが終わり、教会に向かおうと玄関に出ると、昨日とは打って変わって土砂降りの雨が降りだし、MichelとMoniqueが傘を持って出迎えている。

リムジンがドライブウエーで待っていて、土砂降りの中を歩かなければならず、Aoiのウエディングドレスが長くリムジンの中にドレスを入れるのに時間がかかってしまい、ドレスが少し濡れた。

15分ほどで円形教会に着くと、すでにジャスティスのピースが待っていて、Carolynはピアノの前に座り、その隣にバイオリンを持った伊澤さんの娘、そしてNobuとAnneが十字架の前に立ち、伊澤ファミリーは椅子に座って結婚式の準備が整った。

円形教会の入り口は二重ドアで、Aoiと私は入り口で式が始まるのを待ち、結婚式の音楽が始まるとAoiと私が1つ目のドアを通過し、2つ目のドアを入ろうとした瞬間、Aoiが立ち止まって後ろを振り向いた。

Aoiの長いウエディングドレスが1つ目の玄関のドアに引っかかっていて、戻ってドレスを外そうとした時、リムジン

の運転手が気付いてドレスをドアから外してくれた。

　結婚式の音楽に合わせてAoiと私はNobuが待っているクロスの前に向かって歩いて行き、AoiをNobuに渡してNobuのベストマンの位置に移動し、結婚誓いの式が始まる。

　キリスト教式の結婚儀式が進み、ジャスティスのピースが「私、NobuはAoiを妻にすることを誓いますか？」と尋ねると、Nobuは「Yes」とすぐに答えた。

　次にジャスティスのピースが「私、AoiはNobuを夫にすることを誓いますか？」と尋ねると、Aoiは躊躇なく「Yes」と答える。

　次にジャスティスのピースが「結婚リングを交換してください」と言い、私がNobuから預かっていたAoiに渡す指輪をポケットから出そうとしたその瞬間、指輪が手から滑り落ちた。

　古い木で造られた教会の床に落ち、驚くほどクリアな「ピーン」という音を立ててリングが床に転がった。

　慌ててリングを追いかけると笑いが起こり、カメラマンが同席していたのでこのNGを撮っていないことを願う。

　NobuとAoiは指輪を交換し、ジャスティスのピースが「あなたたちは、今結婚しました。Nobuはあなたの花嫁にキスをしてください」言い、2人はキス交わし、とても幸せそうに見えた。

　次に、NobuとAoiは教会の中心を結婚式の音楽に合わせて歩き、NobuとAoiを玄関のドアの内側で待つように止め、皆は教会の外に移動しNobuとAoiが出てくるための準備をする。

外は2人を祝福するかのように雨が上がっていて、NobuとAoiがリムジンに入るまでの間、皆が米を投げて祝福し、2人はリムジンに乗り去って行った。

　しばらくするとNobuとAoiが円形教会に戻ってきて、Aoiが美しいウエディングドレスを着た写真を撮っていると、突然歓声が上がった。

　何が起こったのかと近づくと、Nobuと伊澤さんは同じ大学の出身で、大学時代同じ音楽部に所属しNobuが2年先輩だと分かり、彼らはすでに日本で面識があったのだ。

　こんなアメリカの小さな田舎町での奇跡的な偶然の出会いに、大きな歓声が上がったのだった。

　その後、Aoiの着替えのため、近くに住む親友Dickの家に出向いてウエディングドレスを着替え、円形教会に戻ってくる。

　NobuとAoiはリムジンでシャンプレーン湖のほとりにあるラディソンホテルに向かい、一晩滞在して新婚夫婦の初夜を過ごした。

　翌日、NobuとAoiをホテルに出迎えてウィリストン村庁舎に行き、2人は正式な婚姻登録を提出し、1992年9月4日に結婚した。

　アメリカでのキリスト教の結婚式は無事行われたが、日本人女性Aoiとしては、日本式の結婚式も望んでいたのでは？

カリフォルニアでの生活

カリフォルニア州に移転

　先述したように、Anne は慢性腹部痛に苦しんでおり、バーモントで数回手術を受けたが痛みが取れず、西海岸のスタンフォード（Stanford）大学の医師による実験的な手術で痛みの原因の癒着を大幅に軽減できると聞き、その医師に連絡する。

　医師は、「最初の手術で癒着を切り取り、癒着が固まらない1週間以内に2度目の手術で柔らかい癒着を取り、また1週間以内に3度目の手術で残りの癒着を切り取れば、慢性腹部の癒着による痛みがなくなる」と説明した。

　このスタンフォード大学の医師による画期的なアイデアの手術で、Anne の慢性腹部の痛みが解消されると私たちは大きな期待をしていた。

　Anne が手術を行い回復するまでしばらくカリフォルニアに住まなければならず、私は上部管理チェーンを通じてカリフォルニア州マウンテンビュー市（Mountain View）で仕事を見つけ、一時的なアサインメントの仕事として転勤する。

　初期の考えはバーモント州に家を残し、カリフォルニ州でアパートを借りるつもりだったが、親友 Dick が、
「バーモントの家を売り、カリフォルニアで家を買い、数年間のアサインメント終了後、カリフォルニアの家を売却すれば高く売れるだろう」と提案した。

　1997年、バーリントン空港を離陸し窓から下を覗くと、緑の住み慣れたバーリントン市とシャンプレーン湖が太陽の光

を反射して美しく輝き、しばらくのお別れになるとノスタルジアを感じ窓の下をじっと眺める。

カリフォルニア州サンノゼ空港に近づくと、航空機の窓から見る山々の峰は茶色に覆われていて、バーモントの緑の山々の風景とは全く異なり"カリフォルニアに来たな〜"と実感させられる。

カリフォルニアの家

バーモントのコロニアルの家を21万ドル（2100万円ほど。この頃は1ドル100円ほどで、かなりの円高）で売却し、カリフォルニアで家を購入するのに十分なお金があると思い、女性の不動産業者に「ゴルフコースのそばに家が買えるか？」と尋ねると、ミニゴルフコースの近くの小さなコンドミニアムを見せてくれた。

だがバーモンの家とはあまりも違うのでゴルフコースそばの家の夢を断念すると、次に女性はサンノゼ市のいくつかの家を紹介したが、すべての家は小さく高く、安くても40万ドル以上だった。

最後に一つのサニーベール市の小さな家が有望に見えてきた。家は平屋でフロントにガレージが位置し、入り口はガレージを回った横で、入ると小さな玄関があり、進むと大きなリビングルーム兼ダイニングルームが設置されている。

家の配置は小さなキッチン、2つの小さなベッドルーム、マスターベッドルーム、リビングルーム兼ダイニングルーム、そしてガレージの半分がサンノゼ市の許可を得ていないルームに変換されていて、「許可のない部屋は大丈夫か？」

と女性に訊くと「売却には問題はありません」と答えた。

天井は丸見えで、すべてが今は伐採が禁止されているカリフォルニア・レッドウッドで建設され、フロアは寄木細工で作られ、大きなリビングルーム兼ダイニングルームの南側はガラス張りで明るく、カリフォルニア特有のオープンスペース・スタイルだ。

芝生で覆われた裏庭を高いフェンスが囲んでいて、犬Fuzzyの遊び場には最適で、外でのバーベキューも楽しめると感じた。しかし左側のフェンスが少し低く、覗くといくつかのアンズの木が生えていて、地面には雑草がぼうぼうと生い茂り、長い間人手は入れられていない様子だ。

「この土地は誰の物ですか？」と女性に訊くと、「この家に属する未開発の土地です」と答え、家の値段はと尋ねると「価格は46万ドルです」と答えた。

Anneに「この家には大きな可能性がある。未開発の土地のフェンスを外して今ある庭と合併すれば、さらに大きな裏庭が出来る」と話す。

「Yes」とAnneが同意し、家のサイズはバーモントの家の半分ほどで2倍以上の値段だが、庭を大きくすることで家の価値がかなり高くなると考え契約を結んだ。

小さなカリフォルニアの家にはバーモントのすべての家具は入らず、2、3年でバーモントに戻る予定なので、ニューイングランド・スタイルの家具はバーモントの格納庫に残し、数週間後、2台の車と半分ほどの家具が届き、小さな家に引っ越した。

家には暖房設備があったがエアコンがなく、オープンスペ

ースのカリフォルニア・スタイルで、いくつかのコンピューター・ファンで風が家の中に巡回されていた。

　北国バーモント州の夏は気温がそれほど高くないが、湿度が高くエアコンが必需品だった。だがカリフォルニアでは湿度が低いので朝晩は涼しく、エアコンがなくても快適に過ごせる。

　バーモントでは東洋人はほとんど見当たらず、西洋人女性の Anne と東洋人の私のカップルはいくつかの障害もあったが、その反面、特別な存在にも思われていた。

　しかし、ここ西海岸シリコンバレーには東洋人が驚くほど多い。

　私たちの特別な国際結婚の存在感が、西海岸では薄れてしまった。

Anne の手術

　Anne はスタンフォード大学のドクターに面会し、手術の内容の説明を受けて日程が設定された。慢性的な腹部の痛みがこの手術でなくなることを、私たちは確信していた。

　1 回目の手術が終わり、病室を訪ねて「痛みはどう？」と Anne に訊くと、「まだ麻酔薬が効いているので痛みが分からない」と言い、ドクターは「手術は成功で、1 週間後にまた手術を行います」と話す。

　Anne は家に戻るとベッドに横たわって 1 週間を過ごし、Anne に「どう？」と訊くと、「まだ強い痛め止め薬を摂っているので分からない」と答えた。

　1 週間後、Anne は再び手術を行い、ドクターに手術の結

果を訊くと、「手術は順調だがもう一度手術が必要です」と言い、Anne は再び家に戻り、また1週間ベッドに横たわり、強い痛め止めの薬を飲んで過ごす。

3回目の手術が行われ、手術後待合室で待っているとドクターが現れ、「手術を行うたびにもっと多くの癒着が出来ていて、取り除くことができませんでした」と言うので、「What?」と私が声を上げると、「これは実験的な手術です」と言って医師は去って行った。

期待とは裏腹に手術後 Anne の腹部の痛みは悪化し、より重い鎮痛剤に頼らざるを得なくなった。

スタンフォード大学のドクターを信頼していたが、かわいそうな Anne はその後、腹部の慢性的な痛みと闘い、スタンフォード・ペインクリニックに通うことになってしまう。

ペインクリニックはバーモント州には存在せず、私たちはカリフォルニアに永住することになる。

カリフォルニアの近隣事情

引っ越して数か月が経つと、白人の女性と黒人の男性が「私たちは2軒隣に住むカップルです」と訪ねてきて、ミックスカップルなので友達付き合いをしたいのかと思い、「よろしく」と言い挨拶を交わす。

が、しかし、何か不思議な感じで笑みは見られず、そわそわ振る舞い、何か家の中をちらちら見回している様子で、「今後ともよろしく」と言い帰って行った。

それから数か月後、驚くような事件が起きた。

まだ薄暗い早朝に、騒がしい音とサーチライトの光が見

え、何があったかとパジャマ姿で外に出ると、複数の警官がサーチライトでミックスカップルの家を照らし、ガンを抜いて「手を上げて出てこい！」と叫んでいたのだ。

びっくりして恐る恐る外に止めてあった車の陰から覗くと、白人の女性と黒人の男性が手を上げて現れ、手錠をかけられポリスカーに乗せられて去って行った。

残りの警官がその家の裏庭に入り、大きな緑の草の束を抱きかかえて出てきたが、それはかなりの量で、警察が手配した小型トラックに満載になっている。

警官が去った後、近所の人たちが話し合っていたので近づくと、カップルは麻薬を裏庭で栽培して売っていたらしく、ミックスカップルが訪ねてきた理由は、引っ越してきた私たちを調べるためだったようで、親しくならずに良かったと胸を撫で下ろした。

そこにいたHapp（ハップ）と名乗る80代の老人と話すと、彼は戦時中はパイロットとしてヨーロッパで戦った航空士で、
「わしはいつも笑顔を浮かべているから、Happyの文字からHappがあだ名になったんだ」と言い、呼び名のとおり笑顔を浮かべながら、「今も小さな飛行機を持っていて、飛んでいるよ」と語るので、「80代で、すごい！」と応答する。

その夏、カリフォルニアは干ばつが続いて近くで山火事が起き、多くの消防隊が出動して消防飛行機と消防ヘリコプターも消火に当たっていた。

すると、テレビのニュースで「消防ヘリコプターが個人の飛行機と接触し、ヘリコプターは無事に着陸したが飛行機は

墜落し、操縦士は亡くなった」と報じた。

しばらくして操縦士の名前が判明したが、それはHappであったことが分かって驚き、「Happは戦争では生き残ったのに」と悲しい気持ちになる。

20年間バーモントに住んでいて何の事件もない平穏な生活を過ごしていたが、カリフォルニアに移った途端、数か月で2つの事件が身近に起こった。

庭の拡張

最初に書いたように、小さな家は古く、すべての柱、屋根、壁は、今は切り出しが禁止されているカリフォルニアのレッドウッドで作られていた。

レッドウッドには防虫効果があり、白蟻が付かず、天候によるダメージ以外はしっかりしていた。

そして、雑草が茂る未開発の土地と裏庭を合同させた大きな芝生の裏庭を計画し、庭全体を設計するため造園の専門職を雇う。

彼は未開発の土地を見て、「ここは昔アプリコット（杏）の栽培畑で、珍しくまだアプリコットの木が残っているので、いくつかの木を残して裏庭を作っては？」と提案した。そして、

「これは大きな仕事なので5万ドル（500万円）ほどかかる」と言い、かなり高いが良い投資になると考え、提案を受け入れた。

しかし、バーモントとは全く違いサンノゼ市の許可は厳しく、庭の完成には半年ほどかかったが、ついに大きな芝生の裏庭が完成した。

裏庭はカリフォルニアらしく外でバーベキューをするのに絶好で、バーモント州とは異なり外で暮らす日々を楽しむ。

フロアと暖炉の再生

次に、寄木細工で作られたフロアがかなり古く黒ずんでいるので、新しい表面に削り直すことにし、ホームデポに行くと、フロア専門家のJoeを紹介された。

数日後、Joeが現れ、「ホームデポと契約するとエキストラのお金を払わなければならないので、安くするから個人と個人での契約をしないか？」と持ちかけてきた。
「そんなことができるのか？」と尋ねると、
「ホームデポに連絡し、契約を解消すれば簡単にできる」と言うので、ホームデポに連絡し契約を解消したが、これが原因で仕事完了までに長い時間がかかることになる。

フロアの再生だけでなく、暖炉の再生も含めてJoeと価格を調整し契約したが、Joeは仕事中の事故で片目が見えず、そして離婚したばかりで前の妻と離婚金の返済でもめていたのだ。

フロアのサンディングの準備にビニールのカーテンで仕切りを作り、Joeがフロアのサンディングを始めると、Anne

と犬のFuzzyは裏庭に避難していた。

　するとJoeに電話がかかってきてしばらく話し、Anneに、「電話は離婚した妻からで、すぐに行かなければならない」とサンディングを中断し、「すぐに戻る」と言って出て行った。

　しかしJoeは戻らず、私が仕事から帰ると家の中は粉塵だらけで、Anneに事情を聞くと「Joeはすぐに戻ると言ったが戻らなかった」と答えた。いろいろなサンディングの道具が残っていたので翌日には戻ると思ったが、家では食事ができないので近くのレストランへ夕食に出かける。

　翌日Joeに電話をすると、「離婚したワイフともめている。今日は駄目だが明日には戻る」と言う。

　Joeが戻ってきてサンディングを始めると、また電話が来て「すぐ戻る」と言って出て行き、再びJoeに電話をすると数日後現れ、半日ほど仕事をしてまた出て行く。これが何回も繰り返されて、やっとフロアのサンディングが終わった。

　次に表面のコーティングが始まったが、塗り始めると色がかなり濃い。それをAnneが指摘すると、Joeは、「目のせいで色がよく選択できなかった」と言うので、「塗ったコーティングを削り直し、明るい材料に変えるように」と指示する。

　するとJoeは、「お金が必要なので、ここまでのお金を払ってくれないか？」と要求するので、総額の半分を支払い、「コーティングは2度行う必要がある」と念を押した。

　その後もJoeは来たり来なかったりを繰り返し、フロアの再生は4か月ほどかかってようやく綺麗なフロアと暖炉が完

成し、全額を支払いJoeとの契約は終わった。

　暖炉とフロアが綺麗になったことで、今度は暖炉の棚が貧弱に見え、Anneは石で出来た棚にしたいと言い、石の専門店に行き棚石を探すことになった。

　石店に行き石を探していると、一つの石がAnneの目にとまり、店主に尋ねると、「この石はフランスの駅にあった物で、駅が改造された時に買い受けてアメリカに持ってきた」と言う。その石は少し値段が張ったが購入し、家に送ってもらう。

　しかし、石が厚く重すぎて土台を作り直さなければならず、職人を探して丈夫な木材で土台を作り直し、フランスの石を載せて、ようやくAnneの気に入った暖炉が完成した。

　とにかく、カリフォルニアではすべてに時間と費用がかさむ。

日本式キッチン

　家は綺麗にアップグレード（改装）されてきたが、キッチンは初期からの古い造りで貧弱なので、Anneはキッチンの改造を提案した。

「今までにかなりの出費をしているので、少し待っては」と言ったが、「もしもこの家を売る時、キッチンの改造が一番のメリットになる」と主張するので了解する。

　家には日本のアンティークが多いので、Anneは「日本式のキッチンにしたい」と言ったが、「本格的な日本式キッチンに改造するには、多額のお金がかかるので無理だ」と返答した。

しばらく考えてから、サンフランシスコにある日本骨董品店にしばしば出向き買い物をしていたので、
「そこで見た、ガラス張りの古い茶箪笥を使って棚にすれば、日本的なキッチンが安く出来るよ」と提案した。
「それは良いアイデアね。週末にそこへ行って探しましょう」とAnneは同意し、早速キッチンの間取りの寸法を測る。
　その週末、日本骨董品店に向かいガラス張りの古い茶箪笥を探すが、なかなか間取りに当てはまる気に入った茶箪笥が見つからず、骨董品の店主に尋ねると、
「近くに倉庫があり、そこに多くのまだ修復していない古い茶箪笥があるので見てみますか？」と言う。
「Yes」と言って倉庫に出向くと、ビルの2階にぎっしりと箪笥が積み重なっていて、時間をかけて一つ一つ茶箪笥の寸法を図りながら見て回ったが、その中で3つのガラス張りの2段になった茶箪笥が見つかり、「綺麗に修復します」と店主が言うので、その茶箪笥を購入した。これで日本式キッチンが安く作れるだろうと計画した。
　茶箪笥のサイズが分かったので、そのサイズを基準に家のキッチンのサイズを測り、1段目のガラス張りの茶箪笥を壁に吊るし、2段目を前に少しずらして、そのトップをカウンター代わりにすることでフィットすることにし、2つ目はその茶箪笥の反対側にそのまま設置し、もう一つの小さめの茶箪笥をその棚の端に置くことで日本的なキッチンが想像できた。
　そして、シンクは深いステンレススチールを使い、黒色の冷蔵庫と食器洗い機とオーブンを設置することで、より日本

的なキッチンの設計図が出来上がった。

次にコントラクター（請負業者）を決め、コントラクターに紙で書いた設計図を見せると、
「最初にサンノゼ市の許可が必要で、設計図を正式な設計図紙に書き直して市に申請しなければならず、許可が出るまで時間がかかる」と言われる。

バーリントン市では許可が簡単に出たが、サンノゼ市ではとにかくすべてに時間がかかる。

コントラクターが正式な青い設計図紙に書き直し、キッチンの設計図を持ってきて、「これを市に申請するがこれでいいか？」と尋ねる。そして、
「家の電源配線がかなり古いので、キッチンのすべての配線を替えないとサンノゼ市から許可が出ない」と言い、
「それでは照明も日本的に」と要望したので、だんだん大仕事になってきた。

設計図に小さな変更を行い、「許可にはどのくらいの期間がかかるのか？」と尋ねると、「今は住宅改造の申請が多いので、3、4か月はかかる」と答えた。

すでにキッチンキャビネットも揃い、設計もできていたので、かなり安く改造できるのではと考えていて、「費用は」と尋ねると、キャビネット費が引かれただけで予算よりかなり高かった。しかし、本格的な日本式キッチンに比べればかなり格安なので契約を交わす。

IBMの株を自動的に給料から引き落として買っていたので、
「IBMの株を売らなければならない」とAnneに言い、「カ

リフォルニアはとにかくすべてが高い！」と嘆いた。

再び、しばらくは外食の生活が続き、日本的なキッチンが完成すると、コントラクターが「最後にサンノゼ市のインスペクター（検査官）の了解が必要だ」と言い、これが次の出費につながる。

数日後、インスペクターがキッチン改造を見て回り、
「キッチンはOKだが、玄関口の照明がサンノゼ市の規定に合っていないので許可は出せない」と言い、「玄関口は非常の際に出口が見えるように、明るく電気の節約できる照明が必要で、配線も古いので全部作り直してください」と言われる。
「わー！　玄関口は改造部分ではないのに、またしても思わぬ出費だ！」

コントラクターに連絡して事情を話すと、うすうす知っていたらしく、「玄関口の照明の要求はインスペクターによって違うので、改造計画には入れていなかった」と言う。
「またサンノゼ市の申請が必要か？」と尋ねると、
「インスペクターの報告書があるので必要ない。電気技師を送り作り直す」と言うので、「それでは日本的な照明を探す」とAnneが言う。

数週間後、玄関口も日本的な黒の四角い照明器具に修正して、再度インスペクターの検証に備えたが、一つ心配事があった。

それは、サンノゼ市の許可を得ていないガレージの半分を改造した部屋のことで、検証日にインスペクターがその部屋に向かわないように障害物をドアの前に置き、その部屋の入

り口に私が立ちはだかって、何とか最終的に承認を得た。

キッチンの改善は素晴らしく、独自の日本式キッチンが完成して近所の噂になり、隣近所の人がキッチンを見たいと訪れた。数か月後、ホームの週刊雑誌から、「お宅のキッチンを次の雑誌に載せたいので写真を撮りたい」と電話が来た。

日本的に改造されたキッチンはホームの週刊雑誌に載り、その記事が数年後にこの家を売却するのに役立つこととなった。

アイクラーハウスに引っ越し

改装から3年後、少し大きな家に移ることにし、前回と同じ女性の不動産業者に連絡すると、
「有名な建築デザイナー、アイクラー氏（Eichler）が建設した家が数件あるので、見ては？」と言い、週末、マウンテンビューにある家を訪問した。

アイクラーハウスは、玄関から入ると家の真ん中に小さな中庭があり、中庭を通過してリビングルーム兼ダイニングルームに入る設計で作られていて、中庭の一方にキッチンがあ

り、反対側に小さなベッドルームが3つ存在し、リビングルームとダイニングルーム兼用の部屋の先はガラス張りで、裏庭に続いていた。

玄関口の脇にはガレージがあり、通常アイクラーハウスの中庭には屋根がないが、この家の中庭には電動で動く屋根が設備されていて、Anne は「アイクラーハウスはモダンで、中庭も日本的で、持っている日本アンティークにも合うので好きだわ」と言う。私もマウンテンビューで働いていたので、
「この家は、地理的に近く良い家だね」と応じた。

しかし良いことばかりではなく、裏庭は小さく塀で囲まれて両隣の家が見え、大きな道路が近く車の音が聞こえるので、それを業者の女性に言うと、
「ではもう1軒、大きなアイクラーハウスが近くにあるので行ってみましょう」と言い、サニーベール市にあるアイクラーハウスに出向く。

このアイクラーハウスの構成はマウンテンビューの家と同じだが、各部屋ははるかに大きく、大きな裏庭があり、隣の家とも距離があり、道路は行き止まりで交通騒音も全くないので気に入った。

だが一番の問題は価格で、想定していた価格よりかなり高く、80万ドル（8000万円ほど）で売り出されていた。

　カリフォルニアでの家の売買は、バーモントとは違いカウンター・オファー（価格折衝）がなく一発勝負で、他のバイヤーの提示価格よりどれだけ高い値を付ければ落札できるかが勝負どころだ。

　3年前に買った家をかなりアップグレードしたが、それがいくらで売れるかが課題で、その今住んでいる家を売却する条件で、提示価格より3万ドル（300万円）高い価格でアイクラーハウスのオファーの契約を結ぶ。

　今の家には10万ドル以上の費用をかけ、裏庭を拡大し、リビングルームと暖炉をアップグレードし、キッチンを日本風に改造し、配線もアップグレードしていた。そんな日本風のキッチンがバイヤーに受け入れられるかが鍵で、ホームの週刊雑誌に載った日本的に改造されたキッチンの写真も不動産販売のパンフレットに載せ、オープンハウスを行った。

　そのおかげか多くの人々が家を見て回り、オファーを待っ

ていたら、幸いにもいくつかのオファーがあり、ひと組のカナダからのカップルが家を気に入り、提示価格より高い値段でのオファーを出してきたのですぐに契

約した。

　しかし、アイクラーハウスと売却したハウスとでは、まだかなりの価格差があり、またもIBMの株を手放しアイクラーハウスを購入する。

アイクラーハウスのアップグレード

　しかしアイクラーハウスは1960年代に建設されており、床、配線、その他も古いのでまたもや改装しなければならず、床の張り替え時に大きな問題が起こった。

　床はタイルで出来ていて、そのタイルには癌を引き起こすアスベストが入っていて、取り除くには市の許可が必要で、アスベスト専用の業者に依頼しなければならなかった。
　業者は全身を白いガウンで囲い、呼吸用保護マスクを付けて取り除く作業を行い、その取り除いたタイルは市の指定された特別な場所に廃棄するため、またもやその費用が積み重なり、タイルを変えるのに予定の3倍ほどの費用がかかった。
　その後も、キッチンのカウンターを木製からタイルに替え、古い配線を新しくした。また、家の中央には2本の長い太いレッドウッド・ビームが裏庭から玄関まで貫通し屋根を支えていたが、そのレッドウッド・ビームは中庭のオープンスペースで自然にさらされ腐りかけていたので、その腐りかけた部分を削り、鉄板で囲って黒いペイントを塗って修理し、やっと私たちの好きな家に住むことができたのだった。
　この家には昔、オリエンタルの歯科医が住んでいて富有柿

の木が植えられ、秋には数百個の柿が実った。柿は大きく私には美味しかったがAnneは好きではなく、一人では食べ切れないのでほとんど捨ててしまった。

アイクラー氏デザインの家は大きく、日本のアンティークが似合い、裏庭もシリコンバレー地区では広く明るく静かで、おまけに富有柿が食べられるので、私たちの一番のお気に入りの家となる。

Anneのドイツでの手術

Anneの慢性腹痛は、何回にも及ぶ手術での内臓の癒着によるもので、癒着を止める手段のバリアー薬はUSでは認証されていなかったが、ドイツでは認証されていたので、Anneはドイツで手術することにする。

ドイツのデュイスブルク（Duisburg）病院には宿泊設備が整っていて、そこにしばらく泊まることにし、その夜は大都市のデュッセルドルフ（Düsseldorf）のレストランに向かった。

幸いにもAnneは、コロラド州の高校でドイツ語の先生をしていた時期があり、ドイツ語が堪能で、レストランの料理の注文にも問題なく、顔もドイツ系なのでドイツ人と思われたようだ。

Anneの手術日は4日後で、日にちがあったのでAnneのドイツ留学時に友達になったドイツ人、クリステーナに会いに行くことにする。

デュイスブルク駅には改札がなく自動販売機が置かれていて、多くの選択のボタンがあるので、ドイツ語が堪能な

Anne も迷っていた。

　すると一人の男性が私たちの姿を見て近づき、「どうしましたか？」とドイツ語で聞くので、Anne が答え、ドイツ貨幣のマルクを自動販売機に入れていくつかのボタンを押すと、2枚のチケットが出てきた。

　Anne が「ダンケンシェン」と言ったので、私も「ダンケンシェン」と言うと、「チアーズ」と言って去って行った。

　自動販売機の説明を聞くと、何人か、片道か、往復か、乗り換えか、1日か、数日か、1区間かなどによって値段が違い、そのすべての選択ボタンを押すとチケットが出てくる仕組みで、ドイツ人の繊細な性格性が感じられた。

　クリステーナの家に着き、クリステーナと夫のアーサー、そして韓国から幼い頃養子に迎えた高校生の女の子が迎えてくれ、養子の女の子は私のそばに座る。

　Anne は学生時代ドイツに留学していて、短時間クリステーナの父親が経営する工場でアルバイトをし、その時期、クリステーナと共にヨーロッパをヒッチハイクして回り、その後クリステーナもアメリカを訪問し2人で旅行をしていた。

　クリステーナと夫のアーサーはヒッチハイクで知り合い、アーサーは学校の先生で、2人はとても親切で仲が良かった。私はドイツ語が分からず3人の英語は限られていたが、韓国からの養子の女の子は、私たちのオリエンタル・国際結婚に高い関心を持っていたのだ。

　この地域には東洋人がほとんどおらず、彼女は偏見の目で見られて育ってきたのか東洋人の私を見て特に近づいてきて、Anne が私たちの出会いや混合結婚の苦闘、格闘、そし

て多くの良いことなどを話すと、女の子は安堵の笑顔を見せた。

4日目にAnneの手術が行われ、手術は成功したとドクターに知らされたが、「病院で1週間ほど様子を見なければなりません」と言われ、病室に案内されてAnneを見ると、麻酔と痛み止めの薬のせいか目は"とろーん"としていたが、顔色は良く笑顔を浮かべていた。

「調子はどう？」と訊くと、「うん、痛め止めの点滴をしているので、あまり痛みはない」と答え、しばらくAnneのそばに座っているとドクター・パゴロが現れ、「お腹の内臓の癒着が多く、癒着を取り除き、多くの癒着バリアー剤を投与したので、あとは手術の回復を待つだけです」と言った。

安堵したせいか、私は急にお腹が空いてきたので食堂に行くと、ドイツのメニューには野菜がほとんどなく、食べたい物が見つからない。キャベツを醗酵させたサワークラウトとステーキを頼むと、ステーキの半分ほどが脂身なのに驚く。

予定より長く滞在しなければならなくなったので、ドイツのマルクの現金が足りなくなり、USドルをマルクに替えようと近くの銀行に行ったが、「ここでは両替はできないので、大きな街、デュッセルドルフ（Dusseldorf）の銀行に行ってください」と断られる。

ほとんどのドイツ人には英語が通じず、バスにも乗れず交通手段が必要なので、ドクターの知り合いの自転車を借りてデュッセルドルフに向かった。

デュッセルドルフの銀行に行ってようやく両替ができたが、その帰途に自転車に乗っていると、小さな街であるデュ

イスブルク市のドイツ人は東洋人が珍しいのか、会う人ごとに私を見て振り返る。何か監視されているような感じで、韓国から養子に来た女の子の気持ちが少し理解できた。

ドイツ食は生野菜がほとんどなく脂肪が多いので、良いレストランを見つけることが次の課題で、病院から自転車で15分ほどの所にイタリアン・レストランを見つけた。サラダとスパゲティがあり、Anne の病棟生活中、毎晩通う。

しかし、ペストリーの店がところどころに存在し、特にティラミスは美味しく、毎日のように食べて少し太った。

この手術で Anne はしばらくの間痛みが改善されたが、3年後にはまたドイツに戻り手術をすることになる。

カリフォルニアでの仕事

IBM マウンテンビュー市（シリコンバレー）に出勤すると、オフィスはバーモントの個室とは異なり、相部屋の一番奥の片隅にあった。2、3年ほどのアサインメントなので仕方がないか。

しかし、1か月ほどが過ぎた頃、マネージャーから悪い知らせが来た。バーモントの家を売りカリフォルニアに家を買ったので、アサインメントの資格を失い、マウンテンビューでの仕事が本職になり日当が出ないと連絡が来たのだ。

「うーん！　日当が出ないのは痛い！」と嘆いた。

IBM マニファクチャーは、すべて IBM 内のデザインを製造していたが、他社のデザインも受け入れる方針が取られ、IBM ファウンドリー課が構成され、IP（intellectual property）の契約と使用法の指示、サポートをシリコンバレ

ーで受け持つ仕事に移った。

　テクノロジーは0.18ミクロンの、5レベルの配線で、ボルテージは＋2.5ボルトで、チップ上で最大330万の使用可能なゲートチャネルを所有していた。

　次に、0.12ミクロンの、6レベルの配線で、ボルテージは＋1.8ボルト、チップ上で最大1200万の使用可能なゲートチャネルを所有したテクノロジーが開発された。

　シリコンバレーでの仕事が順調に進み、功績を認められてシニアー・エンジニアに抜てきされる。

IBM アルマデン（Almaden）研究所

　数年後、IBM アルマデン（Almaden）研究所に移り IBM エンディコット（Endicott）にレポートする仕事に変わる。

　IBM アルマデン研究所は IBM の最盛期に建設された建物で、丘全体を買い取り、その丘の頂上に建設された3棟の3階建てで、すべての内装がハードウッドで作られ、私の個室のオフィスはB棟の3階の角に位置していた。

　食堂は1階にあり、大きなガラス張りで丘の頂上から近くの丘陵とサンノゼ市の風景が眺められ、眼下にはカリフォルニアの牧草地が広がっている。時折、牛が草を食べる風景が見られ、ゆったりした雰囲気が研究所の社員の想像力を養い、ゆっくりと昼食ができた。

　昼休みにバイシクリングをすることにし、丘の頂上から下まで降りて頂上に戻るルートを選んだ。丘から降りる経路は気持ち良くバイシクリングできたが、頂上に戻るルートが大変で、研究所に戻ると汗だくで、シャワーを浴びてから午後

の仕事に向かう。

　春の一日にバイシクリングをしていると、道に長い蛇が横たわっていて、死んでいるのかと思い自転車を止めて近づき覗き込むと、蛇の頭が動き、尾を上げてガラガラと音を出した。

「猛毒のガラガラ蛇だ！」春先は舗装された道路が日に当たり温かく、蛇が道路で暖まっていたらしく、瞬間的に後ろに下がり自転車に乗って蛇を避けた。

　またある日の昼食後、道路脇を歩いていると大きな茶色の蜘蛛(くも)が目に入ったが、こんな大きな蜘蛛（タランチュラ）を見たのは初めてで興味が湧き、枯れ木の棒を拾って蜘蛛をつついてみたが動かない。ひっくり返しても動かないので、どうやら死んでいるようだった。

　これほど大きなタランチュラなら Anne も興味があるだろうと思い、ちり紙でタランチュラを包んで家に持ち帰り、「今日は面白い物を見つけたので紙に包んで持ってきた」と言って Anne に紙包みを渡すと、「ワアー！」と叫び、紙包みを手放してタランチュラが床に落ちた。

　Anne も興味があると思い悪気はなかったのだが、その後さんざんに怒られた。

アルマデン・カントリークラブ（Almaden CC）

　2004年のある日、IBM の同僚 Jim に会った。彼はアルマデン・カントリークラブに所属していて、私に入らないかと誘う。オフィスもアルマデンにあったのでちょうどいいと思い、「ゴルフコースの見学はできる？」と尋ねると「Yes」

と答えた。

　US東部のカントリークラブは入会費が高く、入るのが難しく1、2年待ちが普通なので、こんなに簡単にカントリークラブに入れるとは思ってもいなかった。

　Jimによると入会費は7万5000ドル（1ドル100円ほど）で、2人紹介人がいれば今すぐ入会できるらしい。Anneに話すと「7万5000ドルのお金があるの？」と言われたが、「またIBMの株を売れば大丈夫」と答える。

　しばらくしてJimがアルマデン・カントリークラブのマネージャーを紹介してくれたので、Anneと私はクラブに向かった。建物は少し古かったがゴルフコースは素晴らしく、マネージャーは、「昔は、Nike TourやLPGA Tourが開催された」と言う。

　ゴルフコースは長く少しの高低差があるが、全般に平らでグリーンが隠れたホールもなく、バックグラウンドには山が広がり、テニスコート、プールも備えられていて、Anneの水泳の運動もできるので契約を結んだ。

　クラブに所属して最初の日曜日、待ち合わせていた時間8時に行くとJimのゴルフ仲間9人が待っていて、私を迎え入れ5人対5人の試合が始まった。これが毎週日曜日の日課になる。

　US東部のカントリークラブは入会が難しく、高価で格式が高い（鼻が高い）が、カリフォルニアのクラブはそれほどでもなく親しみやすい。

カリフォルニアでの生活

カリフォルニアで3度目の家に引っ越す

　アルマデン・カントリークラブに所属して3年ほど経ち、ゴルフ仲間と13番ホールを歩いていると、隣に「For Sale」のサインのある家を見つけた。

　家に戻り、「モダンな家をゴルフコースに見つけた。見に行かないか？」とAnneを誘うと、「私は、今のアイクラー・デザインの家がとても気に入っている。でもアルマデンはMasaの仕事場に近いので見に行ってもいいわ」と言った。

　週末、不動産屋と連絡を取ってその家に向かうと、入り口は2階まで大きなガラス張りで、大きな樫の木が玄関の2階の屋根を突き抜け、周りも大きな樫の木に囲まれている。

　家の中に入るとロビーがあり2階まで吹き抜けで、玄関入り口の反対側もガラス張りで緑のゴルフコースが見える。そのロビーとゴルフコースの間に屋内プールが作られていた。

　ロビーの左側は平屋で、大きなメインベッドルーム、バスルーム、クローゼット、そしてダイニングルームがあり、ロビーの右側は2階建てで、数段の階段を上がると、右に広いモダンなキッチンがあった。

　左側にダイニングルームとリビングルームを兼ねたルーム、右側にキッチン、奥には3つのベッドルームと2つのバスルー

ムが備えてあり、中間には1階の大きなファミリールームに下りる階段があって、そこからガレージに通じていた。

　家の中はすべてがモダンなオープンルーム・コンセプトで、私たちが多く持っている日本の骨董品や家具が似合いそうでAnneも気に入ったが、値段は170万ドルとかなり高い（この年は1ドル120円ほど）。

　だが、この時期の2007年は不動産業界が停滞していて、特に高い家は売れず長い間売りのサインを出している家も多く、この家も例外ではなかった。

　かなりの値下げ交渉が可能だと思ったが、アイクラー・ハウスがどれほどで売れるかが課題だった。

　幸いなことにハウスはサニーベールに位置しシリコンバレーの真ん中で、Apple、Google、HP、Yahooほかのハイテク企業の本部が近く、朝夕の通勤の問題がなく、庭も比較的大きく静かなので、すぐに買い手が現れると思っていた。

　アイクラー・ハウスの価格をどれほどに設定するかが問題で、まだ不動産屋は決めていなかったが、家を売りに出している不動産業者Bobが、「私にあなたの家の不動産も売らせてくれれば、通常の不動産費の額2.5％を半額にする」と言ってきた。

　これなら売り側の不動産と買い側の不動産との交渉が省け、Bobと直接話すことができるので受け入れ、初めに私たちの家の価格を決めることにする。

　ハウスは有名なアイクラー氏がデザインした家でもあり、シリコンバレーの中心に位置し家も庭も大きく、通りは行き止まりで交通もないので、Bobは「かなり良い値段で売れる

だろう。130万ドル（1億6000万円ほど）ではどうか？」と提案してきた。

「アルマデンの家が170万ドルでは40万ドルの差があり、それは少し難しい」と言うと、Bob は、

「あの家は、長い間売りに出されていて、初めは180万ドルで売り出したが、今は165万ドルに下げている」と言い、「差がどれほどまでだったら契約できるか？」と尋ねてきた。

「20万ドル以下にしたい」と話すと、「オーナーに話してみるが150万ドルでは無理だろう」と言い、しばらくして Bob から「家の持ち主が155万ドルだったら売ってもいいと言っている」と連絡が来る。

そこで、アイクラー・ハウスが売れることを条件で、アルマデンのゴルフコースに面した家の購入を契約する。

アイクラーがデザインした家を売りに出し、週末オープンハウスをすると、幸いにも多くのカップルが家を見て回り、その後、すぐに2、3のオファーがあった。その中に Google で働く女性マネージャーから135万ドルのオファーがあり、20万ドルのギャップが達成したので契約を結んだ。

次の月の初めに引っ越す予定で、週末にゴルフ仲間とすでに契約をした家の前を歩いていると、いまだに「For Sale」のサインが出ている。

一人が、「あの家は屋根が平らで家の中にプールがあり、ネズミ色で外から見ると軍隊の兵舎みたいだから、ほぼ1年も売りに出していても売れていない。誰かがあの家を買ったら生涯持ち続けるだろう」と言う（アメリカでは日本と違い、家を生涯持ち続けることはせず、自分のニーズに伴いど

んどん買い替えます。ですので家を生涯持ち続けることは必ずしも良い意味ではないのです)。

彼らはその家は私がすでに契約済みであることを知らず、私は「うん、しかし家の中はモダンなデザインで広く、ゴルフには絶好の場所だ」と呟いた。

その後、不動産業界は成長し、特にシリコンバレー周辺の不動産価格は急上昇する。

定年退職

数年の月日が経ち、この時点で33年間 IBM に働いていて、そろそろ退職を考えていた。

かなりの休暇を貯めていたので、Anne と日本旅行を2011年の5月に予定していたが、その矢先の2011年3月11日に"東日本大震災"が発生した。

大きな津波が海岸沿いの町々を襲い、多くの人々が犠牲になった。私たちも想像を絶する光景をテレビで見た。

多くの外国人が日本から逃げ出し、アメリカ人は日本には旅行しないようにと報道されていて、私たちも日本に旅行すべきかどうか考えたが、関西への旅行で震災の影響がないと旅行を決行することにした。

サンフランシスコ空港に着き飛行機に乗ると、中はがらがらで、複数の日本人以外は外国人の姿は全く見当たらない。

関西空港に着き、京都のホテルにチェックインして夕食にレストランに出向くと、東日本大震災の募金箱がフロントに置いてあったが、人々は何事もなかったかのように振る舞っ

ていて、「関西では、あまり東日本大震災への関心がないのか」と思われた。

　翌日、金閣寺、清水寺、東福寺、二条城などの有名な観光地を回ったが、外国人観光客の姿はどこにも見当たらず、ゆっくりと回ることができた。

　その後も、どこへ行っても観光客は少なく、ところどころに東日本大震災の募金箱が設置されていた。

　長い間アメリカの最優秀テクノロジー会社で働いてきたが、「私に何かできないか？」と思い、Anneに相談して2011年7月にIBMを定年退職する。

　そして退職後、「Livewarning.org NPO」を設立し、視覚津波警報システムの作成に挑んでいる。

おわりに

「国際結婚になんのメリットがあるのか？（What are the benefits of international marriage ?）」の質問の答えは何か？

Anneは裕福なアメリカの家庭で育ち、私は戦後の貧しい日本で育った。生まれ育った環境の違いからか、いろいろな食い違いが生じる。

例えば、私は約束の時間は正確に守るが、Anneは時間の制約にあまりこだわらない。

私には"もったいない"のコンセプトが根本にあり、食べ物を残したり物をすぐに捨てたりはしないが、Anneには"もったいない"のコンセプトはなく、私の目からは"ちゃらんぽらん"にも見える。

しかし、Anneには"自由主義"が根本にあり、誰にでも親切に接し、誰でも受け入れ、明るくおおらかで、物にはあまりこだわらない。

"国際結婚になんのメリットがあるのか？"の答えは、違う人種による特殊な問題、歴史、文化、言葉の壁、食生活の違い、価値観の違い、生活の違い、偏見、差別など、習うことは増える。

が、相手側の環境を理解し、パートナーとして信じることで、国際結婚でしか経験できない多くの体験や出来事があり、視野が広がる。

いつになるか分からないが、こうしたことの積み重ねによ

おわりに

り、将来的には他の人種への理解が広がり"人種差別"も薄れ、"World Peace"につながることを望み、西洋人のAnneと東洋人のMasaが過ごした国際結婚生活談が少しでも役に立てばと願う。

　この本の作成にご協力していただいた下記の方々に、心からお礼申し上げます。
　編集、校正サポートをしてくださったMr. Matt Yama。
　本作成に協力していただいたMr. Dick Keil。
　そしてThroughout support、Mrs. Anne E Hayashiに。

著者プロフィール

金森 優（かなもり ゆう）

本名 Masayuki Hayashi

1944年9月生まれ
東京都出身
中央大学、University of Pittsburgh 卒業
IBM US 定年退職後、Live Warning Inc. 設立
San Jose,California 在住

国際結婚になんのメリットがあるのか？
―タブーか魅力か、何も知らずに島国を飛び出す―

2024年12月15日　初版第1刷発行

著　者　　金森　優
発行者　　瓜谷　綱延
発行所　　株式会社文芸社
　　　　　〒160-0022　東京都新宿区新宿1−10−1
　　　　　　　　　電話　03-5369-3060（代表）
　　　　　　　　　　　　03-5369-2299（販売）

印刷所　　株式会社フクイン

Ⓒ KANAMORI Yu 2024 Printed in Japan
乱丁本・落丁本はお手数ですが小社販売部宛にお送りください。
送料小社負担にてお取り替えいたします。
本書の一部、あるいは全部を無断で複写・複製・転載・放映、データ配信することは、法律で認められた場合を除き、著作権の侵害となります。
ISBN978-4-286-25867-6